D0875503

DISPARU

Danielle Steel

DISPARU

FRANCE LOISIRS
123, boulevard de Grenelle, Paris

Titre original : *Vanished*
Traduit par Vassoula Galangau

Édition du Club France Loisirs, Paris,
réalisée avec l'autorisation des Presses de la Cité

ISBN : 2-7242-8168-3

À Nick,
pour ta peine de supporter une mère qui
te suit partout, et pour ton angoisse de
n'avoir pu t'accomplir des années durant…
Pour celui que tu es, celui que tu deviendras,
l'homme, l'ami, et peut-être le grand écrivain.
Avec tout mon amour, maman.

Et à John,
le meilleur papa, le meilleur ami, le plus gentil
des hommes, mon plus grand amour, l'éclatante
bénédiction de ma vie… quelle chance avons-nous
tous de t'avoir !
Avec tout mon amour, de tout mon cœur,
pour toujours,

Olive.

1

EN TRAÎNANT un peu la jambe, Charles Delauney gravit lentement les marches de la cathédrale Saint-Patrick. Un vent âpre et sournois s'insinuait dans le col de son manteau. Noël était dans deux semaines, mais il avait oublié combien décembre pouvait être glacial à New York. Il y avait des années qu'il n'était plus revenu… des années qu'il n'avait plus revu son père. Celui-ci avait maintenant quatre-vingts ans. Sa mère était morte depuis longtemps. Charles, qui avait à peine treize ans à l'époque, en avait conservé le vague souvenir d'une femme douce et ravissante. Son père, devenu sénile et infirme, avait aujourd'hui besoin de lui… Du moins, c'était ce que ses hommes de loi avaient prétendu, afin d'attirer le fils prodigue ne serait-ce que pour quelques mois à New York. En l'absence d'autres parents, le lourd fardeau de l'empire Delauney reposait à présent sur ses épaules. Des terres à perte de vue, l'immense propriété de Newburgh, les raffineries de pétrole et les mines de charbon, l'usine de métallurgie, sans parler des biens immobiliers en plein quartier de Downtown, au cœur de Manhattan. Une fortune colossale qui n'avait pas été amassée par Charles, bien sûr, ni même par son père, mais par ses deux grands-pères. Un patrimoine fabuleux dont il n'avait que faire.

Des rides d'expression creusées par les chagrins et les efforts passés avaient marqué son visage pourtant encore jeune. Il s'était battu en Espagne, au service d'une noble cause qui n'était pas la sienne mais à laquelle il s'était voué corps et âme. Près de deux ans s'étaient écoulés depuis février 1937, date à laquelle il s'était joint à la Brigade Lincoln, afin de combattre la Phalange franquiste, et avait guerroyé sans répit à travers la péninsule jusqu'en août où, lors d'un affrontement particulièrement sanglant sur les rives de l'Ebre, il avait été grièvement blessé. Ce n'était pas la première fois. À quinze ans, déjà, durant la dernière année de la Grande Guerre, il s'était enfui de chez lui pour rejoindre l'armée et avait eu la jambe criblée de balles près du Mont-Saint-Michel. Il avait alors subi les foudres paternelles. Or, le vieux M. Delauney ne pouvait plus exprimer ni assentiment ni colère. À ses yeux, le monde n'était plus qu'une notion floue et l'oubli avait enseveli ses dernières réminiscences. Il ne se souvenait plus de la guerre d'Espagne, pas plus que de son propre fils... Et c'était tant mieux, avait songé amèrement ce dernier en contemplant le grabataire somnolant au milieu du vaste lit moelleux. Si le vieillard avait eu toute sa tête, ils se seraient très certainement disputés, une fois de plus. M. Delauney n'aurait pas hésité à fustiger Charles, ses grandes idées de liberté, sa haine du fascisme. Il n'avait, du reste, jamais approuvé la vie dissipée que son fils menait à l'étranger. Devenu père tardivement, M. Delauney avait du mal à comprendre les passions d'une jeunesse turbulente. Reparti en Europe en 1921, à l'âge de dix-huit ans, Charles s'y était établi pendant près d'une vingtaine d'années. Longtemps, il avait végété en travaillant ponctuellement pour des amis ou en vendant une de ses nouvelles à un magazine. Après quoi, grâce aux placements familiaux, l'argent avait afflué. L'énormité de ses rentes avait toujours irrité le jeune rebelle.

— Aucun homme normalement constitué n'a besoin de sommes aussi élevées, avait-il confié à un ami.

Pendant plusieurs années, il avait distribué une partie de ses revenus à des œuvres de charité. L'accumulation de biens matériels ne l'intéressait pas. Il tirait son seul plaisir de l'écriture, de ses « histoires courtes » qui lui rapportaient juste de quoi subsister.

Il avait fait ses études à Oxford, puis à la Sorbonne, pour s'accorder, plus tard, un séjour à Florence. Ses proches le tenaient pour un noceur. Le jeune écrivain brûlait la chandelle par les deux bouts. Il ingurgitait d'incroyables quantités de bordeaux, sa boisson préférée, à laquelle s'ajoutaient parfois un ou deux godets d'eau-de-vie, et ses conquêtes amoureuses ne se comptaient plus. À vingt et un ans, après trois années de débauches européennes, il se considérait comme un « citoyen du monde ». Il avait rencontré des célébrités, vécu des aventures hors du commun, séduit des créatures de rêve réputées inaccessibles pour le commun des mortels. Et puis... il y avait eu Marielle, mais ça, c'était une autre histoire. Un épisode de sa vie qu'il s'efforçait d'oublier. Un souvenir douloureux qui, aujourd'hui encore, le brûlait.

Combien de fois n'avait-elle pas hanté ses rêves ? Certaines nuits, alors qu'un imminent danger le menaçait, quand, épuisé, il avait cédé au sommeil dans un sac de couchage au fond d'une tranchée, bercé par le crépitement de la mitraille, sa mémoire avait fidèlement reproduit les traits de la jeune femme... ces yeux inoubliables... ses lèvres... et la tristesse infinie de l'avoir perdue à jamais. Il ne l'avait pas vue depuis sept ans... Sept ans sans la toucher, sans pouvoir la serrer contre son cœur, sans même savoir où elle se trouvait. Bah, se disait-il, quelle importance ! Une fois, lorsque, gravement blessé sur le champ d'honneur, il avait pensé mourir, il s'était laissé emporter par le tourbillon des souvenirs. Les infirmiers de la Croix-Rouge l'avaient découvert inconscient dans une mare de sang mais, une fois réveillé, il aurait pu jurer qu'il l'avait aperçue parmi ses sauveteurs.

Elle avait tout juste dix-huit ans quand ils s'étaient rencontrés pour la première fois à Paris. Son visage semblait si pur, si parfait, qu'il évoquait quelque portrait exécuté par un maître. Lui avait vingt-trois ans. Il l'avait remarquée, tandis qu'elle bavardait à la terrasse d'un café avec des amis. Frappé par sa radieuse beauté, il l'avait longuement regardée. Se sentant observée, elle avait alors levé sur lui un regard pétillant de malice. Ensuite, elle avait couru se mettre à l'abri dans son hôtel, mais le destin avait voulu qu'ils se revoient lors d'un dîner à l'ambassade américaine. Ils avaient été officiellement présentés. Comme cette soirée aurait été assommante si les yeux rieurs de Marielle ne l'avaient illuminée d'un bout à l'autre ! Or, si la jeune fille se montrait sensible au charme de Charles, ses parents semblaient nettement moins conquis par le bouillant écrivain. Son père, un monsieur posé, bien plus âgé que son épouse — appartenant probablement à la génération de M. Delauney senior —, avait eu vent de la mauvaise réputation du jeune soupirant. Sa mère, une petite femme sèche à moitié française, n'en pensait pas moins. Ayant astreint Marielle à un budget étriqué, en dépit d'une fortune considérable, ils semblaient veiller farouchement sur leur progéniture. Évidemment, ils ignoraient tout du caractère enjoué de leur fille, de son sens de l'humour, de sa soif de vivre. Pourtant, c'était son côté « jeune fille sérieuse » qui avait attiré Charles. Ils avaient parlé de mille choses. Marielle avait eu l'air amusé de retrouver son admirateur du café à l'ambassade, bien qu'elle ne voulût pas admettre qu'elle l'avait reconnu — elle n'en convint, d'ailleurs, que bien plus tard... Mais à la fin de la soirée, il était fasciné par elle, et elle par lui. Aux yeux de Marielle, Charles était un être immensément plus intéressant que tous les jeunes gens qu'elle avait pu connaître jusqu'alors. Elle avait voulu tout savoir sur lui, l'avait assailli de questions : d'où venait-il ? Comment avait-il appris à s'exprimer aussi aisément en français ? Quelles étaient ses ambitions ? D'emblée, ses dons d'écrivain l'avaient subjuguée. Quant à elle, elle avoua timidement avoir peint quelques tableaux. Plus tard, elle lui avait montré des dessins qui laissaient deviner un certain talent. Mais cette première nuit, lors de leurs discussions passionnées sur l'art et la littérature, leurs âmes s'étaient senties irrésistiblement attirées l'une par l'autre. Les parents de Marielle, inquiets de cette affinité trop évidente, s'étaient immédiatement efforcés de soustraire leur fille à cette relation peu orthodoxe. Sa mère l'avait aussitôt prise à l'écart, sous prétexte de lui présenter un jeune dandy de sa connaissance. Mais Charles n'avait pas hésité à la suivre partout, comme son ombre.

Ils se revirent dès le lendemain après-midi aux *Deux Magots*, firent une longue promenade sur les quais de la Seine, pareils à deux collégiens espiègles. Elle lui conta sa vie, ses rêves, son souhait de devenir un jour une artiste de renom, son désir d'épouser un homme qu'elle aimerait et qui lui donnerait une ribambelle d'enfants, au moins une dizaine. Cette confidence avait un peu refroidi l'ardeur de Charles mais l'envoûtement fut le plus fort. Il émanait de cette jeune fille quelque chose de délicat, d'éthéré même, quelque chose à la fois de merveilleux, d'animé et de vibrant. Elle faisait penser à un voile de dentelle recouvrant un bloc de marbre blanc divinement sculpté. Sa peau translucide possédait la luminosité des statues de marbre qui l'avaient tant fasciné lors de son premier séjour à Florence, ses yeux brillaient comme des saphirs de la plus pure eau, cependant que Charles exposait, à son tour, ses projets : il espérait publier prochainement un recueil de nouvelles. Marielle buvait ses paroles. Elle semblait si compréhensive, si attentive à tout ce qui le concernait.

Ses parents l'emmenèrent ensuite à Deauville où Charles les suivit, tout comme à Rome, Pompéi, Capri, Londres puis, de nouveau, à Paris. Dans chaque ville où elle se rendait, il avait des amis. Soudainement, il surgissait toujours fort opportunément pour l'inviter à une promenade, l'escorter à un bal, ou passer une soirée fastidieuse en compagnie de ses parents. Marielle était devenue peu à peu comme une drogue. L'attrait qu'elle exerçait sur lui, plus puissant que celui de l'absinthe, l'enchaînait. Il fallait qu'elle lui appartienne. Et vers le mois d'août, à Rome, les yeux de la jeune fille se mirent à exprimer une passion débridée, égale à la sienne.

Les parents avaient perdu le contrôle de la situation. Bien sûr, ils connaissaient la famille Delauney et il était difficile d'oublier que Charles, par ailleurs intelligent, cultivé et bien élevé, était l'unique héritier d'une grosse fortune. En revanche, l'argent n'entrait guère dans les préoccupations de Marielle. Celle-ci se contentait de l'existence douillette que ses parents lui procuraient. Elle ne pensait qu'à son amour pour Charles. À la force de ses mains, de ses bras, de ses épaules, à ses yeux enfiévrés quand il l'avait embrassée pour la première fois, à ses traits ciselés comme une médaille grecque, à la douceur de ses caresses.

Pour lui, retourner aux États-Unis était hors de question. Dès le début, il avait été parfaitement clair sur ce sujet. Il n'avait pas donné signe de vie à son père depuis la fin de la Grande Guerre. Un bref séjour à New York avait vite pris des allures de cauchemar. Il s'était alors senti étranger à sa ville natale, prisonnier d'un milieu trop fermé, terne et ennuyeux. Les obligations sociales, les responsabilités familiales, les mondanités lui répugnaient. Il n'avait aucune envie de consacrer un temps précieux à ressasser des chiffres à propos de holdings, d'investissements et d'entreprises dont il allait pourtant hériter un jour. Il attendait autre chose de l'existence, avait-il expliqué à Marielle, tandis que, d'une main indolente, il caressait la longue chevelure cannelle qui dégringolait sur ses épaules. C'était une fille grande et élancée, mais auprès de lui elle se sentait minuscule, comme une poupée fragile.

Lorsqu'ils s'étaient rencontrés, il vivait à Paris depuis cinq ans et, visiblement, il n'avait pas l'intention de changer ses habitudes. Sa vie, ses amis, ses écrits, tout ce qui lui importait se trouvait ici, c'était ici qu'il puisait son inspiration. Il se sentait parisien dans l'âme... Mais septembre vint et Marielle s'apprêta à regagner l'Amérique à bord du *Paris*.

Elle allait retrouver son cocon doré, revoir ses amis, recommencer le doux et monotone train-train quotidien dans l'élégante petite demeure de brique brune de la 62e Rue, au cœur d'East Side. L'immeuble ne possédait pas le clinquant de la résidence Delauney, située à une dizaine de pâtés de maisons seulement, vers le nord. Il n'avait rien à voir non plus avec la mansarde de la rue du Bac qu'une aristocrate ruinée louait à Charles, au dernier étage de son hôtel particulier. Le jeune homme l'y conduisit un jour et ils faillirent se donner l'un à l'autre. Au dernier moment, Charles se ressaisit. Il quitta hâtivement la pièce, pour y revenir peu après, le visage grave, et se laisser tomber sur le lit où Marielle mettait de l'ordre dans ses vêtements.

— Je suis désolé…

Ses cheveux sombres, son regard vert et brûlant lui donnaient un air dramatique, une expression tourmentée qui le rendait encore plus attachant aux yeux de Marielle. Elle n'avait jamais connu quelqu'un comme lui. Il lui avait fait perdre la tête. Elle ne maîtrisait plus les sentiments, la passion qu'il lui inspirait.

— Marielle, reprit-il d'une voix douce, ça ne peut plus durer. Tu me rends fou.

C'était pareil pour elle. Ils n'avaient jamais éprouvé un tel désir auparavant. Elle lui dédia un sourire de vieille femme pleine de sagesse, tandis qu'il se penchait pour l'embrasser. Sa proximité le rendait comme ivre. Tout ce qu'il savait, c'était qu'il ne voulait pas la perdre. Ni maintenant ni plus tard. Mais il n'irait pas à New York quémander sa main. Il ne s'abaisserait pas à négocier son avenir avec le père de Marielle. Il ne voulait plus attendre, pas une minute de plus. Il la voulait maintenant. Dans cette chambre. Dans cette maison. À Paris. À Jamais.

— Marielle ? fit-il d'une voix solennelle, et il vit ses yeux s'assombrir.

— Oui ?

Seigneur, elle était si jeune, si amoureuse, si déterminée...

— Veux-tu m'épouser ?

Elle avala sa salive avant d'éclater de rire.

— Tu parles sérieusement ?

— Dieu seul sait combien ! Eh bien ?

La terreur soudain le paralysa. Sa vie entière dépendait d'une réponse. Si elle disait non... si, après tout, elle préférait regagner l'Amérique avec ses parents... si leur amour n'avait été qu'un flirt sans importance, un jeu, un mirage... Il lut dans son regard que ses inquiétudes n'étaient pas fondées.

— Quand ? demanda-t-elle dans un nouveau rire.

— Tout de suite.

De sa vie il n'avait été plus sincère.

— Ce n'est pas sérieux.

— Ça l'est.

Il se dressa d'un bond, se mit à arpenter la soupente comme un félin, passant et repassant les doigts dans ses cheveux noirs.

— Je suis très sérieux, Marielle, laissa-t-il tomber d'une voix tendue. Mais tu n'as pas répondu à ma question.

De nouveau, il se précipita à son côté pour la serrer contre son cœur, lui arrachant un soupir.

— Tu es fou.

— Je le suis. Et toi aussi. Alors, tu m'épouseras ?

Il resserra son étreinte, étouffant ses cris effarouchés sous ses baisers fougueux.

— Oui... oui... oui... murmura-t-elle, le souffle court. Quand vas-tu demander ma main à mon père ?

Elle l'enveloppait d'un regard empreint d'un espoir ardent, qui amena un nuage sombre sur le visage de Charles.

— Il s'opposera à cette union. Et s'il accepte, il voudra que je retourne aux États-Unis, afin qu'il puisse nous avoir sous la main. Autant que tu le saches tout de suite, je n'en ai pas l'intention.

Il s'était remis à faire les cent pas, pareil à un fauve en cage.

— Tu n'as pas l'intention de voir mon père ni d'aller vivre à New York ? interrogea-t-elle, alarmée, en allongeant ses longues jambes fuselées, qu'il fit semblant de ne pas remarquer.

— Vivre à New York... C'est exclu... — Il se retourna, les cheveux ébouriffés, les yeux étincelants. — Et si nous prenions la fuite ensemble ?

— La fuite ? s'écria-t-elle, affolée. Mon Dieu, ils me tueront.

— Je ne les laisserai pas faire. Écoute, chérie, tu pars dans deux semaines. Il faut agir vite.

Marielle hocha la tête, l'air de réfléchir, mais sachant déjà qu'elle n'avait pas le choix. Elle l'aurait suivi au bout du monde. Et lorsqu'il se remit à l'embrasser, elle sut qu'elle était perdue.

— Vont-ils jamais nous le pardonner ?

Elle n'osait encore y croire. Enfant unique, comme Charles, elle rechignait à faire de la peine à ses parents. Son père était déjà âgé, et ils avaient fondé toutes leurs espérances sur elle. Surtout sa mère. L'hiver précédent, ils l'avaient présentée à la bonne société new-yorkaise avant de l'emmener en voyage. Ils aspiraient à lui trouver un « mari convenable ». D'une certaine manière, Charles correspondait à leurs critères, bien sûr, compte tenu de son appartenance à une grande famille. Toutefois, son style de vie les choquait par son excentricité. Le père de Marielle pensait que le jeune homme finirait par se ranger. Il le lui avait dit un soir, alors qu'elle tentait désespérément d'aborder la question.

— Attends jusqu'à ce qu'il revienne s'installer au pays, ma chérie. Alors, nous pourrons en juger. En attendant, ce n'est pas les prétendants qui manqueront là-bas. Inutile de jeter ton dévolu sur celui-là.

Des prétendants il y en avait, en effet, et du meilleur monde. Au printemps, un fils Vanderbilt l'avait courtisée avec assiduité, et elle comptait parmi ses soupirants un jeune et séduisant Astor que sa mère semblait apprécier tout particulièrement. Mais cela n'avait plus aucune importance. Charles était l'homme de sa vie. Lui imposer de rentrer à New York relevait de l'absurde. Il ne céderait jamais aux exigences du père de Marielle, celle-ci en avait acquis la certitude. Paris exerçait sur lui une fascination à laquelle il n'était pas prêt de s'arracher. C'était à Paris qu'il s'était épanoui, à Paris qu'il se sentait heureux, à Paris qu'il voulait vivre.

Les deux amoureux s'en allèrent trois jours avant la date convenue du départ de Marielle avec ses parents, laissant à leur intention un mot d'excuse au *Crillon*. L'espoir que, au fond, ces derniers seraient finalement ravis de la voir mariée à un Delauney, tempérait le sentiment de culpabilité de Marielle. Elle se trompait. La mauvaise réputation de Charles portait ombrage à ses qualités. Dans sa lettre, elle avait incité ses parents à s'embarquer pour New York où elle promettait de leur rendre visite à Noël en compagnie de Charles. Ils ne voulurent rien entendre. Furieux, ils attendirent le retour du couple indocile avec la ferme intention d'obtenir l'annulation du mariage tout en étouffant le scandale. Seul l'ambassadeur américain fut mis au courant de l'escapade. Il accepta de mener une enquête discrète sur les fugitifs. Peu après, il informa les parents inquiets que l'union avait été célébrée dans la plus stricte intimité à Nice, puis que les jeunes mariés avaient franchi la frontière italienne.

Leur lune de miel se déroula comme dans un rêve. Ils visitèrent l'Ombrie, la Toscane, Rome, Venise, Florence, le lac de Côme, poussèrent jusqu'en Suisse, puis, alors que le mois d'octobre teintait les paysages d'un camaïeu fauve, ils regagnèrent nonchalamment la capitale française... Les parents de Marielle, toujours installés dans leur luxueuse suite du *Crillon*, avaient signalé leur présence par un mot assez sec, expédié à l'adresse de Charles.

Marielle avait parcouru le feuillet, incrédule. Ainsi, ils étaient toujours là ! Les deux mois écoulés n'avaient pas apaisé leur ressentiment. Lorsque les jeunes mariés firent leur apparition à l'hôtel, ce fut pour subir des remontrances amères. Le père de Marielle intima à Charles de sortir, avant d'annoncer que la demande d'annulation avait été postée le matin même.

— Je ne ferais pas ça si j'étais à votre place, jeta Marielle.

Charles sourit malgré lui. La timide colombe s'était transformée en lionne intrépide, résolue à défendre son territoire.

— Ne me dis pas ce que je dois faire ! rugit son père, hors de lui.

Sa mère prit le relais, l'accusant d'ingratitude, énumérant les périls auxquels elle s'exposait en unissant sa destinée à celle de Charles. Ses parents ne désiraient que son bonheur, dit-elle, et maintenant tous leurs espoirs étaient réduits à néant. Devant ces lamentations dignes d'un chœur de tragédie grecque, Marielle resta de marbre. Dans l'œil du cyclone, elle réussit à conserver un calme olympien. À dix-huit ans, elle était subitement devenue adulte, ne put s'empêcher de se dire Charles. Il sut qu'il l'aimerait jusqu'à la fin de ses jours.

— Vous ne devriez plus songer à une annulation, papa, reprit-elle d'une voix sereine. J'attends un bébé.

Charles considéra sa jeune épouse, franchement amusé. Ce mensonge — car il devait sûrement s'agir d'une invention de dernière heure — constituait un argument irréfutable. À peine prononcés, ces mots fatidiques eurent un formidable effet sur l'adversaire. La mère fondit en larmes, tandis que le père s'effondrait, hors d'haleine, se plaignant d'une fulgurante douleur dans la poitrine.

— Tu vas tuer ton père ! accusa la mère de Marielle.

Quand le vieux monsieur, chancelant, sortit de la pièce au bras de sa femme, Charles suggéra de retourner rue du Bac. Alors qu'ils marchaient d'un pas léger dans l'air moiré de l'automne parisien, il attira Marielle contre lui pour l'embrasser.

— Quelle brillante idée ! J'aurais dû y penser moi-même.

— Ce n'est pas une idée, répondit-elle, amusée elle aussi. C'est la vérité.

La petite fille d'hier allait bientôt devenir mère. Il la regarda, stupéfait.

— La vérité ?

Elle se contenta de hocher la tête.

— Quand est-ce arrivé ?

— Je ne sais pas. À Rome... ou à Venise... Je n'en étais pas sûre jusqu'à la semaine dernière.

— Petite hypocrite ! soupira-t-il en l'entourant de ses bras. Pour quand l'héritier est-il attendu ?

— En juin, je crois. Quelque chose comme ça.

Il tenait trop à sa liberté pour songer à la paternité. Cela aurait dû l'effrayer. À sa grande surprise, il se sentit tout excité. Il héla un taxi qui les ramena rue du Bac. Sur la banquette arrière, ils s'embrassèrent comme deux enfants plutôt que comme de futurs parents.

Le père et la mère de Marielle semblaient aussi accablés le lendemain. Il leur fallut près d'une quinzaine de jours pour se résigner. La mère de Marielle l'accompagna chez un obstétricien américain sur les Champs-Élysées. Le premier diagnostic fut confirmé... Enceinte ! L'annulation était hors de question. La pensée que leur fille pourrait après tout trouver son bonheur auprès de Charles Delauney germa peu à peu dans l'esprit des parents. Ce mariage représentait la réalité, il fallait bien se rendre à l'évidence. Charles promit à ses beaux-parents de chercher un appartement plus décent, d'engager une domestique et une gouvernante pour le bébé, bref de devenir « un homme respectable », selon les propres mots de son beau-père. Mais respectable ou pas, le jeune couple semblait nager dans une félicité sans limites.

Les parents de Marielle s'embarquèrent quelques jours plus tard sur le *France*. Après maintes discussions, ils avaient fini par accepter que leur fille et leur gendre ne viendraient pas les voir à Noël. Ceux-ci s'étaient déclarés parfaitement heureux dans leur mansarde de la Rive gauche. Leurs journées s'écoulaient dans un pur enchantement, ils s'entouraient d'amis passionnants. Charles s'était remis à écrire. Son style n'avait jamais été aussi châtié. À Paris, cette année-là, pendant un bref et merveilleux instant, leur vie avait confiné à la perfection.

Charles poussa les lourds battants sculptés de la porte de la cathédrale. Il se sentait glacé, sa jambe le faisait souffrir plus qu'à l'accoutumée. Ici, l'hiver paraissait plus âpre qu'en Europe. Il y avait si longtemps qu'il n'avait pas déambulé dans les rues de New York, si longtemps qu'il n'était pas entré dans une église... Il s'avança sous la voûte monumentale, regrettant soudain d'être revenu. L'état de son père était une source constante de soucis. Le voir ainsi diminué mettait Charles au supplice. L'espace d'une seconde, le vieillard avait eu l'air de reconnaître son fils, pour retomber lourdement dans sa torpeur. Chaque fois qu'il s'asseyait au chevet du malade, Charles éprouvait une sensation d'insondable solitude. Comme si le vieux monsieur était déjà mort... Après lui, il ne resterait plus personne. Ils avaient tous disparu. Même ses compagnons de lutte en Espagne. Alors, prier... Pourquoi ? Pour qui ?

Il croisa un prêtre en soutane, se dirigea lentement vers le fond de l'édifice, et s'arrêta devant un petit autel où deux religieuses priaient avec ferveur. La plus jeune lui dédia un gentil sourire, alors qu'il s'agenouillait dans un mouvement rigide. Des fils d'argent striaient ses cheveux noirs, mais au fond de ses prunelles brûlait la flamme invincible de la jeunesse. Charles dégageait une sorte d'énergie vitale, un rayonnement, une force que même la jeune nonne put ressentir. Mais une ombre hantait son regard, alors qu'il inclinait la tête, perdu dans le souvenir de tous ceux qu'il avait approchés, aimés, accompagnés sur les champs de bataille espagnols. Oh ! ce n'était pas pour eux qu'il était venu prier aujourd'hui ! Il était là pour commémorer l'anniversaire le plus atroce de sa vie... deux semaines avant Noël... neuf ans plus tôt... Un jour qui s'était gravé au fer rouge dans sa mémoire. Le jour où il avait failli la tuer. La douleur, la rage, la folie l'avaient aveuglé. Il aurait voulu l'anéantir, mettre fin à ce cauchemar... Il aurait voulu stopper les aiguilles des horloges, remonter le temps, prévenir l'horreur. Faire que ce ne soit jamais arrivé. Il l'aimait tant, pourtant... il les aimait tant tous les deux. Il y avait des limites au seuil de la douleur et ce seuil il l'avait franchi depuis longtemps. Aucune prière ne put sortir de ses lèvres closes, ni de son cerveau vide de toute pensée. Il n'aspirait qu'à une chose : ne plus penser, ne plus ressasser le malheur.

Il resta un long moment à genoux, tête baissée, sous le regard de la jeune religieuse, sourd et aveugle au monde extérieur. Et soudain, comme à travers une percée vertigineuse, les souvenirs affluèrent : il se revit avec elle... avec eux... au cours d'instants éblouissants que, depuis longtemps, il se refusait d'évoquer. Mais aujourd'hui il pouvait. Il était d'ailleurs venu dans ce but. Pour se sentir plus près d'eux. L'approche de Noël conférait à la date fatidique quelque chose de plus poignant encore.

En Espagne, il se serait réfugié dans une église quelconque, une petite chapelle, une cabane, et les mêmes réminiscences l'auraient obsédé. Mais là-bas, il aurait pu puiser un peu de réconfort, alors qu'ici il n'en trouvait aucun. Il n'était entouré que d'étrangers dans cette vaste cathédrale de pierre grise et froide, si semblable au manoir qu'il partageait à présent avec son père mourant.

Il se redressa enfin sous les hautes voûtes gothiques sachant qu'il ne resterait pas plus longtemps dans cette ville qu'il n'était nécessaire. Il regagnerait bientôt l'Espagne où, là, au moins, il se sentait utile. Ici, personne n'avait besoin de lui, hormis quelques avocats et banquiers, ce qui, à ses yeux, n'avait aucune importance. Pas plus avant, d'ailleurs, que maintenant. Il n'était jamais devenu l'« homme respectable » dont rêvait son beau-père. Cette pensée fit éclore sur ses lèvres un pâle sourire. Ses beaux-parents étaient décédés, depuis. D'ailleurs tout le monde était mort. À trente-cinq ans, Charles Delauney avait déjà vécu plusieurs vies.

Il jeta un ultime regard vers la statue de la Vierge à l'enfant, avant de rebrousser chemin, le cœur lourd. Son pèlerinage n'avait en rien allégé son chagrin. Il avait souhaité faire revivre un instant André, éprouver l'exquise chaleur de son petit corps souple, la douceur de sa joue, de sa petite main dans la sienne.

Des larmes jaillirent de ses yeux, alors qu'il se dirigeait vers la porte principale de l'édifice. Sa jambe lui faisait mal, il entendait le sifflement du vent au-dehors, puis l'apparition familière survint : combien de fois son imagination ne lui avait-elle pas joué des mauvais tours ?

Il la vit devant lui, floue, enveloppée de fourrures vaporeuses, se déplaçant comme un fantôme vers une destination inconnue, sans le voir. Il la suivit du regard, la gorge nouée, le cœur brisé. Ce n'était pas un fantôme, s'aperçut-il peu après, mais bien une femme en chair et en os, qui ressemblait étrangement à Marielle. Grande, mince, belle. Vêtue d'une élégante robe noire sous un somptueux manteau de zibeline dont l'ourlet balayait presque le sol de pierre. Le bord de son chapeau jetait une ombre sur ses traits et, cependant, sa démarche, son allure, la façon dont elle retira doucement un gant de cuir noir avant de s'agenouiller sur un prie-Dieu... Si élancée, si gracieuse, encore plus mince qu'auparavant... Elle avait masqué sa figure de ses longues mains fines et s'abîmait dans la prière. Il sut alors pourquoi. Tous deux s'étaient rendus en ce lieu saint pour la même raison. C'était Marielle, réalisa-t-il, incrédule.

Une éternité s'écoula avant qu'elle ne lève les yeux mais elle ne le vit pas. Il la regarda allumer quatre cierges, glisser quelques pièces de monnaie dans le tronc, les yeux embués. La tête inclinée, elle releva le col de sa fourrure, puis se mit à remonter l'allée centrale, d'un pas lent et mesuré, comme si son corps vibrait d'une douleur lancinante et secrète. Elle était presque à sa hauteur, quand il lui mit la main sur le bras. L'étonnement se peignit sur ses traits, comme si elle avait été brutalement réveillée au milieu d'un rêve. Leurs yeux se croisèrent et il l'entendit déglutir péniblement. Sa main gantée s'envola alors vers sa bouche et un flot de larmes festonna ses longs cils recourbés.

— Oh, mon Dieu…

Cela ne se pouvait. Pourtant, c'était bien lui. Elle ne l'avait pas vu pendant près de sept ans. Elle avait du mal à y croire. Il lui effleura la main sans un mot ; dans un élan spontané, elle se pendit à son cou et il referma les bras autour de ses épaules. On eût dit qu'ils s'étaient donné rendez-vous, afin de passer ensemble cette journée dédiée au souvenir. Ils restèrent longtemps enlacés sous la coupole majestueuse, accrochés l'un à l'autre comme deux rescapés d'un naufrage. Au bout d'un moment interminable, elle se dégagea de son étreinte, puis se recula, de manière à pouvoir le contempler. Il avait vieilli et affichait un air plus tourmenté, plus anxieux que jamais. De minuscules cicatrices lui criblaient le visage ; il en avait une, plus vilaine, sur le bras qu'elle ne pouvait apercevoir, plus la blessure à la jambe, bien sûr. Du gris se mêlait au jais de ses cheveux mais en le regardant, elle se sentit rajeunir. Son cœur battait la chamade, comme lorsque, jeune fille, elle l'avait rencontré à Paris. Elle avait toujours su qu'une partie d'elle-même resterait attachée à Charles. Cela faisait partie des choses irréversibles, des blessures cachées que l'on ne peut renier ni guérir. Et elle avait appris à vivre en leur compagnie.

— Je ne sais quoi dire, fit-elle avec un sourire mélancolique, en essuyant ses larmes.

Après tant d'années demander « comment vas-tu » semblait d'un ridicule achevé. Mais que dire, en effet ? Au début elle avait eu de ses nouvelles par des tiers, puis elle n'en avait plus entendu parler. Elle avait appris la maladie de son père. Ses propres parents étaient morts à quelques mois d'intervalle avant son retour d'Europe. Mais cela, Charles le savait.

— Tu es si belle.

À bientôt trente ans, sa beauté s'était épanouie. Il la trouvait plus séduisante qu'à dix-huit, quand ils s'étaient mariés. Comme si la vie l'avait comblée, encore que ses yeux fussent si tristes.

— Tu vas bien ? s'enquit-il

Une simple question qui en cachait un millier. Mais il y avait toujours eu entre eux une intelligence qui se passait de mots. Ils se connaissaient si bien. Comme deux moitiés d'une seule et même personne... Enfin, plus maintenant, songea-t-il tout en l'observant de plus près. Elle portait des vêtements coûteux, une fourrure somptueuse, un chapeau coquin conçu par Lily Daché. La femme sophistiquée qui se tenait devant lui avait peu de chose à voir avec la jeune fille toute simple qu'il avait connue jadis. Il eut un sourire en se disant qu'une telle élégance l'aurait sans doute effrayé quelque peu à l'époque. Mais aujourd'hui encore, elle avait conservé cette candeur qui l'avait bouleversé. Bon sang ! Pourquoi s'était-elle montrée aussi entêtée la dernière fois qu'ils s'étaient vus ?

— Tu as l'air triste, Marielle.

Il la sondait d'un regard si intense qu'elle détourna la tête en s'efforçant de sourire, sans y parvenir tout à fait.

— Aujourd'hui est un jour pénible... pour tous les deux...

Sinon, ils n'auraient pas visité ce lieu saint, après tant d'années.

— Es-tu revenu pour de bon ? interrogea-t-elle avec une curiosité non dissimulée.

Il semblait plus grand, plus fort que dans son souvenir, plus intransigeant aussi. Et infiniment plus amer.

— Non. Je ne crois pas que je resterai. Je suis rentré pour trois semaines et, déjà, j'ai hâte de retourner en Espagne.

— En Espagne ?

Elle haussa un sourcil, étonnée. Il lui était difficile de l'imaginer ailleurs qu'à Paris.

— Il y a la guerre, là-bas. J'y ai passé deux ans.

— Je m'en suis doutée, murmura-t-elle. — C'était sa façon de se battre, elle le savait. — J'ai eu le sentiment que tu irais.

Elle ne s'était pas trompée. Il n'avait rien à perdre. Rien à gagner. Rien ne le retenait en Amérique.

— Et toi ?

Il la scrutait à présent, conscient de la situation insolite. Ils se faisaient face et chacun demandait des nouvelles à l'autre, comme s'ils s'étaient quittés la veille.

Elle mit un bon moment avant de répondre d'une voix douce, presque inaudible :

— Je suis mariée.

Il acquiesça, s'efforçant de faire bonne contenance pour ne pas laisser paraître son désarroi. Sans s'en rendre compte, elle avait retourné le couteau dans la plaie. Une plaie qui ne cicatrisait pas.

— Avec quelqu'un que je connais ?

Rien de moins sûr, compte tenu de son absence prolongée, mais il devait certainement s'agir d'un Astor, s'il en jugeait par la recherche de sa mise.

— Je ne sais pas… — Son mari, son aîné de vingt-cinq ans, avait compté parmi les relations du père de Charles. — Malcolm Patterson.

L'ombre du chapeau voilait l'expression de son visage, mais dans sa voix on ne décelait ni joie ni fierté. Il devait s'agir d'un mariage de raison. Ainsi, voilà ce qu'elle avait fait pendant ces sept dernières années… Il n'eut pas l'air impressionné. Juste contrarié.

— Je le connais de nom… Et es-tu heureuse ?

Non, sûrement pas, se dit-il en même temps. Rien ne pouvait l'inciter à le rejeter, il en fut soudain convaincu. Elle ne sut que répondre. Par plusieurs aspects, son union avec Malcolm la rassurait. Malcolm lui avait accordé sa protection au moment où elle en avait désespérément besoin. Il ne l'avait jamais laissée tomber. Sa gentillesse la touchait. Au début, elle n'avait pas réalisé combien il pouvait être froid, réservé, éternellement accaparé par ses affaires. Par la suite, elle s'y était habituée. En quelque sorte, Malcolm représentait le mari idéal. Poli, courtois, intelligent, plein de charme... Bien sûr, il n'était pas Charles... Bien sûr, il n'avait pas su éveiller en elle la flamme d'un amour de jeunesse. Ce n'était pas son visage qu'elle avait cru voir lorsqu'elle s'était retrouvée suspendue entre la vie et la mort, ni son nom qu'elle avait appelé durant sa maladie, mais tous deux, dans un accord tacite, n'en parlaient jamais.

— Je suis en paix, Charles. C'est important.

Cette paix de l'esprit, elle ne l'avait pas connue auprès de Charles. Leur union n'avait été qu'exaltation, amour, que passion... et désespoir. Le chagrin avait remplacé la joie, définitivement.

— J'ai rêvé de toi quand j'ai été blessé en Espagne, chuchota-t-il d'une voix rêveuse.

Et moi de toi, des années durant, aurait-elle voulu répondre, mais elle n'en fit rien. Un pâle sourire se joua sur ses lèvres.

— Nous avons tous nos fantômes, Charles.

Certains plus insistants que d'autres.

— Vraiment ? Sommes-nous donc des fantômes ? Rien de plus ?

— Peut-être.

Elle avait passé plus de deux ans dans un sanatorium, avant de tirer un trait sur le passé. Avant de se sentir apte à revivre. Il était hors de question que tous ces efforts soient gâchés par une impulsion subite. Pour rien au monde elle ne sacrifierait son équilibre, si chèrement payé. Surtout pas pour Charles.

Elle lui toucha la main du bout des doigts, puis la joue. Il se pencha, la bouche tendue vers la sienne, mais elle se détourna, lui offrant sa joue. Il effleura d'un baiser la commissure de ses lèvres, et elle ferma les paupières, tandis qu'il la serrait dans ses bras.

— Je t'aime… Je n'ai jamais cessé de t'aimer, ma chérie.

La passion faisait briller ses prunelles… Pas la passion illusoire née d'un désir passager, non. C'était un sentiment bien plus profond, bien plus vaste et presque insoutenable. Une sorte de passion fanatique dont Charles faisait montre pour tout ce qu'il entreprenait, une flamme dévorante qui, un jour, le consumerait. Marielle, qui avait survécu à ce brasier, n'était pas prête à recommencer. Le risque était trop grand. Il avait ses cicatrices, elle avait les siennes, car, elle aussi, elle avait livré bataille.

— Moi aussi je t'aime, dit-elle, regrettant aussitôt ses paroles.

Mais elles avaient jailli du passé, comme un hommage à tout ce qui avait vécu avant de mourir avec André.

— Nous reverrons-nous avant mon départ ?

Il n'avait pas perdu l'habitude de la harceler, de la forcer à s'intéresser à lui, à ses aspirations, à ses combats. Elle lui sourit mais secoua la tête.

— Je ne peux pas, Charles. Je suis une femme mariée.

— Il sait… pour moi ?

— Non, répondit-elle d'une voix oppressée, après un silence. Il pense simplement que j'ai un peu perdu la tête lors d'un voyage en Europe en compagnie de mes parents. C'est ainsi que mon père a décrit notre histoire à son entourage… Comme une « idylle sans conséquence ». Malcolm n'en sait pas plus. Il ignore même que nous avons été mariés.

Ça ressemblait bien à son père, cette manie de détourner la vérité. Trop soucieux du qu'en-dira-t-on et des apparences, il avait raconté à ses relations que sa fille était restée en Europe afin d'y poursuivre des études. Il s'était fait un devoir de « sauver la face », d'estomper la « terrible erreur » que sa fille avait commise en épousant Charles Delauney. Évidemment, le second mari de Marielle avait cru à ce mensonge parce qu'elle n'avait jamais pris la peine de le détromper.

Ainsi, elle n'avait jamais dévoilé la vérité à son mari ! Charles n'en crut pas ses oreilles. Avec lui, elle n'avait pas eu de secrets. Ils se disaient tout, s'avouaient tout, jusqu'à leurs pensées les plus intimes. Mais à dix-huit ans, il n'y avait pas grand-chose à cacher. Alors qu'à trente…

— Il ne sait rien. Rien du tout. À quoi bon lui dire ?

Oui, à quoi cela aurait-il servi que Malcolm sache qu'elle avait passé deux ans et demi entre les murs d'un hôpital psychiatrique, ne voulant plus vivre, qu'elle avait tenté de s'ouvrir les veines, qu'elle avait avalé plusieurs tubes de somnifères avant d'essayer de se noyer dans sa baignoire ? Charles, lui, était au courant, il avait payé l'addition… Elle avait touché le fond mais elle avait refait surface.

— Lui diras-tu que tu m'as vu aujourd'hui ?

Quel genre de mariage était-ce, s'ils ne se disaient rien ? S'aimaient-ils, au moins ? Elle lui avait si spontanément dit « je t'aime », après toutes ces années !

— Comment veux-tu que je lui rapporte notre rencontre puisqu'il ignore jusqu'à ton existence ?

Ses yeux restaient limpides, son visage calme. « Je suis en paix », avait-elle dit, et cela il voulait bien le croire.

— Tu l'aimes ?

Il n'en croyait rien mais avait besoin d'une réponse.

— Bien sûr. Je suis sa femme.

Elle le respectait, elle l'admirait, elle éprouvait de la gratitude à son égard. Mais elle ne l'avait jamais aimé comme elle avait aimé Charles, elle ne le pourrait pas. Pis, elle ne le voulait pas. L'amour ne lui avait apporté que de la peine, elle n'avait guère le courage de renouveler l'expérience. Son regard se baissa sur sa montre-bracelet, avant de se lever de nouveau vers Charles.

— Je dois y aller.

— Pourquoi ? Que se passerait-il si, au lieu de rentrer chez toi, tu me suivais ?

— Tu n'as pas changé. Tu es toujours l'homme qui m'a

persuadée de m'enfuir avec lui à Paris, fit-elle dans un sourire.

Il sourit également.

— Tu étais, alors, plus facile à convaincre.

— Tout est plus facile quand on est jeune.

— Tu es toujours jeune, affirma-t-il, mais elle haussa les épaules.

Parfois, elle se sentait si vieille.

Elle avait réenfilé son gant et ils avaient pris lentement la direction de la sortie.

— Je tiens à te revoir avant mon départ, répéta-t-il.

— Oh, Charles, soupira-t-elle, comment ?

— Si tu refuses, je viendrai sonner à ta porte.

— Tu en serais bien capable, rit-elle, en dépit de la détresse que l'anniversaire de la mort d'André avait éveillée dans son cœur.

— Tu auras du mal à expliquer ma présence sur ton palier.

Elle hocha la tête. Cette seule pensée lui donnait la migraine.

— Tu sais où me trouver, reprit-il. J'habite chez mon père. Appelle-moi. Faute de quoi…

Ils étaient séparés depuis sept ans, et il la menaçait comme un jeune et fougueux amant… Un amant dangereusement séduisant, Marielle fut bien obligée d'en convenir.

— Faute de quoi ?

— Je te trouverai.

— Je ne veux pas !

Elle paraissait déterminée, à présent.

— Je ne te crois pas. Écoute, Marielle, on ne peut pas se quitter comme ça… Après tant d'années… Je n'ai pas l'intention de te perdre une nouvelle fois.

Sa voix se fêla.

— Je sais.

Elle glissa la main sous le bras de Charles. Ensemble, ils franchirent le seuil de la porte monumentale. Le chauffeur personnel de Malcolm passa au même moment la tête à travers l'entrebâillement de la portière. Il ne connaissait pas sa patronne sous cet aspect. Or, ce qu'il vit ne l'étonna pas outre mesure. M. Patterson menait sa vie de son côté, et madame était si jeune et si jolie. Belle et effrayée comme une biche. Intimidée par tout et par tous, surtout par son mari. Durant un bref instant, il se demanda lequel des deux lui offrirait le plus pour acheter son silence. Mme Patterson ? ou Monsieur ?

Au bras de Charles, Marielle descendit la volée de marches. Sur le parvis, il l'attira contre lui.

— Je déteste te brusquer, mais il faut que je te revoie avant mon départ.

— Pourquoi ?

— Je t'aime encore.

Des larmes avivèrent l'éclat des yeux bleu saphir. La jeune femme détourna son regard humide. Ce déchirement, cette douleur, cette agonie, elle n'avait pas la force de les revivre. Ni cet amour destructeur.

— Je ne peux pas t'appeler.

— Si, tu le peux. J'attendrai. Je sais que c'est dur…

Son regard dériva vers la masse imposante de la cathédrale. Il repensa au jour où il les avait emmenés ici, tous les deux. De nouveau, il la considéra, en larmes lui aussi.

— Oui, c'est dur, dit-elle. Ça ne guérit pas.

Ça ne guérirait jamais. Elle devait vivre avec, comme on s'habitue à une douleur constante.

— Je suis désolée.

Cette phrase, elle aurait dû la prononcer des années plus tôt. Et maintenant qu'elle avait jailli de ses lèvres, rien n'avait changé. Il la pressa contre sa poitrine, puis la relâcha. Sans un mot d'adieu, sans un regard en arrière, il se mit à longer la Cinquième Avenue. Elle le suivit du regard un long moment, avant de se glisser dans la voiture de Malcolm. Le chauffeur démarra, et elle se surprit à penser à Charles, à leur vie gâchée, à leur bonheur perdu. Et à André.

2

PATRICK, le chauffeur, remonta la Cinquième Avenue mais Charles avait déjà disparu. La limousine prit la direction de la 62e Rue, vers la demeure que Marielle partageait avec Malcolm depuis six ans, entre Madison et la Cinquième, au coin de Central Park. Il s'agissait d'un édifice imposant dans lequel la jeune femme ne s'était jamais sentie à l'aise. C'était la maison de Malcolm, pas la sienne, elle en avait eu conscience dès le premier jour. Malcolm en avait fait une sorte de musée dédié à la mémoire de ses parents, se contentant d'ajouter aux précieuses collections de famille quelques objets de grande valeur, acquis au hasard de ses voyages. Souvent, Marielle avait l'impression de n'être qu'un objet parmi les autres, un rare bibelot de porcelaine rangé sur un rayonnage. Une poupée que l'on pouvait admirer à condition de ne jamais la toucher. Les domestiques la traitaient avec certains égards, sans plus, comme s'ils tenaient à préciser qu'ils travaillaient pour son mari et non pour elle. Ce dernier l'avait incitée dès le début à garder ses distances, et ils en avaient fait autant. Leurs rapports manquaient singulièrement de chaleur. Tout fonctionnait suivant le bon plaisir du maître de céans, selon un ordre immuable établi par lui une fois pour toutes. Au fil du temps, elle avait renoncé à prendre des initiatives, car la moindre instruction venant de sa part était tout simplement ignorée avec une sorte de politesse glaciale, puis on n'en parlait plus. C'était Malcolm qui embauchait le personnel. La plupart des employés de maison, Anglais, Irlandais ou Allemands, servaient les Patterson depuis des années. L'époux de Marielle vouait une passion sans limites à tout ce qui était germanique. Il avait effectué ses études à l'université de Heidelberg et parlait l'allemand à la perfection.

Très vite, Marielle avait décelé une secrète animosité à son encontre et en avait souvent cherché la raison. Elle en avait conclu que les domestiques lui en voulaient parce qu'elle avait été la secrétaire de Malcolm avant de devenir sa femme. Elle avait vainement cherché un emploi lors de son retour d'Europe en 1932. La dépression battait son plein. Des hommes bardés de diplômes allaient chaque jour grossir les rangs des chômeurs. Elle ignorait tout du monde du travail et ses parents l'avaient laissée sans un sou. Son père avait été ruiné lors du krach de 1929, ce qui avait fini par le tuer. Il était trop âgé pour recommencer à zéro. Son esprit avait vacillé, son cœur malade avait ensuite cédé. Quand sa femme le suivit dans la tombe six mois plus tard, il ne restait que quelques centaines de dollars sur un compte bancaire. À l'époque, Marielle vivait à Paris la fin de sa désastreuse union avec Charles. Trop abattue pour s'occuper d'elle-même, elle avait chargé Charles de liquider les biens immobiliers de ses parents décédés, afin que les échéances soient honorées. L'élégante maison de brique brune avait été bradée. De retour à New York, elle se retrouva sans toit. Elle avait loué une chambre dans un hôtel d'East Side avant de se mettre à la recherche d'un emploi. Son pécule se résumait en tout et pour tout à deux mille dollars, empruntés à Charles. Elle avait décliné son offre d'une aide financière plus substantielle. Elle était complètement seule... D'une certaine façon, Malcolm avait été son sauveur.

Elle était entrée dans son bureau, un jour venteux de février. Il l'avait accueillie par un sourire qui lui avait fait l'effet d'un rayon de soleil au terme d'un rude hiver. Marielle s'était adressée à lui sachant qu'il comptait parmi les amis de son défunt père. Dans le vaste réseau de ses relations, il devait bien connaître quelqu'un qui avait besoin d'une employée ou d'une dame de compagnie parlant français ! À part peindre et dessiner, elle n'avait aucune qualification et, de plus, elle n'avait pas touché à un pinceau depuis des lustres. Contre toute attente, après une heure d'entretien, il l'embaucha. Elle commença comme assistante auprès de sa secrétaire particulière, une vieille Anglaise qui vit son arrivée d'un mauvais œil sans toutefois transgresser les règles de la courtoisie. Marielle ne fut pas longue à apprendre. Au bout de quelques mois, elle était devenue un modèle d'efficacité. Personne ne fut surpris quand le patron se mit à l'inviter, d'abord à déjeuner dans des petits restaurants feutrés du quartier, puis à dîner dans des établissements plus huppés. Par la suite, il lui demanda de l'accompagner à une réception mondaine, puis à une autre. Chaque fois, il lui avait suggéré discrètement de se procurer une tenue adéquate dans une boutique de luxe, à ses frais. Au début, elle en fut troublée. Il était hors de question qu'elle profitât de la situation, ou qu'elle se mît dans une position délicate... Malcolm ne manquait pas de séduction. Intelligent, compréhensif, amusant, il lui épargna le genre de questions qui l'auraient mise dans l'embarras. Jamais il ne lui demanda quelle vie elle avait menée à Paris pendant plus de six ans, ni même pourquoi elle en était finalement revenue. En sa compagnie, elle commença à se sentir à l'aise. Prévenant, courtois, chevaleresque, il ne l'importuna jamais de ses avances. Il semblait se contenter de se montrer en public au bras d'une jeune et jolie femme, parée des superbes toilettes qu'il lui offrait. Il feignait d'ignorer la timidité presque maladive de sa compagne, s'efforçant toujours de créer une atmosphère détendue. Peu à peu, Marielle reprit confiance. Une étrange transformation s'opérait au fil de leurs sorties. Au bout d'un moment, elle comprit qu'un chapitre de sa vie s'était achevé. Elle n'était plus l'ancienne Marielle. Et la nouvelle Marielle lui paraissait plus audacieuse, plus forte, plus apte à survivre.

Lorsqu'elle était en compagnie de Malcolm, personne n'osait lui poser de questions. Bien sûr, les gens avaient envie de savoir qui elle était, mais une fois les présentations faites, les choses en restaient là. On la remarquait à cause de sa beauté, de ses vêtements élégants, de son expression triste, parfois, et cela l'amusait. Auprès de Malcolm, elle se sentait en parfaite sécurité. Il lui servait de bouclier contre un monde hostile qu'elle redoutait. Lorsqu'il demanda sa main, aux alentours de *Thanksgiving*, il ne lui fit pas de grandes déclarations d'amour — pourtant, son constant souci de lui faire plaisir laissait penser qu'il lui était profondément attaché. Compte tenu de leur énorme différence d'âge, il se borna à lui offrir la protection dont elle avait tant besoin. Elle n'en voulait pas plus. Dans son esprit, la passion était associée à tout jamais à la douleur. Le souvenir de Charles n'avait cessé de la tourmenter et quant au reste, c'était trop pénible pour qu'elle ose l'aborder, même avec Malcolm. Son honnêteté naturelle l'avait une fois poussée à des confidences qu'il s'était empressé d'interrompre.

— Nous avons tous un passé, ma chère, avait-il dit avec un gentil sourire, alors qu'ils dînaient au *Plaza*. Mais je subodore que le vôtre, à vingt-cinq ans, doit être plutôt sain.

Il savait se montrer si tolérant, si attentif et délicat ! Et il l'acceptait telle qu'elle était, avec ses blessures cachées, ses tourments, ses chagrins. La sécurité qu'il lui proposait suffisait amplement à Marielle. La magnifique demeure des Patterson, les meubles rares, les bijoux inestimables n'entraient pas en ligne de compte. Marié deux fois, Malcolm passait pour un homme d'une générosité légendaire. Elle sut qu'elle avait enfin trouvé le port de salut après la tempête, le havre de paix où elle pourrait souffler enfin, la paisible retraite dont elle avait tant rêvé. Elle le lui dit, et il promit de veiller sur elle.

Il avait tout de suite perçu sa sensibilité exacerbée. Il ne lui demanda qu'une chose : lui donner des enfants. Ses épouses précédentes n'avaient pas exaucé ce vœu. À l'approche de la cinquantaine, il désirait un héritier. Ses ancêtres avaient bâti leur fortune en investissant dans la sidérurgie. À la naissance de Malcolm, les Patterson figuraient en tête de liste des magnats de l'industrie américaine et il avait consacré sa vie à agrandir son empire.

Sa proposition de mariage laissa Marielle sans voix. L'espace d'une seconde, elle crut qu'il plaisantait. Leurs sorties, si fréquentes fussent-elles, n'avaient jamais dépassé le cadre d'une tendre amitié. Certes, elle lui devait une somptueuse garde-robe mais de là à songer qu'ils pourraient unir leurs destinées... Il ne l'avait même pas embrassée.

— Je... Je ne sais que vous dire. Êtes-vous sérieux ?

Il lui prit la main, plutôt amusé par sa surprise et par son air vulnérable. Tout doucement, il porta la main de la jeune femme à ses lèvres pour y déposer un léger baiser.

— Bien sûr que je suis sérieux, Marielle.

Leurs yeux se rencontrèrent. Il avait adopté ce ton paternel qu'elle appréciait tant. Depuis son retour aux États-Unis, un an plus tôt, elle n'avait plus personne au monde, à part Malcolm.

— Soyez ma femme. Je m'engage à prendre soin de vous, ma chérie, je vous en fais la promesse. Et si, avec un peu de chance, vous me donniez des enfants, je vous serais reconnaissant jusqu'à la fin de mes jours.

Étrange proposition ! songea-t-elle. Cela ressemblait davantage à un arrangement commercial qu'à une demande en mariage. Il voulait des enfants, elle avait besoin d'être protégée, il ne restait plus qu'à fixer les termes du contrat. Il ne lui avait pas dit qu'il l'aimait, ne l'avait pas couvée de regards énamourés, et elle, de son côté, n'était pas à proprement parler folle de lui. Cela la changeait totalement de ce qu'elle avait vécu avec Charles. Et ça lui convenait parfaitement. Seule l'idée d'être mère l'effrayait. Elle n'était pas sûre d'être prête à prendre ce risque, mais elle n'osa rien dire.

— Et si nous n'avons pas d'enfants ? s'enquit-elle avec anxiété, se rendant soudain compte que, au fond, ils savaient peu de chose l'un de l'autre.

— Nous resterons bons amis.

Sa réplique, formulée d'un ton calme, eut le don de l'apaiser, mais aussitôt, un nouveau doute surgit. Pourquoi l'avait-il choisie ? Il y avait autour de lui une pléthore de femmes qui auraient donné dix ans de leur vie pour l'épouser.

— Pourquoi moi ? Il y a... dans votre entourage... un grand nombre de personnes plus... plus convenables, bredouilla-t-elle, et un flot incarnat lui embrasa les joues.

Elle n'avait plus d'argent, plus de statut social. Rien. Elle était, certes, issue d'une famille respectable, mais les relations de Malcolm ne manqueraient pas de chuchoter le mot de mésalliance. Bizarrement, le fait qu'elle fût sans attaches constituait son principal atout pour Malcolm. Si elle acceptait de l'épouser, elle serait tout à lui. Cette idée le comblait d'aise. Malcolm Patterson était un homme soucieux de ses maisons, de ses voitures, de ses tableaux, de sa collection Fabergé, bref, de ses « choses ». Si Marielle lui donnait une progéniture, elle deviendrait la plus chère de ses possessions. De plus, il la tenait pour une personne désintéressée, ce qui ne gâchait rien. Oui, Marielle ferait une épouse digne de lui, une compagne attrayante et, si Dieu le voulait, une excellente mère.

— Peut-être devrais-je vous déclarer ma flamme, reprit-il doucement. Mais je ne pense pas que cela soit important, n'est-ce pas ? Pas pour le moment Avec le temps, nous apprendrons à mieux nous connaître.. Eh bien, quelle est votre réponse ?

Pendant un instant, elle hésita.

— Malcolm, en êtes-vous sûr ?

Elle avait peur de le décevoir. De ne pas être à la hauteur. Ou de sombrer de nouveau dans la dépression. L'année précédente n'avait pas été facile. L'enlèvement du petit Lindbergh avait éclaté comme une bombe deux semaines après son retour à New York. Elle en avait été horrifiée et, en mai, quand la presse avait annoncé que l'enfant était mort, elle avait ressenti une douleur singulière qui lui était allée droit au cœur. Le calvaire des parents du petit martyr l'avait touchée au plus profond d'elle-même. Elle avait gardé la chambre des jours durant, prétextant une mauvaise grippe. En vérité, sa dépression latente avait repris le dessus. Elle se sentait incapable de se lever, de sortir, de bouger. Finalement, dans un mouvement de pure panique, elle avait téléphoné à son médecin en Suisse. Il avait pu la ramener à la raison, mais le risque d'une rechute perdurait. Et si cela arrivait une fois de plus ? Et si Malcolm apprenait...

— Je ne suis pas certaine d'être la femme idéale pour vous.

Elle avait baissé les yeux, des larmes miroitaient entre ses cils. Il la regarda, pris par un soudain désir de la prendre dans ses bras et de lui faire l'amour. C'était la première fois qu'elle lui inspirait une telle attirance et, pendant un instant, il se demanda s'il n'allait pas finir par en tomber amoureux.

— Chérie... je vous en supplie... épousez-moi... Je ferai tout pour vous rendre heureuse.

Des mots d'amour, il n'en connaissait pas d'autres. Elle leva le regard, secoua la tête avec un petit sourire triste.

— Vous n'êtes pas obligé. Soyez simplement aussi gentil que vous l'avez été. Trop gentil, d'ailleurs. Je ne vous mérite pas.

— Balivernes ! Vous méritez plus que je ne puis vous offrir : un mari de votre âge, fou de vous, qui vous emmène danser tous les soirs. Pas un vieillard que vous pousserez dans une chaise roulante quand vous aurez quarante ans.

Elle eut un rire involontaire. Elle avait du mal à imaginer Malcolm autrement qu'en bonne santé. C'était un homme vigoureux, en pleine force de l'âge. En dépit d'une masse de cheveux blancs, il paraissait encore jeune.

— Eh bien, reprit-il, maintenant que vous savez ce que l'avenir vous réserve, allez-vous accepter mon offre ?

Leurs regards se croisèrent et elle fit oui de la tête, dans un mouvement à peinc esquissé, presque imperceptible. Lorsqu'il l'attira contre lui, à l'abri de ses bras, des larmes emplirent ses yeux. Elle se jura d'être toujours loyale à son égard. De ne jamais le décevoir.

Une discrète cérémonie les unit l'un à l'autre. Le mariage fut célébré le jour de l'an par un juge — une relation de Malcolm — en présence d'une douzaine d'invités, tous des amis à lui. Marielle ne connaissait personne, à part les employées qu'elle avait rencontrées quand elle travaillait à l'entreprise Patterson. À présent, elles la détestaient. Cendrillon épousant le Prince Charmant excitait leur jalousie. Elle avait eu ce dont elles avaient toutes secrètement rêvé : le nom du patron. Et son argent. Marielle ne voulait rien que sa protection, mais cela, elles étaient loin de l'imaginer.

La mariée portait un ensemble de chez Mainbocher, et un chapeau assorti de Sally Victor. Avec ses longs cheveux cannelle aux reflets acajou ramassés en un chignon volumineux sur la nuque, et ses immenses yeux saphir emplis d'émotion, elle resplendissait. Elle versa un torrent de larmes quand le juge les déclara mari et femme, puis, durant la réception qui suivit, elle resta tout près de lui, comme si elle craignait que quelque mauvais génie pût se glisser entre eux si elle s'éloignait.

Ils passèrent leur voyage de noces dans les Caraïbes, sur une île privée près d'Antigua, mise à leur disposition par un ami de Malcolm. Une fabuleuse villa, un yacht, une armée de domestiques britanniques, efficaces et discrets... Un décor parfait pour une lune de miel parfaite. À mesure que les jours s'écoulaient, l'affection de Marielle pour Malcolm ne fit que croître. Il l'entourait d'attentions touchantes et, lors de leurs ébats, il se montrait d'une patience infinie. C'était un amant expérimenté, plein de ressources. Loin de le rendre brutal ou pressé, son désir de paternité le poussait à une recherche méticuleuse des facettes du plaisir. Mais, bien qu'elle appréciât ses savantes caresses, Marielle ressentait comme un manque, un vide que rien ne pouvait combler... Ils revinrent à New York trois semaines plus tard, au bras l'un de l'autre, comme un couple harmonieux. La jeune femme pénétra dans la demeure des Patterson d'une démarche assurée, le cœur confiant. Et, presque aussitôt, la réalité lui sauta aux yeux. Ils vivaient dans la maison de Malcolm, voyaient *ses* amis, s'entouraient de *ses* domestiques. Marielle n'avait plus qu'à obéir, à se plier aux quatre volontés du maître de céans. Les serviteurs la tenaient pour une coureuse de dot, la traitaient comme une intruse. Sachant qu'elle avait été son employée, ils s'étaient empressés de lui coller l'étiquette de « parvenue ». Ses ordres, quand elle en donnait, étaient ignorés, ses requêtes tournées en dérision et certaines de ses affaires personnelles disparaissaient mystérieusement. Lorsqu'elle se plaignit auprès de Malcolm, il l'écouta avec une condescendance qui acheva de l'exaspérer.

— Donnez à mes gens le temps de s'habituer à la nouvelle situation, ma chère, et ils en viendront à s'attacher à vous.

La lune de miel était terminée. Malcolm passait ses journées au bureau et sa jeune épouse ne tarda pas à éprouver les effets néfastes d'une solitude forcée. Bien sûr, il se montrait toujours aimable, toujours attentionné, sans toutefois modifier ses habitudes. Visiblement, il n'avait pas l'intention de faire partager son existence, ni même sa chambre, à Marielle. Il veillait tard dans la nuit, expliqua-t-il, afin d'étudier des dossiers ou de donner des coups de fil à l'étranger. Il tenait par-dessus tout à sauvegarder son intimité et, par ailleurs, avait scrupule à déranger sa femme à des heures tardives. Au début, elle chercha à l'en dissuader, lui suggérant d'installer un bureau dans une pièce attenante à leurs appartements. Il ne voulut rien savoir. À la fin, elle s'inclina. Leur mariage n'avait pas changé grand-chose, en définitive, hormis qu'ils se montraient en public ensemble un peu plus souvent. Plus d'une fois, en dépit de la constante gentillesse de son mari, Marielle se sentit comme une pièce rapportée.

Il lui avait constitué une rente, une somme rondelette qu'il faisait virer sur son compte personnel chaque début de mois. Il l'encourageait à s'acheter des robes de plus en plus coûteuses. Au bout d'un moment, elle se mit à dépenser sans compter... Or, la maison était toujours son royaume à lui, tout comme le personnel, les domestiques, l'entourage. Malcolm partait seul en voyages d'affaires. En fait, Marielle ne l'avait accompagné qu'une fois, du temps où elle n'était que sa secrétaire. Elle aurait pu concevoir quelque jalousie vis-à-vis de sa nouvelle assistante, si elle ne l'avait pas trouvée charmante. Brigitte, une jolie Berlinoise, faisait preuve envers l'épouse de son patron d'une grande déférence. Son attitude parfaite l'avait, d'emblée, rendue sympathique à Marielle. Elle avait des cheveux blond pâle et se peignait les ongles en rouge vif. À sa redoutable efficacité s'ajoutait une discrète gentillesse. Évidemment, les autres employées la détestaient, comme elles avaient haï Marielle. Or, très vite, Brigitte s'avéra une collaboratrice précieuse, compétente et serviable. Pendant la grossesse de Marielle, elle lui envoya plusieurs petits cadeaux pour le bébé. Elle tricota même une adorable petite couverture et de minuscules brassières, ce qui sembla toucher Malcolm. Le reste du temps, il s'apercevait tout juste de sa présence. En dehors de ses affaires, il n'avait qu'une seule chose en tête : le fils qu'il désirait par-dessus tout.

Marielle s'attendait à tomber enceinte facilement. C'est ainsi que les choses s'étaient passées la première fois... Elle fut donc surprise que cela n'arrive pas tout de suite, après les premiers mois de mariage. Or, rien ne se produisit. Six mois s'écoulèrent et Malcolm insista pour qu'elle aille consulter un spécialiste à Boston. Il l'avait lui-même conduite à l'hôpital en voiture, l'y avait laissée entre les mains d'une équipe médicale tout un après-midi. N'ayant découvert aucune faille, les praticiens avaient encouragé le couple à multiplier ses efforts. Selon eux, ce n'était plus qu'une question de temps. Marielle avait trouvé certaines suggestions assez embarrassantes, tandis que Malcolm s'était empressé de les appliquer à la lettre. Six autres mois s'écoulèrent et toujours rien. Désemparée, Marielle s'était rendue secrètement chez son propre gynécologue. La procréation obéissait à des mécanismes mystérieux, avait déclaré celui-ci avec prudence. On n'arrivait pas toujours à en percer le secret. Il avait déjà vu, par le passé, certaines femmes en pleine santé incapables pourtant de concevoir. Ce n'était la faute de personne.

— Parfois, acheva-t-il paisiblement, Dieu semble s'y opposer.

L'attente constante d'une grossesse sans cesse déçue avait exacerbé la sensibilité de Marielle. Son inquiétude avait ravivé ses anciennes migraines.

— Pourtant, cela m'est déjà arrivé, dit-elle doucement, sans oser regarder le praticien en face.

Elle n'en avait jamais parlé à Malcolm, encore moins depuis qu'elle avait subi tant de cruelles désillusions.

— Vous avez déjà été enceinte? demanda le docteur, intrigué.

Il s'en était douté, quand il l'avait examinée pour la première fois mais ne lui avait posé aucune question. Elle-même n'avait jamais évoqué ce sujet. À Boston, les médecins l'avaient soumise à un questionnaire exhaustif auquel elle avait répondu négativement. Elle éprouvait une méfiance instinctive vis-à-vis de tous ceux qui avaient prêté serment d'allégeance à son mari. Or, ce docteur ne faisait pas partie de l'entourage de Malcolm, et, de fait, lui inspirait confiance.

— Oui, souffla-t-elle.

— Vous avez avorté?

Il savait par expérience qu'une interruption de grossesse pouvait engendrer la stérilité. Combien de ses patientes n'avaient-elles pas été victimes d'un obscur « boucher » ou d'une « faiseuse d'anges » ?

— Non. Pas du tout.

— Ah... Une fausse couche, alors ?

— Non, fit-elle en tressaillant comme sous l'effet d'une violente douleur... J'ai mis au monde cet enfant. Il est mort... plus tard.

— Oh, je suis désolé.

Les mots, si longtemps enfouis, fusèrent alors de sa bouche et elle se mit à sangloter sans fin en racontant l'épisode le plus atroce de sa vie. Quand, deux heures plus tard, elle repartit, le lourd fardeau pesait moins sur ses épaules. Le praticien avait su la rassurer. Puisqu'elle avait déjà enfanté, il n'y avait aucune raison que cela ne se reproduise pas. Absolument aucune.

Il avait vu juste. Deux mois plus tard, elle était enceinte. Elle avait commencé à penser que jamais elle n'y arriverait, songeait même à proposer le divorce à Malcolm. Et soudain, la lumière avait éclaté comme un feu d'artifice dans la nuit.

La joie de Malcolm faisait plaisir à voir. Éperdu de gratitude, il la couvrit de bijoux et de présents. Maintenant, il passait des heures auprès d'elle, à élaborer des projets pour le bébé. Il souhaitait un garçon, bien sûr, mais l'éventualité que ce fût une fille ne semblait pas le déranger outre mesure.

— Il faudra simplement que je gagne encore plus d'argent si c'est une demoiselle, exulta-t-il, et son commentaire arracha un rire amusé à la future maman.

Le moment vint où, à cause de son ventre rebondi, elle ne put plus voir ses chaussures. Elle dormait mal et souffrait de temps à autre de maux de tête, mais jamais sa beauté ne fut plus rayonnante. La nouvelle vie qui grandissait en elle avait estompé les ombres du passé. Des heures durant, tranquillement assise, elle suivait les mouvements du bébé qui grandissait en son sein, impatiente de le tenir entre ses bras... Elle ne cessait de se répéter que cet enfant ne serait pas André...

que rien ne pourrait le faire revivre, et pourtant elle l'aimait déjà de toute son âme.

Malcolm, quant à lui, était comme fou de bonheur. Il avait intimé aux domestiques de veiller sur sa femme, de la nourrir pratiquement toutes les heures, de prévenir tous ses désirs. Il ne fut pas entendu. L'heureux événement n'avait fait qu'attiser leur animosité envers Marielle. Ils n'en devinrent que plus désagréables, surtout l'économe, une vieille matrone aigrie qui dirigeait d'une poigne de fer la maisonnée. Elle avait déjà supporté les deux premières épouses et ce n'était pas cette petite intrigante qui allait faire la loi !

Au début, ils avaient tous conclu que le mariage ne durerait pas. L'arrivée du bébé contrariait leurs espérances. Leur malveillance se changea en véritable haine. L'économe, les femmes de chambre, Patrick, le chauffeur, un Irlandais que Marielle avait trouvé antipathique dès le premier jour, la cuisinière, tous mettaient une évidente mauvaise volonté à la servir. Ses migraines étaient perçues comme un signe de débilité physique, qui ne tarderait pas à nuire au petit être qu'elle portait. Même la nurse que Malcolm avait embauchée pour le bébé se comportait en ennemie. C'était une de ces Anglaises aux manières cassantes et au cœur de pierre que l'on voit parfois dans les films, dans des rôles de cerbère. Malcolm l'avait engagée lors d'un de ses voyages en Europe. Il était difficile de l'imaginer se penchant tendrement sur le berceau d'un nourrisson. Elle arriva un mois avant la naissance du bébé. À sa vue, Marielle avait eu la chair de poule.

— Chéri, par pitié ! Elle a l'air aussi aimable qu'une porte de prison. Comment veux-tu qu'elle s'occupe d'un nouveau-né ?

La question se posait, âpre, obsédante : à quoi servait-elle au juste ? Elle avait élevé André sans aucune aide extérieure, l'avait dorloté, gâté, cajolé, et… oh, non… elle ne voulait pas se souvenir, pas maintenant.

— Je peux m'occuper toute seule de mon bébé, gémit-elle.

Il émit un rire, en la traitant d'idiote.

— Tu seras épuisée après ton accouchement. Tu auras besoin de repos. Miss Griffin est parfaite. Elle est infirmière et possède d'excellentes références. Elle est exactement ce qu'il te faut. Les bébés sont épuisants, parfois, tu sais.

Elle eut envie de crier « c'est plutôt toi qui ne sais rien » mais se contint. À dix-neuf ans, elle avait pris soin d'André sans aucune assistance... Arbitrairement, miss Griffin déclara que les migraines de la mère risquaient de se révéler néfastes pour l'enfant. À l'entendre, Marielle n'était bonne qu'à rester étendue dans l'obscurité, au calme, loin de tout. Bientôt, la situation se détériora. L'hostilité du personnel à laquelle s'ajoutaient les remarques acerbes de l'infirmière anglaise étaient une torture. Les jours suivants, elle se crut obligée de se justifier, comme si ses maux de tête dénotaient un grave désordre mental, ainsi que miss Griffin l'avait suggéré.

Seul Haverford, le majordome britannique, lui témoignait de l'amitié. En lui, Marielle devinait un allié. C'était un homme bien élevé, toujours d'humeur égale, d'un commerce agréable. Contrairement à la gouvernante qui se rangea tout naturellement dans le camp ennemi, considérant la future maman comme le biais déplaisant mais nécessaire par lequel le maître était obligé de passer s'il voulait avoir des enfants. La peur s'insinua progressivement dans l'âme de Marielle. Elle avait besoin d'affection, de compréhension. Les jours heureux qu'elle avait vécus avec Charles quand elle attendait André lui revinrent en mémoire et elle commença à s'isoler dans sa chambre, fondant en larmes à tout bout de champ. Malcolm finit par s'en inquiéter.

— Tu es trop sensible, ma chérie. Tu prends tout trop à cœur.

Il le pensait sincèrement et miss Griffin n'avait pas raté l'occasion de jeter de l'huile sur le feu. D'après elle, Marielle passait sa vie à pleurnicher. Cette dernière semblait ne plus supporter personne, pas même Brigitte. Elle n'allait plus au bureau, se sentant trop grosse, trop laide, en comparaison avec la séduisante secrétaire. Pendant plusieurs jours, elle refusa de sortir avec Malcolm. Il conserva son sang-froid. À ses yeux, ces caprices — car il ne pouvait s'agir que de caprices de femme enceinte — s'arrêteraient avec la délivrance. Au dire de miss Griffin, certaines femmes avaient si peur des douleurs de l'enfantement qu'elles en devenaient impossibles... Et Marielle, toujours selon la gouvernante, appartenait à cette catégorie.

Elle aurait souhaité avoir l'enfant à la maison, mais Malcolm s'y était résolument opposé. La naissance aurait lieu au Doctor's Hospital où il avait déjà retenu une chambre. Là-bas, on disposait de tous les moyens modernes, en cas de problèmes, avait-il tranché. Elle avait essayé de lui faire changer d'avis, invoquant sa terreur irraisonnée d'un éventuel enlèvement. Bruno Richard Hauptmann, l'ignoble ravisseur du petit Lindbergh avait été arrêté en septembre. Les journaux avaient remis l'affaire à l'ordre du jour, et, de nouveau, l'obsession du kidnapping vint hanter le sommeil de la jeune femme. Malcolm mit sa frayeur sur le compte de la nervosité liée à son état. Elle était alors enceinte de six mois et demi. Seul son médecin avait compris quelle épreuve elle était en train de traverser et, chaque fois qu'il la vit, il s'appliqua à la rassurer.

La nuit où le bébé vint au monde, ils étaient à la maison. Marielle lisait dans sa chambre, tandis que Malcolm étudiait un dossier. Les premières contractions la laissèrent pantelante, puis elle alla avertir son mari. À la vue de son visage pâle et défait, il bondit. Patrick les conduisit à l'hôpital, où tout se déroula très vite. Malcolm resta auprès d'elle aussi longtemps que le médecin le lui permit, après quoi, les infirmiers emmenèrent la parturiente sur un chariot. On lui avait administré un sédatif qui l'avait plongée dans un demi-sommeil, et elle murmurait quelque chose à propos d'un événement qui avait dû se passer à Paris. Le docteur lui sourit, puis les deux hommes échangèrent un regard de connivence. Elle devait être dans un monde de rêves.

— Ça ira, dit le praticien, quand le chariot eut disparu. Je reviendrai vous voir très vite.

Malcolm attendit dans la vaste suite qu'il avait réservée pour sa femme. Il était près de minuit... Théodore Whiteman Patterson vit le jour à quatre heures vingt-trois du matin.

Marielle l'aperçut comme à travers une nappe de brouillard, tandis que l'obstétricien le lui présentait, enveloppé dans une couverture duveteuse. Une petite figure ronde et rose, surmontée d'une touffe soyeuse de cheveux blonds... Des yeux étonnés, qui la fixaient d'un air incrédule, comme s'ils s'attendaient à voir quelqu'un d'autre... Un long vagissement fit sourire les médecins, tout en arrachant un flot de larmes brûlantes à Marielle... Elle l'avait cru parti, disparu à jamais... Elle s'en souvenait avec précision, comme si ç'avait été hier... les mêmes petites joues rondes... les mêmes petits yeux surpris... sauf que l'autre bébé avait les cheveux sombres de Charles, des cheveux brillants d'un noir de jais... Celui-ci n'était pas le même, bien sûr, bien qu'il lui ressemblât presque trait pour trait. Elle posa sa joue mouillée contre la sienne, éprouvant une sorte de souffrance infinie et en même temps une joie sans fond, une tendresse incommensurable. Une sensation d'absolue plénitude. Les aides soignantes l'emportèrent ensuite loin d'elle pour lui donner son bain, puis le présenter à son père.

Il faisait jour quand elle fut ramenée dans la spacieuse chambre blanche. Malcolm somnolait dans un fauteuil et il y avait une bouteille de champagne dans un seau à glace en argent sur la table de chevet. Il se réveilla en sursaut pour l'accueillir. Un sentiment de fierté submergea Marielle. Elle avait honoré leur contrat, exaucé le rêve le plus cher de Malcolm.

— Tu l'as vu ? demanda-t-elle, alors qu'il l'embrassait sur le front.

— Oui, dit-il, ému aux larmes. Il est si beau. Il te ressemble.

— Oh, non...

Il ressemble à André, songea-t-elle et elle se mordit les lèvres afin de contenir les mots interdits.

— Il est mignon tout plein. Où est-il ?

Soudain assaillie par une terreur sans nom, elle regarda l'infirmière. Et s'il n'était plus là ? Si on le lui avait pris ?

— Il sera là dans une minute, madame. Il est à la nursery.

— Je le veux ici, dans ma chambre.

Alarmée, elle s'était tournée vers Malcolm, qui lui avait saisi la main.

— Il va bien, ma chérie. Il dort.

— Je veux le voir. Je veux voir mon bébé.

Elle ne le perdrait jamais de vue, pas une seconde. Elle ne permettrait plus que *cela* arrive, plus jamais. Son regard affolé balayait la pièce. Un début de migraine lui serrait les tempes. Tout semblait calme, pourtant. Malcolm servait le champagne dans des flûtes de cristal. Il lui en tendit une et elle fit semblant d'y tremper les lèvres.

Une aide soignante apporta le bébé peu après. Elle le tint dans ses bras, le regardant dormir. Il se réveilla alors, et elle défit les boutons de sa chemise de nuit pour lui donner le sein. Les gestes lui revenaient, simples, naturels, comme si rien ne s'était produit entre-temps, ni perte, ni deuil, ni drame... La maternité éternelle triomphait des ombres tragiques. Elle se sentit défaillir d'amour pour ce minuscule bébé qu'elle tenait entre ses bras.

Malcolm contemplait, fasciné, la mère et l'enfant. Il prit ensuite son fils, pour l'admirer en silence. Plus tard, il partit faire la sieste chez lui, dans ses appartements privés. Il dormit profondément, paisiblement, sachant que sa vie était à présent complète et presque trop parfaite. Les quelques doutes qu'il avait conçus au sujet de Marielle durant ces deux dernières années s'étaient évanouis. Il avait eu raison de l'épouser. L'enfant en était la preuve.

Le lourd vantail de chêne roula sur ses gonds bien huilés, et Marielle pénétra sans bruit dans la demeure, encore secouée par sa rencontre fortuite avec Charles.

— Bonsoir, madame.

Le majordome prit son manteau pour le passer à une femme de chambre qui attendait à son côté. Un soupir échappa à Marielle. Quelle rude journée, pensa-t-elle. Elle était encore toute transie de froid. De ce froid intense qui régnait dans l'église.

— Bonsoir, Haverford, répondit-elle tout en retirant ses gants et en les posant près de son sac de daim noir. Monsieur est-il là ?

— Non, madame, je ne crois pas.

Marielle gravit les marches de l'escalier. Comme toujours, elle s'efforça de réprimer son envie de monter au troisième, au lieu de se retirer immédiatement dans sa chambre… Contre toute attente, elle s'était découvert des sentiments complexes vis-à-vis de l'enfant qu'elle avait eu avec Malcolm : une adoration sans limites, plus vaste encore que celle que son cœur avait été capable de contenir à dix-huit ans, plus profonde que tout ce qu'on pouvait éprouver pour un autre être humain. Et, en même temps, le besoin de refréner, comme mue par une sombre appréhension, l'élan irrésistible qui la poussait vers l'enfant. C'était dangereux d'aimer quelqu'un à ce point, elle le savait. Si quelque chose arrivait, cette fois-ci, elle en mourrait. Alors, souvent, elle essayait de dissimuler ses sentiments, d'afficher même une certaine indifférence. Évidemment, ses feintes échouaient presque toujours et, chaque nuit, elle grimpait les marches pieds nus pour aller contempler son fils dans son sommeil. Il était le plus bel enfant du monde, un adorable petit garçon, si tendre, si doux, si parfait. Il était tout pour elle… sa seule joie, son rayon de soleil, sa récompense après tant de souffrances, un cadeau de Dieu pour remplacer ce qu'un destin cruel lui avait dérobé.

Malcolm, qui l'adorait également, vantait son intelligence et ses bonnes manières. Il ne partageait pas la crainte permanente de Marielle au sujet de la sécurité de Teddy.

Dans l'année qui avait suivi la naissance du bébé, Malcolm avait déployé une énergie considérable à faire un deuxième enfant à sa femme. Ses efforts n'aboutirent pas. Se contentant de son unique héritier, Malcolm abandonna la partie et les deux époux recommencèrent à faire chambre à part. Tous deux s'estimaient satisfaits de leur sort. Elle parce qu'elle avait un enfant qu'elle adorait, lui parce qu'il avait assuré la pérennité du nom des Patterson.

La nervosité dont Marielle avait souffert durant sa grossesse avait cédé la place à l'apaisement. Mais la sécurité de Teddy demeurait sa préoccupation première. L'assassin du petit Lindbergh avait été exécuté depuis plus de deux ans, mais cela ne l'empêchait pas de rester sur ses gardes, comme si chaque coin de rue abritait un malfaiteur.

Malcolm appréciait la façon dont Marielle élevait leur enfant. C'était une excellente mère, une bonne épouse, et elle lui avait donné un superbe bébé blond. Il n'en demandait pas plus.

Marielle poursuivit l'ascension de l'escalier, se livrant à un débat intérieur. Elle ne se sentait pas d'humeur à supporter les remarques de la nurse anglaise. Elle était sur le point de gagner ses appartements quand elle entendit Teddy. Son rire limpide qui s'égrenait quelque part à l'étage du dessus la fit sourire. Elle l'avait vu le matin même, bien sûr, mais l'envie de le reprendre dans ses bras la brûlait. D'habitude, elle essayait de rationner le bonheur d'être avec l'enfant, de crainte d'être consumée par la flamme de sa passion maternelle. C'était un jeu qu'elle ne cessait de jouer avec elle-même. Un jeu absurde, évidemment, car rien ne pouvait rompre leurs liens.

Teddy passait presque tout son temps sous la férule de l'irascible miss Griffin. Malcolm l'avait gardée à leur service, contre l'avis de sa femme. Les quatre ans qui s'étaient écoulés n'avaient pas atténué l'antipathie que Marielle ressentait envers la gouvernante. Cette dernière continuait à la considérer comme une déséquilibrée, une pauvre créature désorientée, atteinte de quelque grave déficience mentale. Ses migraines, sa phobie des enlèvements, son attachement à son enfant — un attachement que miss Griffin n'hésitait pas à qualifier de « pathologique » — plaidaient en faveur de son premier diagnostic. La maîtresse de maison n'était qu'une caractérielle dont il fallait se méfier. La nurse s'était ingéniée à répandre le bruit parmi les autres domestiques. En revanche, elle affichait un immense respect à l'égard de Malcolm, qu'elle idolâtrait. En fait, elle rêvait secrètement de gagner une place dans son cœur. Si la Providence avait été moins injuste, ce serait elle, miss Griffin, qui aurait tenu le rôle de cette « pauvre névropathe », comme elle appelait parfois Marielle. Oui, seule une dangereuse névrosée pouvait faire une fixation sur le kidnapping du petit Lindbergh, qui remontait maintenant à six bonnes années. Sans compter que les Lindbergh eux-mêmes avaient dû oublier leur cauchemar depuis belle lurette, puisqu'ils avaient eu deux autres fils.

Pendant un long moment, Marielle demeura sur le palier à écouter le babillage de son fils. Enfin, souriante, comme mue par une force invisible, elle monta les marches de marbre blanc jusqu'au troisième étage. Ses élégants escarpins de daim noir résonnèrent dans le long couloir qui menait à la nursery où les gloussements de l'enfant s'entendaient derrière la porte fermée. Marielle tourna la poignée et le battant s'ouvrit. Elle aurait dû frapper, ne serait-ce que pour ne pas choquer miss Griffin, très attachée au code du savoir-vivre, mais tant pis. Elle préférait lui faire la surprise. Tandis que le vantail s'écartait, le petit garçon se retourna. Il avait des boucles dorées, d'immenses yeux bleus. Un sourire radieux illumina sa frimousse quand il la vit.

— Maman !

Il s'envola à travers la pièce et se jeta dans les bras de l'arrivante, qui le souleva en riant. Il nicha son petit nez dans le cou de sa mère, respirant à fond son parfum capiteux.

— Ce que tu sens bon, maman !

Elle était belle, sa maman, songea-t-il avec fierté, la plus belle de toutes les femmes qu'il avait vues jusqu'alors. Brigitte, la secrétaire de son papa, était jolie, elle aussi. Teddy l'aimait bien. Parfois, elle lui rendait visite, sans jamais oublier de lui apporter des bonbons et des illustrés allemands. Elle prétendait qu'en Allemagne tout était plus beau qu'ici, mais miss Griffin affirmait que c'était faux... Selon elle, tout était meilleur en Angleterre.

— Comment se porte mon petit prince chéri ?

Marielle embrassa Teddy sur la joue, puis le remit sur ses jambes, sous l'œil torve de la gouvernante.

— Théodore va bien, madame. Nous allions prendre le thé au moment où vous avez fait irruption.

Marielle aurait préféré que le goûter de son fils soit composé de lait et de cookies. Le thé appartenait à un rituel que miss Griffin avait institué avec la bénédiction de Malcolm. Et, comme d'habitude, Marielle n'avait pas été consultée.

— Ah, bonsoir, Nanny, murmura-t-elle en dédiant un sourire timide à l'Anglaise.

Chaque fois qu'elle s'était évertuée à expliquer leur mésentente à Malcolm, elle s'était heurtée à un mur. D'après lui, Teddy avait besoin d'une gouvernante.

Édith vint servir le thé. C'était une Irlandaise qui, dès le début, avait souverainement déplu à Marielle. Elle avait été recrutée par l'économe et miss Griffin lui témoignait une grande amitié. Elle arborait une chevelure teinte en rouge flamboyant, couvait d'un œil jaloux la garde-robe de Marielle et avait su gagner les faveurs du chauffeur de Malcolm. Au dire de la gouvernante, elle repassait à merveille.

— Qu'est-ce que tu as fait aujourd'hui ? demanda Marielle à son fils, d'un air conspirateur.

— J'ai joué avec Alexandre Wilson, répondit-il d'une voix sérieuse. Il a un train électrique.

Il se lança dans une description détaillée des voies ferrées surmontées de ponts et bordées de villages agrémentés de jolies gares colorées.

— J'aurais voulu en avoir un moi aussi, à mon anniversaire.

Il avait fêté ses quatre ans deux semaines plus tôt — décembre était décidément un mois étrange, mélange de joie et de deuil.

— Le père Noël t'apportera sûrement un train, mon chéri.

Malcolm avait déjà acheté un jouet magnifique et, depuis des semaines, une équipe d'ouvriers travaillait sans répit au sous-sol, afin d'y installer les voies, les collines, les lacs et les mêmes villages que Teddy avait admirés chez les Wilson.

— Je l'espère, fit-il, songeur, puis il se rapprocha de sa mère.

Il prenait un immense plaisir à respirer son parfum, à sentir la soie de ses cheveux, à recevoir ses doux baisers. Elle était la personne la plus passionnante du monde et il l'aimait pardessus tout… plus encore que les trains électriques.

— Et toi, qu'est-ce que tu as fait de beau aujourd'hui ? s'enquit-il avec un intérêt de grande personne.

Il lui demandait toujours comment elle avait passé sa journée, comme il demandait à son père et à Brigitte si « tout allait bien au bureau », ce qui faisait sourire Malcolm. Il trouvait Brigitte jolie, presque aussi belle que sa maman, et cela semblait enchanter la jeune Berlinoise. La secrétaire de Malcolm ne tarissait pas d'éloges au sujet de Teddy. Quelquefois, avec l'autorisation de Marielle, elle l'avait emmené au zoo. Un après-midi, elle lui avait fait visiter l'Empire State Building. Teddy en était revenu enthousiaste. De retour à la maison, il avait même dit à Brigitte qu'il l'aimait, avec une emphase qui avait fait rire tout le monde aux éclats.

— Je suis allée à l'église, répondit Marielle calmement, sous l'œil hostile de la gouvernante.

— À l'église ? s'étonna Teddy. Sommes-nous dimanche ?

— Non, mon chéri, fit-elle dans un sourire, en se demandant si un jour, quand il serait grand, elle lui dirait qu'il avait eu un frère. Mais j'y suis allée quand même.

— Et tu t'es bien amusée ?

Elle eut un vague hochement de tête. « Amusée » n'était pas le terme qui convenait, bien sûr. Elle avait pleuré. Et elle avait rencontré Charles… Elle n'avait pas eu le courage de lui apprendre l'existence de Teddy. Charles repartirait bientôt vers son destin, dans une Espagne déchirée par la guerre civile, où peut-être espérait-il trouver la mort comme, jadis, elle-même avait souhaité mourir… Plus maintenant. Maintenant, cet enfant, ce petit garçon, avait apporté la lumière et dissipé les ténèbres… Mais comment aurait-elle pu dévoiler à Charles sa joie d'être mère de nouveau, alors que lui semblait avoir perdu tout espoir ? Elle sut soudain qu'elle ne l'appellerait pas ; que Charles Delauney faisait partie d'une vie antérieure.

— J'étais à la cathédrale Saint-Patrick, Teddy. Tu sais, la très grande église. Nous y sommes allés à Pâques, t'en souviens-tu ?

— Oh, oui, fit-il, sérieux comme un pape. J'aimerais bien y retourner.

Il avait longuement observé les patineurs sur glace, de l'autre côté de la rue, à l'ombre des gratte-ciel de Rockefeller Center.

Elle resta auprès de lui un très long moment ; le couvrit de baisers ; lui lut un de ses contes préférés. Lorsque miss Griffin annonça qu'il était l'heure du bain, le garçonnet leva des yeux implorants sur sa mère.

— Dis, tu peux rester ? S'il te plaît…

Elle l'aurait voulu plus que tout au monde. Mais de telles initiatives risquaient de déclencher les foudres de la gouvernante. Celle-ci détestait que l'on vienne perturber une routine à laquelle elle tenait par-dessus tout.

— Je pourrais lui donner son bain, proposa-t-elle d'une voix incertaine, devinant par avance la réaction de la nurse.

— Cela ne sera pas utile, merci, madame. Embrasse ta mère, Théodore, et souhaite-lui bonne nuit, s'il te plaît. Tu la verras demain matin.

— Mais je ne veux pas la voir demain matin. Je veux la voir là, tout de suite.

Marielle regarda son fils. Elle mourait d'envie de le baigner, de lui préparer son dîner, de le tenir dans ses bras jusqu'à ce qu'il s'endorme, tout en couvrant de baisers sa petite figure rose. Évidemment, c'était hors de question. Elle devait s'astreindre au règlement mis au point par son mari et la gouvernante. Rendre visite à Teddy, prendre le thé avec lui, le quitter des heures avant qu'il n'aille au lit.

— Nous irons au parc demain, mon chéri. Nous nous promènerons près du lac où l'on fait du canotage.

— Demain après-midi, Théodore est invité à un anniversaire chez les Oldenfield, madame, coupa miss Griffin, l'air de dire que les obligations sociales passaient avant les divertissements.

— En ce cas, je l'emmènerai au parc le matin.

Les deux femmes se défièrent du regard, mais ce fut la maîtresse de maison qui, la première, baissa les yeux. Face à miss Griffin, soutenue par Malcolm, elle serait toujours perdante. Elle se tourna vers l'enfant, accablée par un sentiment d'impuissance.

— Nous irons au parc demain matin, affirma-t-elle en s'efforçant d'adopter un ton ferme.

Des larmes mouillèrent les joues rondes du petit garçon. Demain, c'était une notion trop floue. Trop lointaine.

— Tu ne restes pas, alors ?

Elle secoua tristement la tête, se pencha pour l'embrasser, puis se redressa affichant de son mieux un air insouciant, tandis que la gouvernante traînait par la main un Teddy inconsolable vers la salle de bains.

Marielle sortit de la nursery, le cœur serré. La porte refermée derrière elle, elle s'adossa un instant contre le battant, les yeux clos. C'était si dur, si cruel de le laisser entre des mains étrangères. Hélas ! elle ne pouvait agir autrement. Elle n'avait pas la force de s'opposer à son mari. Elle avait été admise dans cette maison dans l'unique but de procurer un héritier aux Patterson. Le reste lui échappait. Pourtant, elle vouait à Malcolm une profonde reconnaissance. Grâce à lui, elle avait eu Teddy... Teddy était tout ce qu'elle avait au monde. Son trésor, son seul et unique amour, sa joie de vivre.

Elle se réfugia dans son dressing-room, troqua sa stricte tenue noire contre une chatoyante toilette de satin rose. Le miroir lui renvoya une image flatteuse. Ses deux grossesses n'avaient pas épaissi sa taille menue. Les années avaient affiné les contours de son visage sans en altérer la beauté. Seuls ses yeux trahissaient son âge. Le souvenir de Charles revint soudain à son esprit et, l'espace d'une minute, elle fut possédée par l'envie de l'appeler. L'instant suivant, le bon sens triompha de cette faiblesse momentanée. De toute façon, elle n'avait pas grand-chose à lui dire, hormis lui faire des excuses et lui exprimer des regrets. Il n'y avait guère de réponses à leurs questions, tous deux le savaient.

Malcolm passa à la maison en coup de vent. Il devait se rendre à un dîner d'affaires de dernière heure et s'excusait de ne pouvoir passer la soirée avec sa femme. Il lui effleura le front d'un chaste baiser avant de s'éclipser dans ses quartiers. Marielle fit monter un plateau dans sa chambre ; resta longtemps devant la première page d'un roman, sans comprendre le sens des phrases qu'elle lisait et relisait. Son esprit vagabondait. Des lambeaux d'images traversaient sa mémoire, comme les instantanés d'un bonheur révolu. Charles à Paris, jeune, beau, et si fougueux... Elle et Charles à Venise, à Rome, à Florence durant leur lune de miel... Charles riant... la taquinant... nageant à larges brassées vigoureuses dans les eaux translucides d'un lac... traversant à longues enjambées un pré verdoyant... Charles la dernière fois, en Suisse... puis aujourd'hui... Tête baissée, elle laissa libre cours à ses larmes.

Et plus tard, dans la nuit, elle gravit de nouveau l'escalier sur la pointe des pieds, à travers la demeure silencieuse, afin de regarder l'enfant endormi. Elle s'agenouilla près du petit lit et effleura d'un tendre baiser la joue veloutée de Teddy. Après quoi elle regagna sa chambre solitaire... De nouveau, l'impérieux désir de téléphoner à Charles... Mais non. Elle resterait loyale. Elle devait tout à Malcolm. Non, il ne fallait composer le numéro de Charles sous aucun prétexte. Peu importaient ses sentiments pour lui. Ou ce qu'il lui avait dit... Le chapitre de sa vie intitulé Charles Delauney était définitivement clos.

3

LE LENDEMAIN matin, Marielle fit une apparition dans la salle à manger. D'habitude, elle prenait son petit déjeuner au lit, mais ce matin, elle s'était réveillée aux aurores. Malcolm venait de finir son café accompagné d'œufs brouillés et parcourait le journal. En Italie, Mussolini exigeait que la France renonce à la Corse et à la Tunisie.

— Bonjour, chérie, dit-il avec sa courtoisie coutumière, l'air surpris de la voir si matinale. As-tu bien dormi ?

— Pas très bien…

Bien sûr, elle aurait pu lui donner, comme toujours, la réponse qu'il attendait : « oui, très bien, merci »… ou « merveilleusement, je te remercie », mais sa nuit avait été peuplée de cauchemars.

— Encore une de tes migraines ?

Il baissa le journal, afin de l'observer, puis décida qu'elle n'avait pas trop mauvaise mine.

— Non… Une insomnie. J'ai bu trop de café après dîner.

— Tu aurais dû plutôt t'accorder une coupe de champagne ou un verre de vin. Rien de tel pour bien dormir.

Il sourit et elle l'imita.

— Tu seras là, ce soir, Malcolm ?

— Probablement. Nous passerons une soirée tranquille au coin du feu. — Il projetait de passer une semaine calme, avant la frénésie des fêtes de Noël. — Et toi, quel est ton programme ?

— J'irai au parc avec Teddy.

Il la regarda. Elle menait une vie si casanière, se dit-il. Elle ne sortait presque jamais, n'allait jamais déjeuner en ville avec des amies. Pourtant, il l'avait présentée à toutes ses relations. Apparemment, à l'agitation des mondanités, elle préférait la quiétude de sa maison... Plus d'une fois, il l'avait encouragée à sortir davantage. Ce à quoi elle rétorquait invariablement qu'elle n'avait pas le temps. En fait, elle manquait de courage... Dieu seul savait quel obscur complexe de culpabilité la tourmentait.

— Je voudrais aussi l'emmener voir *Blanche-Neige*. Tu crois qu'il est encore trop jeune ?

Sorti un an plus tôt, le film figurait en tête du box-office.

— Pas du tout. Il aimera ça, sans aucun doute. À propos, je vais jeter un coup d'œil sur l'installation du train électrique au sous-sol.

— Penses-tu que ce sera prêt à temps ?

Oui, très certainement. Il restait une douzaine de jours avant Noël et Malcolm n'était pas du genre à tolérer le moindre retard.

— En tout cas, je l'espère. La semaine prochaine, je pars à Washington. Veux-tu m'y accompagner ?

— Tu vas encore voir tes amis ?

Il avait des amis haut placés au ministère de la Guerre.

— Oui, au sujet d'une affaire importante. J'ai également rendez-vous avec l'ambassadeur allemand, pour un projet à Berlin.

— Tu risques d'être très occupé.

— Sans doute, mais tu seras la bienvenue si cela te dit.

Il n'aurait pas une minute à lui consacrer, elle en était convaincue. Elle serait un poids si elle y allait et, d'ailleurs, elle avait tellement de choses à faire avant Noël.

— Je préfère rester ici, afin de m'organiser pour les fêtes. Tu n'es pas fâché ?

— Bien sûr que non, ma chère. C'est toi qui décides. Par ailleurs, je serai de retour très vite.

— Peut-être après le Nouvel An, suggéra-t-elle, d'une voix hésitante.

Où fallait-il qu'elle soit ? se demanda-t-elle en même temps, en proie à une indicible anxiété. À Washington avec Malcolm ? Ici auprès de Teddy ? Marielle n'aurait pas su le dire. L'alternative s'avérait impossible. Depuis maintenant près de neuf ans, prendre une décision supposait de tels atermoiements qu'elle avait préféré y renoncer purement et simplement. On ne savait jamais si on faisait le bon choix et ça pouvait parfois vous coûter très cher. Elle avait suffisamment payé pour le savoir.

— Cela te convient-il ? questionna-t-elle, de plus en plus mal à l'aise.

— Oui, bien sûr, répondit-il, rassurant.

Il l'embrassa et sortit.

Marielle monta s'habiller. Peu après, elle descendait l'escalier de marbre suivie de Teddy. Miss Griffin avait offert de les accompagner mais, pour une fois, Marielle avait tenu tête. Non, pas question, avait-elle rétorqué, Teddy et elle avaient envie d'être un peu seuls. L'expression outragée de la gouvernante avait arraché un gloussement amusé au petit garçon et, tandis qu'ils dévalaient les marches, le claquement furieux de la porte de la nursery ébranla la maison de fond en comble. Dans le vestibule, ils croisèrent Brigitte : la secrétaire s'apprêtait à monter au premier où son patron l'attendait.

— Eh bien, on dirait que tu sors, ce matin, Théodore ? dit-elle dans un anglais parfait, teinté d'un très léger accent allemand, en lançant un chaleureux regard à Marielle.

En d'autres circonstances, les deux femmes auraient cherché à mieux se connaître, mais Malcolm n'aurait jamais toléré que son épouse se lie d'amitié avec une simple employée.

— Nous allons au parc, déclara Teddy d'un ton fier, puis comme s'il venait de remarquer le tailleur bleu roi de la secrétaire de son père : vous avez une jolie robe, Briggy. Je vous trouve ravissante.

La jeune Allemande éclata de rire.

— Espérons que vous me ferez les mêmes compliments dans vingt ans, jeune homme ! — Et comme Teddy la considérait, dérouté, elle lui sourit. — Merci beaucoup, en tout cas. Je te trouve très séduisant, aussi. C'est un nouveau manteau, ça ?

Il portait un pardessus bleu marine à capuchon que miss Griffin avait choisi pour lui et qu'il détestait.

— Non, fit-il en secouant ses boucles dorées. C'est un vieux.

— Es-tu prêt ? dit sa mère, qui venait d'enfiler sa fourrure.

— Oui.

Il se hissa sur la pointe de ses petits pieds bottés, afin de planter un baiser sonore sur la joue de Brigitte, notant au passage la senteur musquée de son parfum.

— Amuse-toi bien, Théodore.

Dehors régnait un froid polaire. Marielle avait prié Patrick de les conduire au parc en voiture. Teddy babilla tout le long du trajet, et, lorsqu'ils quittèrent la limousine pour pénétrer dans Central Park par la Cinquième Avenue, Marielle se surprit à lui raconter sa vie à Paris... Après tout, Malcolm parlait sans cesse de ses voyages à Berlin, et elle savait que miss Griffin ne manquait pas une occasion pour évoquer sa chère Grande-Bretagne.

— Un jour, nous ferons la traversée de l'Atlantique à bord du *Normandie*, affirma-t-elle joyeusement au garçonnet qui buvait ses paroles, les yeux émerveillés.

— Papa viendra aussi ? demanda-t-il, tout excité à la perspective d'un voyage avec ses parents.

— Naturellement. Nous irons tous les trois.

Jamais elle ne serait partie en laissant son fils derrière elle. C'était la principale raison pour laquelle elle avait refusé d'accompagner Malcolm, les rares fois où il le lui avait demandé... Ils continuèrent à longer une allée recouverte de givre, la main dans la main, contre le vent glacé. Le petit nez de Teddy avait viré au rose vif, le vent âpre faisait larmoyer les yeux de Marielle, mais leurs lourds manteaux, leurs écharpes et leurs gants fourrés les protégeaient du froid.

— Sans doute que papa sera trop occupé pour venir, fit remarquer au bout d'un moment Teddy, d'une voix empreinte de regrets.

Elle tenta de le rassurer.

— Il ne refusera pas un tel voyage, du moins je ne le pense pas.

Elle avait adopté un ton léger, sachant pourtant que Teddy avait vu juste. Malcolm donnait toujours priorité à ses affaires, surtout ces derniers temps.

— Peut-être pourrions-nous le rejoindre à Berlin, proposa Teddy de son air grave de grande personne.

Il était si intelligent, se dit-elle, dans un élan de fierté. Il remarquait tout. Même le fait que son père avait beaucoup de partenaires allemands ne lui avait pas échappé... Sur ce point précis, grâce à ses origines et sa compétence, Brigitte s'était avérée une précieuse collaboratrice. Depuis quelques années, les contrats entre les entreprises Patterson et l'Allemagne n'avaient cessé de se multiplier.

— On pourrait aussi visiter Londres, reprit Teddy, par égard pour sa gouvernante. On y verrait Big Ben, la Tour de Londres, Buckingham Palace... et le roi !

Son bavardage fit éclore un sourire sur les lèvres de Marielle. Ils étaient arrivés près du lac où l'on fait du canotage. À la vue de la mince couche de glace qui s'était formée sur la surface de l'eau, un frisson la parcourut tout entière, et elle attira l'enfant contre elle, comme si un danger imminent les menaçait.

— Il n'y a personne ici. Allons plutôt voir le manège, dit-elle, soudain mortellement pâle.

La déception se peignit sur les traits fins du garçonnet.

— Mais je veux voir les canots...

— Il n'y en a pas ! souffla-t-elle, oppressée. Viens vite, allons-nous-en d'ici.

— Je peux marcher sur la glace ? interrogea-t-il, fasciné par la croûte iridescente qui s'étirait à perte de vue.

Affolée, elle le tira par la main avec véhémence.

— Ne fais jamais ça, Teddy. *Jamais*, m'entends-tu ?

Il hocha sa tête encapuchonnée, surpris devant l'emportement de sa mère. Ce fut alors que, en regardant l'étendue gelée, elle crut l'apercevoir... Seigneur, son imagination lui jouait encore un mauvais tour ! Sans doute que, finalement, miss Griffin avait raison. Elle devenait folle. Peut-être qu'elle avait eu tort de venir ici aujourd'hui. Le lac enfoui sous le mince linceul de glace l'impressionnait. Elle ferma un instant les paupières, comme pour chasser le mauvais rêve, puis les rouvrit très vite.

— Nous rentrons à la maison ! intima-t-elle d'une voix que l'appréhension rendait affreusement rauque, discordante.

Ses yeux allaient de Teddy à l'homme qu'elle avait cru voir par-delà l'étendue blanche et brillante.

— Maintenant ? soupira Teddy, au bord des larmes. Nous venons juste d'arriver. Allons au Carrousel, au moins.

— Je suis désolée, mon chéri... Nous irons plus tard faire une belle promenade en voiture... au zoo... Puis je t'emmènerai voir les patineurs, d'accord ?

Partir. Partir vite. Ne plus rester en ce lieu. Plus une seconde. Son corps tremblait comme une feuille. Alors qu'elle attirait l'enfant vers l'allée, l'homme qu'elle avait aperçu dans le lointain contourna le lac en courant à toutes jambes, venant dans leur direction. La bise ébouriffait ses cheveux noirs, un éclat sauvage illuminait ses yeux, et elle sut qu'elle ne s'était pas trompée. Teddy semblait effrayé, lui aussi. Sa mère lui avait inculqué sa méfiance des étrangers et celui-ci paraissait particulièrement inquiétant. Grand, échevelé, pâle, il fondait sur eux comme un prédateur. Arrivé à leur hauteur, il agrippa les épaules de Marielle sans ménagement, après quoi son regard s'abaissa sur Teddy. La jeune femme retint un cri. Au moins, elle n'avait pas rêvé. Elle n'était pas folle. C'était bien Charles. Elle se rappela tout à coup que l'hôtel particulier des Delauney jouxtait le parc du côté du lac. Leurs regards se croisèrent. Il avait un air halluciné. Il avait bu toute la nuit et avait voulu faire un tour, afin de s'éclaircir les idées avant d'assister à une réunion avec les avocats de son père.

— Qu'est-ce que tu fais là ? — Ses yeux se reportaient de la jeune femme au petit garçon. — Qui est-ce ?

Ce petit avait une vague ressemblance avec André... Un visage d'ange que l'on avait envie d'embrasser, de grands yeux rieurs.

— C'est Teddy, répondit-elle, d'une voix encore tremblante.

— Teddy qui ? croassa-t-il, l'œil accusateur, l'esprit embrumé par les vapeurs de l'alcool.

— Teddy Patterson, dit-elle, le menton haut. Mon fils.

Elle avait soutenu vaillamment le regard aux lueurs fauves. Elle ne lui permettrait plus de l'accabler. Ni de la rendre responsable du drame qui avait ravagé leur vie. Dans sa main, elle sentait frissonner la menotte de son fils.

— Tu ne l'as pas mentionné hier. Tu n'as évoqué que Malcolm.

Marielle ne broncha pas. Elle était plus courageuse que Malcolm ne le pensait. Charles, lui, le savait depuis toujours.

— Ce n'était ni le moment ni l'endroit pour te le dire.

— Pourquoi pas ? Pourquoi me le cacher ? hurla-t-il, en proie à une fureur singulière, la même qui, jadis, avait failli coûter la vie à Marielle.

— Cela n'aurait pas été juste. Pas hier.

— Et aujourd'hui ? C'est juste, aujourd'hui ? vociféra-t-il d'une voix d'ivrogne, les lèvres blanches.

Teddy le fixait, terrifié, mais Marielle parvint à conserver tout son calme. Teddy était là, sous son aile protectrice, et elle ne laisserait personne, Charles y compris, lui faire du mal. Elle attira l'enfant sous son bras et lui effleura la joue du bout des doigts, dans un geste apaisant qui eut le don d'exacerber la colère de Charles.

— Je ne crois pas que ce soit le moment d'aborder cette question, déclara-t-elle.

Il était très séduisant, bien que, visiblement, hors de lui.

— Pourquoi as-tu un enfant ? ragea-t-il. Qu'est-ce que j'ai, moi ?

Elle s'efforça de ne pas flancher, afin de ne pas effrayer Teddy, et regarda Charles droit dans les yeux.

— Je ne sais pas... Tu as ta guerre d'Espagne... tes convictions... tes amis... ton écriture... Si tu n'as rien d'autre, peut-être s'agit-il d'un choix que tu as fait.

Sa main serrait étroitement celle de son petit garçon, comme pour lui insuffler son courage.

— Ce choix, c'est toi qui l'as fait quand tu m'as quitté ! riposta Charles. C'était *ton* choix. Nous aurions pu avoir d'autres enfants.

— Je t'en prie. Nous devons nous en aller maintenant... Oh, Charles, quel genre de vie aurions-nous eue ? Tu me détestais et je me détestais... Du reste, je m'en voudrai toujours. Je n'aurais pas supporté de passer une minute de plus avec toi. Ni de te regarder en face, sachant ce que tu éprouvais pour moi.

Elle répétait presque mot pour mot ce qu'elle lui avait déjà dit des années plus tôt, avant de quitter l'Europe.

— Tu savais que je voulais que tu restes.

— Hélas ! c'était trop tard. Nous ne nous supportions plus.

Sa voix se fêla, et elle essuya ses larmes. L'espace d'un instant, elle avait oublié la présence de Teddy. Elle avait passionnément aimé Charles, d'une certaine manière elle l'aimait encore, mais il était hors de question de reprendre la vie commune. Pas après ce qui était arrivé.

Charles considéra Teddy d'un air hagard, comme s'il avait de la peine à croire à son existence. C'était un garçonnet adorable, plus beau encore que son André... Ses yeux se fixèrent ensuite sur le visage blême de Marielle, cherchant désespérément à lui faire mal.

— Tu ne le mérites pas ! glapit-il, en réprimant une folle envie de la frapper.

Pourquoi s'était-elle mariée ? Pourquoi avait-elle eu ce petit garçon ? Au nom du ciel, pourquoi l'avait-elle abandonné à son triste sort ?

— Non, tu ne le mérites pas, répéta-t-il, avec une cruauté dont elle ne se souvenait que trop bien.

Le revers de la médaille… Le volet négatif d'une passion destructrice… L'envers du grand amour, qui l'avait poussée à prendre la fuite.

— Peut-être pas…

— Tu n'aurais pas dû me quitter.

— Je n'avais pas le choix. Si je n'étais pas partie, je serais morte.

Il le savait. Ils avaient atteint le fond. Elle avec ses tentatives de suicide, lui avec ses envies de meurtre. Le jour où c'était arrivé, tous deux avaient été si atteints, si mortellement blessés…

— Oui, nous serions certainement morts, et cela serait bien ainsi, murmura-t-il, en larmes lui aussi, tandis que Teddy se serrait contre sa mère.

— Quelle chose affreuse à dire !

— Pour toi, peut-être. Tu as une nouvelle vie. Un mari. Un fils. Tu n'aurais pas dû. Bon sang, non, tu n'aurais pas dû ! Alors que chaque jour qui passe est pour moi un cauchemar et que jamais je ne peux m'endormir sans le pleurer, sans me dire que j'aurais voulu être mort à sa place… Est-ce que tu y penses, parfois, ou as-tu tout oublié ?

Un éclair courroucé traversa les prunelles de Marielle. Des années de deuil et de révolte refirent soudain surface.

— Comment oses-tu ? Il n'y a pas un jour où son souvenir ne me hante. Pas une nuit où je ne revois son visage… et le tien. (Hier soir encore, ils avaient peuplé ses rêves.) Mais rien ne le fera revivre, Charles. On peut se détruire, ça ne le ramènera pas à la vie. Il est en paix maintenant. Il est temps que nous le soyons aussi.

— Je ne serai jamais en paix sans toi.

Il avait une moue puérile qui la fit sourire malgré elle. Les années ne l'avaient pas mûri, se dit-elle, Charles se comporterait toujours comme un éternel adolescent, jouant les expatriés et épousant des causes étrangères, comme s'il s'obstinait à ne pas devenir adulte.

— Ne dis donc pas de sottises, reprit-elle. Tu ignores qui je suis maintenant. Je me demande même si tu l'as jamais su. Sans doute aurions-nous pu vivre ensemble si les choses avaient été différentes. — Elle se tourna vers son fils. — Teddy, je te présente Charles. C'est un vieil ami. Il a parfois l'air bizarre, mais il est gentil, au fond. Veux-tu lui dire bonjour ?

Le petit garçon secoua vigoureusement la tête, la figure enfouie dans les plis du manteau de sa mère. Il était trop jeune pour avoir saisi le sens de leurs paroles, néanmoins, il en avait perçu la violence.

— Je lui ai fait peur. J'en suis désolé.

Un regret fugace vibrait dans sa voix, tandis que son regard demeurait froid comme la pierre. La barbe naissante qui bleuissait ses joues et son menton durcissait davantage ses traits et, pour la première fois depuis longtemps, elle sentit les griffes acérées de la peur lui étreindre le cœur.

— Oui, dit-elle, tu devrais avoir honte. Sois honnête, Charles. Tu n'as aucun reproche à me faire.

Il fixa un regard halluciné sur le petit garçon à moitié caché sous le manteau de Marielle.

— Il aurait dû être à moi ! lâcha-t-il d'une voix rude.

— Mais il n'est pas à toi, Charles.

— Tu n'avais pas le droit d'avoir un enfant sans moi !

— J'avais tous les droits, à partir du moment où tu as accepté le divorce.

— Tu as dit que si nous ne divorcions pas, tu en mourrais.

— Et j'ai bien failli !

— Eh bien, j'aurais préféré te voir morte, plutôt que mère d'un enfant dont je ne suis pas le père.

Ses yeux la poignardaient, tranchants comme des lames, et, réprimant un frisson, elle se demanda si elle l'avait jamais vraiment aimé. Les mauvais souvenirs s'étaient estompés, elle avait presque oublié combien il pouvait être inique, irrationnel.

— Ça suffit, maintenant ! cria-t-elle, alors qu'il lui agrippait le bras, arrachant un cri d'oiseau apeuré à Teddy. Cesse de terroriser cet enfant ! C'est injuste.

— Je m'en fiche ! S'il y avait eu une justice, il aurait été à moi.

— Arrête, maintenant ! Il n'est pas à toi, et moi non plus. André n'était pas à nous. Personne n'appartient à personne. Nous appartenons tous à Dieu. Dieu nous « prête » vie, n'est-ce pas ce qu'on dit ? Alors, quand le « prêt » lui est rendu, ça fait horriblement mal… Mais personne n'est à personne… Je ne t'appartiens pas. Et Teddy ne m'appartient pas.

— Tu l'aimes, pourtant.

— Bien sûr que oui.

— Il t'aime, lui aussi.

— Oui.

— Pourquoi tu as tout et moi rien ?

— Peut-être parce que j'ai eu de la chance. Ou parce que Malcolm a eu pitié de moi… Ou encore parce que j'ai accepté de payer le tribut du bien-être.

— Quel tribut as-tu payé, hein ? Quel a été le prix de ton mariage, ma belle ?

Marielle baissa les paupières. Elle avait contracté un mariage sans amour. Un prix que Charles n'aurait même pas voulu considérer… Il la scrutait intensément.

— À quoi as-tu renoncé pour l'épouser ? assena-t-il.

À l'espoir. À l'amour. À la tendresse. À la passion qu'ils avaient jadis partagée.

— Il faut toujours renoncer à une chose pour en gagner une autre, répondit-elle. Je crois que j'ai renoncé au passé.

Par loyauté à l'égard de Malcolm, elle n'aurait jamais avoué la vérité à Charles.

— Je suis impressionné par ton sacrifice, ricana celui-ci.

— Et moi par ton attitude. Tu es plus ignoble que jamais... Sans raison, d'ailleurs. Oh, à quoi rime tout cela ?

De nouveau, il laissait filtrer à travers ses paupières plissées un regard venimeux vers Teddy. Marielle entoura d'un bras protecteur les minces épaules de son enfant. Charles devenait brutal quand il avait bu. Il était capable de s'enivrer jusqu'au délire. Une fois, il avait tout cassé dans un bar. Une autre fois, il avait blessé deux hommes dans un restaurant. Et il s'était aussi attaqué à elle...

— Excuse-moi, articula-t-il. Je te présente également mes excuses, jeune homme. Je me suis montré d'une parfaite incorrection à ton endroit et à celui de ta mère. C'est une mauvaise habitude, j'en conviens, mais je la connais depuis de nombreuses années, presque depuis l'enfance...

Ils n'avaient alors que dix-huit et vingt-trois ans. Seigneur, ils étaient si jeunes !

— Un jour, j'aimerais bien apprendre à te connaître, d'accord ?

Teddy hocha la tête poliment, mais le cœur n'y était pas.

— J'ai eu un petit garçon, moi aussi... Il s'appelait André, poursuivit Charles, les yeux brillants de larmes. Je suis navré... La journée d'hier a été difficile, puis quand je t'ai vu...

Il détourna la tête, comme s'il cherchait à éclaircir ses idées.

— Pourquoi est-ce si dur ? Pourquoi cette souffrance permanente ? C'est pareil pour toi, n'est-ce pas ?

Il s'était adressé à Marielle, qui acquiesça sans un mot. Elle le lui avait déjà dit la veille, mais il l'avait oublié. Il s'était mis à boire sitôt qu'il avait quitté l'église.

— Nous allons rentrer maintenant, dit-elle. Il se fait tard.

Miss Griffin avait dû préparer le déjeuner de Teddy, après quoi elle le conduirait à l'anniversaire d'un de ses amis. La matinée avait été un pur désastre, par la faute de Charles. Marielle lui en voulut terriblement. Son temps avec Teddy lui était précieux, et maintenant tout était irrémédiablement gâché.

— Je suis désolée de cette rencontre, murmura-t-elle.

La veille, il s'était montré plus conciliant, avant qu'il ne sache pour son fils. À présent, il semblait en proie à un immense ressentiment. Toute la nuit, il avait noyé son chagrin dans l'alcool. La vue de l'enfant avait attisé sa jalousie et sa fureur.

— Je pars la semaine prochaine. Je l'ai décidé hier. Va-t-on se revoir ?

Elle fit non de la tête, tout en serrant fermement la menotte de Teddy.

— Pourquoi pas ?

— Tu le sais. Nous revoir ne servirait à rien. Cessons donc de nous torturer.

— Qui de nous deux se torture, Marielle ? Tu n'es pas heureuse, cela se voit comme le nez au milieu de la figure. Tu es nerveuse, tendue. Le bonheur, il faut le cueillir quand il est là... Il suffit d'avoir un peu de courage...

Son expression menaçante ne la troubla pas.

— Je ne te félicite pas pour tes valeurs morales, Charles.

— Je fais ce qui me plaît.

— Tant mieux pour toi.

— Et il me plaît de te reconquérir.

— Assez ! s'écria-t-elle, excédée, le fusillant du regard. Où comptes-tu laisser ta nouvelle conquête, quand tu repartiras pour l'Espagne ?

Il n'était pas facile de raisonner un homme ivre.

— En tout cas, je la laisserai sûrement plus comblée qu'elle ne l'est aujourd'hui. À moins que tu ne préfères me suivre...

La naïveté de sa proposition fit rouler un rire moqueur dans la gorge de Marielle. Ainsi, voilà ce qu'il attendait d'elle, après plus de six ans de séparation. Tout simplement quitter son mari et son enfant, comme si de rien n'était, pour retourner en Europe avec lui. Décidément, il avait perdu la tête.

— Tu pourrais emmener le petit aussi.

— Ton sens de l'hospitalité me subjugue. Et Malcolm ? Qu'est-il censé devenir dans ton scénario ?

— On joue, on gagne, on perd… C'est la vie.

— Ce cynisme te déshonore, Charles. Tu me connais suffisamment pour savoir que je suis une femme fidèle.

Il lui saisit le poignet d'une main puissante.

— Les circonstances viennent parfois à bout de la fidélité.

— Charles, je t'en prie. Nous ne sommes pas en Espagne et tu ne te bats pas pour me libérer. C'est ridicule, à la fin.

Peur… Surtout ne pas le laisser deviner sa frayeur.

— Ah oui ? Mais si je te dérobais quelque chose… un objet auquel tu tiens comme à la prunelle de tes yeux, alors tu serais bien forcée de… disons… venir me rejoindre ?

— Mais qu'est-ce que tu racontes ?

Peu à peu, la frayeur se muait en terreur.

— Je crois que nous nous sommes compris, Marielle.

— Tu ne ferais pas une chose pareille !

Qu'avait-il voulu dire au juste ? Kidnapper Teddy ? Obliger Marielle à le suivre par un moyen aussi abject ? Était-il capable de commettre un tel crime ? Leur histoire disait que non. Mais ses yeux, eux, disaient oui.

— Tout dépendra de la profondeur de mon désespoir, ma chère.

Il lui lâcha le poignet avec un rire sarcastique qui la glaça. Quel soulagement ce serait de le savoir au loin ! Elle regretta soudain leur rencontre de la veille. Visiblement, la disparition d'André avait transformé Charles en un inconnu, un être aigri, malveillant, qu'elle n'avait plus envie de revoir.

— Si jamais tu t'avisais de toucher à mon fils, ne compte

pas sur moi pour me plier à ton chantage. Je te tuerai. Et mon mari agira de même.

— Tu essaies de me faire peur, ou quoi ?

De nouveau, ce rire d'ivrogne.

— Tu me dégoûtes ! Tu viens de détruire ce qui restait de mes souvenirs. J'avais gardé l'image d'un être intègre et pur, que je chérissais du fond du cœur. Mais je ne te laisserai pas empoisonner ma vie, ni répandre le malheur autour de toi, sous prétexte que tu es toi-même malheureux.

— Oui, j'ai changé, vois-tu.

Le drame, pensa-t-il, c'était qu'il n'avait pas changé, au fond. Marielle lui manquait, tout comme leur enfant. Il désirait ardemment retrouver avec elle le temps perdu, revivre un passé révolu, qu'il ne parvenait pas à chasser de son esprit.

— Au revoir, dit-elle, en tirant gentiment Teddy par la main. Nous allons rentrer à la maison.

Elle n'avait plus rien à dire à Charles. Celui-ci les suivit d'un regard fiévreux, tandis qu'ils s'éloignaient, n'osant la rappeler. La colère grondait au fond de lui, plus impétueuse que jamais.

Une sensation de froid intense enveloppa Marielle, mais elle continua d'avancer d'un pas égal en direction de la voiture. Teddy trottinait à son côté, silencieux.

— Je ne l'aime pas, déclara-t-il, lorsque Patrick referma sur eux la portière de la rutilante Pierce-Arrow.

Fidèle aux consignes de son patron, le chauffeur les avait suivis dans le parc. Il avait vu Charles et l'avait reconnu comme l'individu qu'il avait aperçu la veille à la cathédrale Saint-Patrick en compagnie de Mme Patterson. Un rendez-vous ? s'était-il demandé. De sa place, il ne pouvait entendre leurs propos. Et pourquoi aurait-elle emmené Teddy avec elle ? Pour le présenter à cet homme ?

— Il n'est pas vraiment méchant, répondit Marielle avec tristesse. Seulement très malheureux. Nous étions bons amis autrefois.

Teddy la regarda.

— Qui est André ?

Le cœur de Marielle cessa de battre.

— André était son petit garçon, fit-elle après un silence. Il est mort... voilà des années. Depuis, Charles n'est plus le même.

Teddy hocha la tête, comme si tout s'expliquait.

— Et tu l'as connu aussi, André ?

La jeune femme refoula ses larmes. Ses doigts se refermèrent autour de la petite main de l'enfant. Un jour, elle lui dirait la vérité. Quand il serait plus grand, plus à même de comprendre.

— Oui, je l'ai connu.

— Il était gentil, André ?

Elle étouffa un sanglot.

— Il était très gentil, oui. Et trop jeune pour mourir.

Les larmes traçaient maintenant des sillons nacrés sur ses joues, et, pendant un long moment, elle garda le silence. Les paroles haineuses de Charles lui revinrent en mémoire, et elle frissonna. Allait-il mettre ses menaces à exécution ? Cela semblait peu probable. Il avait dit n'importe quoi, sous l'emprise de l'alcool. Charles ne ferait jamais de mal à Teddy.

— Dommage que nous l'ayons rencontré, murmura-t-elle. Il nous a gâché notre promenade.

— Ce n'est pas grave, sourit Teddy. J'aime beaucoup passer un moment avec toi, maman.

Il avait toujours des réponses qui l'attendrissaient.

— Et si nous allions voir *Blanche-Neige* demain ?

Oui, demain, elle se rattraperait. Comme tous les dimanches, Malcolm allait s'enfermer une partie de l'après-midi dans son bureau. Mieux encore, c'était le jour de congé de miss Griffin. Marielle pourrait avoir Teddy tout à elle.

— Chouette ! Tu me le promets, maman ?

— Bien sûr, mon chéri.

Dès que la limousine s'immobilisa, Teddy jaillit hors de

la voiture. Haverford ouvrit la porte d'entrée et le petit garçon se rua à l'intérieur. Il faillit se heurter à son père. L'espace d'une seconde, Marielle se demanda s'il n'allait pas rapporter à Malcolm leur entrevue avec Charles, mais Teddy était trop excité par la perspective d'aller au cinéma pour se rappeler l'individu bizarre de Central Park. Le temps qu'elle ôte sa fourrure, et l'enfant s'était déjà envolé vers les étages.

— Où étiez-vous ? s'enquit Malcolm d'un ton badin.

Lui-même avait fait un saut au bureau et se rendait maintenant à son club, où il aurait le plaisir de déjeuner avec un vieil ami de Californie.

— Nous sommes allés jusqu'au lac, mais il était gelé.

— Tu dois être glacée.

— Pas trop. Tu sors ?

— Oui, dit-il en se penchant pour lui effleurer la joue d'un baiser rapide. N'oublie pas que ce soir nous allons à la réception des Whyte.

Elle porterait un magnifique modèle de chez Grès que Malcolm lui avait rapporté de Paris. Une somptueuse toilette de satin plissé-soleil, qu'elle agrémenterait d'une rivière de diamants et de boucles d'oreilles assorties. Elle enfilerait des escarpins argentés et, bien sûr, s'envelopperait de sa longue et ample fourrure d'hermine — un cadeau de son mari pour son anniversaire.

— Allons-nous sortir également demain soir ? interrogea-t-elle, incapable de se souvenir sur le moment de leur emploi du temps.

— Non, je pars à Washington un jour plus tôt que prévu. J'y serai demain après-midi. Demain soir, je dîne avec le ministre du Commerce, de manière à consacrer mon lundi à l'ambassadeur...

Il semblait accorder une énorme importance à ce voyage, car il avait demandé à ses deux secrétaires de l'accompagner.

— J'espère que tu n'y vois pas d'inconvénient, ajouta-t-il à l'adresse de son épouse.

Ils savaient tous deux qu'il s'agissait d'une question de pure politesse. La réponse importait peu à Malcolm, bien qu'il tînt toujours à obtenir l'assentiment de Marielle.

— Cela me convient parfaitement. Demain après-midi j'emmène Teddy au cinéma, après quoi nous passerons une soirée au chaud.

Elle lui sourit. La courtoisie de Malcolm la changeait agréablement des mauvaises manières de Charles.

— Tu es sûre que tu ne veux pas venir avec moi ?

— Je serai bien ici.

Malcolm l'embrassa sur le front.

— À plus tard, ma chérie. Passe un bon après-midi... Repose-toi, surtout. Ce n'est pas le moment d'attraper une migraine.

Elle le regarda passer le lourd pardessus sombre, puis coiffer le chapeau mou que Haverford lui tendait. Parfois, elle avait l'impression qu'il la traitait comme une infirme. Pour une fois, elle n'en fut pas offusquée. Après le pénible entretien qu'elle avait eu avec Charles, elle ne pouvait qu'apprécier la gentillesse de Malcolm.

Elle monta à la nursery où Teddy s'habillait pour sortir, et revint l'embrasser avant de se rendre à sa soirée, ce qui arracha un gémissement désolé à miss Griffin. Mais les coups d'œil et les soupirs excédés de la gouvernante ne purent entamer la résolution de Marielle. Elle ne se contenterait plus des courtes visites fixées par le rigide protocole établi par la nurse. Elle irait voir son fils quand bon lui semblerait, et tant pis si on considérait ses incursions comme une exagération de son amour maternel. Par ailleurs, elle aimait bien montrer ses tenues de soirée à Teddy. L'enfant l'accueillit en poussant des « oh ! » et des « ah ! » de ravissement.

Ses manches voltigeaient comme des ailes d'ange, la robe de chez Grès drapait sa mince silhouette si joliment que Malcolm lui trouva une allure de déesse. Durant le dîner dans le somptueux hôtel particulier des Whyte, tous les regards convergeaient sans cesse vers Marielle. La plupart des hommes firent savoir à mi-voix à Malcolm qu'il avait une sacrée chance.

Sur le chemin du retour, elle garda le silence. Une fois de plus, son mari la complimenta sur ce qu'il appelait sa « classe folle », mais ce fut à peine si un sourire se dessina sur les lèvres de la jeune femme. Elle songeait à Charles et aux menaces qu'il avait proférées. Et chaque fois qu'elle revoyait ses yeux implacables, les mêmes questions lui traversaient l'esprit : capable ? pas capable ?... « Pas capable », décida-t-elle. Frustré par son refus de le revoir, il avait prononcé des paroles en l'air, dans le but évident de la déstabiliser. Elle sut qu'elle avait pris la bonne décision. À quoi bon remuer les cendres du passé ? Pourquoi trahir la confiance de Malcolm ? Ce dernier ignorait tout de Charles, de leur mariage raté, de la mort d'André, du ressentiment de Charles à l'égard de Teddy.

— Tu sembles préoccupée, fit remarquer Malcolm.

L'inquiétude lui donnait un air rêveur qui exaltait sa beauté éthérée. Il eut soudain envie d'elle, ce qui le surprit.

— Oh, je réfléchissais...

— À quoi donc ?

— À rien de spécial.

— Mais tu es très spéciale à mes yeux, ma chérie.

Elle esquissa un sourire distrait, qui refroidit l'ardeur de Malcolm... Ils se séparèrent devant les appartements de Marielle. L'une des femmes de chambre l'aida à se déshabiller. Elle ôta ses bijoux, se mit au lit, resta longtemps étendue dans l'obscurité en pensant à Charles et aux horreurs qu'il avait criées dans le parc. Lorsque, enfin épuisée, elle finit par s'endormir, ce ne fut pas pour rêver d'André... mais de Teddy.

4

LE LENDEMAIN, Marielle accompagna comme convenu Teddy à Radio City Music Hall, la plus grande salle de cinéma du monde, pour voir *Blanche-Neige*. Puis, ils s'accordèrent le luxe d'un chocolat chaud dans un salon de thé. C'était un après-midi clair, froid, merveilleux, presque parfait. Teddy appréciait tout autant que sa mère le jour de congé de miss Griffin. L'épineuse question de la gouvernante continuait à diviser les époux Patterson. Marielle n'avait de cesse que de se débarrasser du cerbère ; au dire de Malcolm, seule une nurse britannique pouvait inculquer à son fils le code du savoir-vivre. Or, en ce bel après-midi hivernal, ni Marielle ni Teddy ne songeaient à l'acariâtre miss Griffin. De retour à la maison, Marielle fit prendre un bain à son fils, dans sa vaste salle de bains personnelle, tapissée d'*azulejos* [1]. Ils s'en donnèrent à cœur joie, seuls au monde, usant une belle quantité de bain moussant, éclaboussant le carrelage… À la vue des mares d'eau sur le marbre, Édith, la rousse Irlandaise, contint un cri de fureur. Elle était supposée remplacer miss Griffin auprès de Teddy ce soir-là, mais s'était déjà arrangée pour confier cette tâche ingrate à Betty, une des filles de cuisine. Le coût de l'opération s'élevait tout de même à cinq dollars, mais la liberté n'avait pas de prix. L'amusement non plus… Plutôt que de s'ennuyer

1. Carreaux de faïence émaillée de couleur bleue.

à périr entre quatre murs, l'intrépide Irlandaise avait décidé de se divertir, en compagnie de Patrick, le chauffeur. Ce dernier l'avait conviée à une surprise-partie dans le Bronx. À leur retour, tard dans la nuit, Édith irait reprendre sa place dans l'une des chambres de la nursery et le tour serait joué... Madame n'y verrait que du feu.

Elle jeta un regard circulaire à travers la salle de bains en maugréant. Si elle nettoyait les lieux, elle se mettrait en retard. Il le fallait bien, pourtant, à moins qu'elle ne parvienne à convaincre l'une des femmes de chambre de récurer la grande baignoire de marbre... Pendant ce temps, Marielle dînait en tête à tête avec Teddy dans la salle à manger de la nursery. Elle lui lut une de ses histoires favorites avant de le mettre au lit, lui chanta une berceuse tout en lui caressant les cheveux. Il finit par sombrer dans le sommeil, et elle tira la couverture sur le petit corps emmitouflé dans un pyjama cerise. Enfin, elle se glissa hors de la pièce, sur la pointe des pieds.

Je le gâte trop, se dit-elle en regagnant ses quartiers. Oui, peut-être miss Griffin avait-elle raison, elle prêtait trop d'attention à l'enfant. Mais après tout quelle importance ? Ces derniers temps, elle n'avait pu s'empêcher d'aller le voir à chaque instant, de passer des heures entières en sa compagnie. De plus en plus, elle se laissait aller à des démonstrations d'affection, sans se soucier des remarques acidulées de la gouvernante. Mais quel mal y avait-il à chérir son enfant ? Pourquoi devrait-elle jouer l'indifférence, alors qu'elle brûlait de le dorloter ? Comme si son amour pour lui pouvait attirer la malchance ! Je suis ridicule, songea-t-elle en se rappelant combien de fois Malcolm l'avait exhortée à ne plus ruminer des idées noires.

Elle se mit au lit, décidée à lire quelques pages de *Rebecca*. Vers vingt-deux heures, Malcolm l'appela de Washington. Il avait passé une plaisante soirée, annonça-t-il. Le dîner avec Harry Hopkins, l'homme qui allait remplacer Daniel Roper comme ministre du Commerce, s'était avéré fort utile pour ses affaires. Louis Howe, le bras droit du président des États-Unis, y était présent. Ils avaient évoqué les sentiments de Franklin D. Roosevelt pour l'Europe. La guerre semblait imminente mais on espérait encore en haut lieu qu'elle pourrait être évitée.

L'ambassadeur allemand, quant à lui, s'était montré rassurant. D'après lui, les investissements de Malcolm en Allemagne ne tarderaient pas à porter leurs fruits. Certes, la nuit de Cristal, provoquée par des éléments incontrôlables, était une affaire regrettable. Mais d'un autre côté, Hitler était décidé à faire de son pays la première puissance industrielle du monde. Les progrès techniques annoncés par le nouveau chancelier avaient littéralement subjugué Malcolm.

— L'avenir est du côté du IIIe Reich et de ses alliés, Marielle.

Elle se sentit touchée de sa confiance. Malcolm projetait de se rendre à Berlin bientôt.

— Comment a-t-il trouvé le dessin animé ? lui demanda son époux.

Après l'Allemagne, son fils constituait sa plus grande passion.

— Il l'a adoré.

— J'en étais sûr. J'en ai entendu dire le plus grand bien. Nous y retournerons tous ensemble.

Il prenait un réel plaisir à sortir sa petite famille, quand ses affaires ne l'appelaient pas au loin. Il éprouvait une immense tendresse pour Marielle. De la gratitude aussi. Elle était si douce avec l'enfant... Une très bonne mère en définitive, malgré ses inquiétudes excessives.

Malcolm étouffa un bâillement, et Marielle sourit. Il avait eu une rude journée, alors qu'elle se prélassait auprès de leur fils. La conversation téléphonique touchait à sa fin, mais un bruit insolite dans le hall — on eût dit que quelqu'un avait heurté un meuble — lui fit dresser l'oreille. Un pas feutré chuinta sur les marches, puis plus rien.

— Repose-toi, dit-elle à Malcolm. Tu auras une longue journée demain encore. Est-ce que tu rentres demain soir ?

— Mardi, plutôt. Je vois l'ambassadeur demain après-midi. S'il est libre, je compte l'inviter à dîner... Je te rappelle demain soir.

— Alors, à demain... Et bonne chance pour tes affaires, mon chéri, ajouta-t-elle, submergée tout à coup par une vague de reconnaissance.

Il lui avait tant donné. Et il demandait si peu en échange.

— Prends soin de toi, Marielle. Nous aurons de belles soirées quand je rentrerai.

Bientôt Noël, se dit-elle. Grâce à Teddy, le réveillon évoquait un rituel magique. Elle savait que Malcolm avait hâte de montrer à l'enfant l'installation du train électrique au sous-sol et, de nouveau, un sourire illumina ses traits.

Elle éteignit la lampe de chevet dès qu'elle eut raccroché, resta longtemps dans le noir à penser à Malcolm. À sa gentillesse. À ses innombrables qualités... Ses paupières s'alourdirent mais le sommeil ne vint pas. Deux heures plus tard, elle était encore éveillée. À sa paisible rêverie se mêlaient les images violentes de l'après-midi à Central Park. Les menaces de Charles retentirent à ses oreilles et elle porta les doigts à ses tempes, comme pour estomper un début de migraine.

Enfin, elle se redressa. Un tendre sourire lui étira les lèvres. Un ultime regard sur l'enfant endormi lui rendrait certainement la paix de l'esprit. Pieds nus, elle monta l'escalier qui menait au troisième étage. Juste une minute, se promit-elle... Juste un baiser sur sa petite joue rose, une furtive caresse sur ses cheveux blonds et soyeux... Tiens, une flaque sombre sur la blancheur des marches ! Elle se pencha : une serviette de bain. Une des femmes de chambre avait fait preuve de négligence. Cela devait correspondre au bruit étouffé qu'elle avait perçu tout à l'heure. Ces filles étaient toujours si pressées ! Celle-ci avait dû dévaler les marches, en sortant de la buanderie. Elle se sera cognée contre un meuble et aura laissé tomber la serviette. Marielle ramassa le tissu-éponge et poursuivit son ascension. La nursery se composait d'un vestibule et d'un living-room s'ouvrant sur une enfilade de trois chambres : l'antre de miss Griffin, une pièce destinée au deuxième enfant qu'ils n'avaient jamais eu et, au fond, la chambre de Teddy, la plus spacieuse des trois. Tandis qu'elle traversait le living plongé dans les ténèbres, un bruissement la fit sursauter. Sans doute Édith, qui remuait dans la pièce du milieu. Soudain, alors qu'elle se rapprochait de la porte de l'enfant, son pied buta contre un obstacle inattendu. Elle se fit violence pour réprimer un cri, dans le souci constant de ne pas réveiller le petit garçon. L'obstacle, large et mou, bougea faiblement. Quelque chose toucha la cheville nue de Marielle, qui bondit, effrayée. Soudain, une sorte de grognement d'animal blessé fusa dans l'obscurité. Affolée, la jeune femme se mit à tâtonner à l'aveuglette le long du mur. Sa main rencontra le contour familier d'une table d'angle. Marielle appuya sur un interrupteur, le cœur battant. Si un intrus s'était introduit dans la demeure, il ne fallait pas qu'il compte sur elle pour laisser son enfant à sa merci. Le plafonnier jeta un faisceau de lumière rosée sur un spectacle extravagant : Betty, la seconde fille de cuisine, était roulée en boule par terre, poings et pieds liés, la bouche bâillonnée d'un torchon. Son visage rouge, luisant de larmes, se tendit vers l'arrivante, tandis qu'un nouveau gémissement traversait le tissu.

— Oh, mon Dieu… mon Dieu… que s'est-il passé ?

Marielle s'était agenouillée près de la forme ligotée. Dans son affolement, elle avait oublié de parler à voix basse, au risque de réveiller Teddy. Son esprit en ébullition cherchait désespérément la raison de ce désordre. Qui avait pu faire ça ? Un cambrioleur ? Et que faisait cette fille ici ? Elle travaillait à la cuisine… Marielle commença par retirer le bâillon, puis ses doigts s'attaquèrent frénétiquement aux liens, cependant qu'elle bombardait l'infortunée de mille questions. Mais les nœuds résistaient. Les cordes semblaient solides. Peut-être fallait-il les trancher, songea-t-elle, alors que Betty poussait des cris hystériques. Enfin, Marielle parvint à la libérer.

— Qu'est-il arrivé ? interrogea-t-elle. Où est Édith ?

Et où était passée miss Griffin ? Trop effrayée pour donner une réponse cohérente, la fille de cuisine sanglotait de plus belle en battant l'air de ses mains... Une terreur sans nom fondit sur Marielle. Elle bondit sur ses jambes et se rua vers la chambre de Teddy. La porte s'ouvrit d'une poussée. Elle demeura sur le seuil, figée, pantelante. Son pire cauchemar était devenu réalité. Le petit lit était vide. De Teddy, il n'y avait plus la moindre trace. Rien entre les draps défaits, rien sur l'oreiller, pas un mot, pas le moindre indice. Il avait disparu... Le matelas conservait encore sa chaleur. Marielle se mit à trembler de tous ses membres.

Dans un mouvement désespéré, elle revint vers Betty, qui reniflait bruyamment en se frottant les poignets. Elle l'attrapa par les épaules et se mit à la secouer.

— Que s'est-il passé ? Vous devez me le dire !

— Je ne sais pas... Il faisait si noir... Je dormais sur le canapé quand ils m'ont attrapée... J'ai entendu des voix d'hommes... Je ne sais rien de plus...

Et Teddy ? Qu'était-il advenu de Teddy ?

— Que faites-vous ici ? hurla-t-elle, alors que Betty fondait de nouveau en larmes.

— Édith est sortie... elle est allée à un bal... elle m'a demandé de garder Teddy jusqu'à son retour... J'ignore ce qui est arrivé. Il y en avait plusieurs. Ils ont mis un oreiller sur mon visage, il y a eu une odeur infecte, je crois que je me suis évanouie... Quand j'ai repris conscience, j'étais attachée, ils étaient tous partis, et je suis restée là jusqu'à votre arrivée.

— Où est miss Griffin ?

Faisait-elle partie de la bande ? Folle de terreur, Marielle se précipita vers la chambre de la nurse. Son bébé avait disparu. Quelqu'un le lui avait pris. Elle ne savait pas qui, ni où on l'avait emmené mais, au fond de son inconscient, une petite voix affolée murmurait le nom de Charles... Les mots haineux qu'il avait prononcés dans le parc rejaillirent... S'était-il donc vengé ?

Elle se jeta sur la porte de miss Griffin. Le battant céda, dévoilant un autre théâtre de violences. L'Anglaise gisait sur son lit, ligotée, bâillonnée, un oreiller sur la figure. Une écœurante odeur de chloroforme saturait l'atmosphère.

Marielle ôta l'oreiller. Pendant un instant, elle eut l'impression que la vieille fille était morte, mais elle remua faiblement. Elle la laissa, revint comme un bolide vers le living, saisit le combiné téléphonique. Une voix qui ne ressemblait plus à la sienne pria l'opératrice de lui passer la police. Vite ! C'était urgent.

— Quel est votre problème, madame ?

Une vague crainte de la presse à sensation la fit hésiter une seconde. Les mots affreux se formèrent au fond de sa gorge, refusant de sortir. Elle avait déjà perdu un enfant, elle ne survivrait pas à un deuxième deuil.

— Je vous en prie... envoyez la police immédiatement... réussit-elle à articuler, je suis madame Patterson. Mon fils vient d'être kidnappé.

Un silence de pierre flotta au bout de la ligne. Remise de son émotion, l'opératrice lui demanda son adresse, puis Marielle reposa le récepteur, les mains tremblantes. Prostrée sur le tapis, Betty fixait sur sa maîtresse des yeux terrifiés, comme si elle s'attendait à être accusée de l'enlèvement. Mais Marielle demeura immobile. Sur l'écran pourpre de ses paupières closes défilaient des images de Teddy. Son petit visage. Ses boucles dorées qu'elle avait caressées encore quelques heures plus tôt. Et maintenant il était parti, en pleine nuit.

Un gémissement en provenance de la chambre de miss Griffin la fit bondir. Aidée par Betty, elle ôta le bâillon, défit les cordelettes qui entravaient les chevilles et les poignets de la gouvernante. Celle-ci ne savait rien de plus que Betty au sujet des ravisseurs. Ils l'avaient attaquée pendant son sommeil. Miss Griffin avait entendu des voix d'hommes, au moins deux sinon plus. Le chloroforme avait eu raison d'elle, avant qu'elle puisse réagir.

Marielle écoutait son récit, frappée de stupeur. Comme si on lui rapportait une histoire qui serait arrivée à quelqu'un d'autre. La sonnette de la porte d'entrée la tira brutalement de sa torpeur. Elle se précipita vers l'escalier de marbre, pieds nus, dans sa chemise de nuit fluide, comme un pâle fantôme dans la nuit.

Dans le vestibule, Haverford, en robe de chambre, l'air éberlué, avait entrepris d'expliquer aux policiers qu'il devait très certainement s'agir d'une erreur.

— Non, on ne vous a pas appelés... C'est une mauvaise plaisanterie, messieurs.

Elle surgit alors au bas de l'escalier, les cheveux défaits, la figure blême, devant les yeux ahuris du majordome et des trois gendarmes dont les silhouettes se découpaient dans le chambranle.

— Ce n'est pas une erreur ! cria-t-elle, tremblant de tous ses membres, cependant que Haverford lui jetait un manteau sur les épaules. Mon fils a été kidnappé.

Elle les conduisit rapidement à la nursery où les deux femmes répétèrent leur histoire. Il n'y avait pas d'erreur possible. L'enfant s'était volatilisé. L'un des policiers prit des notes, tandis que les deux autres tenaient une sorte de conférence à voix basse. L'un d'eux saisit le téléphone.

— Le kidnapping échappe à la juridiction de l'État de New York, déclara-t-il. C'est un délit fédéral. Seul le FBI est habilité à mener l'enquête. En attendant, ne touchez à rien, vous risqueriez d'effacer les empreintes digitales s'il y en a.

Betty continuait à sangloter. Miss Griffin avait l'air si malade que Marielle pria Haverford d'appeler le médecin.

— Pas de demande de rançon ? Aucun message ? reprit l'officier de police.

C'était un solide Irlandais d'une cinquantaine d'années. Père de cinq enfants, il pouvait parfaitement imaginer les affres de Marielle. Celle-ci arborait une attitude figée. Glacée. Comme engourdie. Seuls les tremblements de ses mains brisaient son immobilité. Elle était toujours pieds nus, les cheveux décoiffés, avec, dans les yeux, une lueur de démence. Il avait déjà vu cette lueur-là dans le regard de victimes d'incendie, de tremblement de terre, lors d'une guerre ou après une agression sanglante... Elle est en état de choc, pensa-t-il. Pourtant, le pire, il le savait, restait à venir.

Il n'y a pas eu de demande de rançon, expliqua-t-elle, ni de message d'aucune sorte. Elle avait trouvé les deux employées de maison ligotées et le lit de son petit garçon vide... L'officier de police griffonna quelques notes, tandis que ses collègues appelaient des renforts. Une demi-heure plus tard, la demeure pullulait d'uniformes bleus. Deux douzaines de gendarmes passèrent les pièces au peigne fin, à la recherche d'une trace, d'un indice. Mais l'enfant avait disparu purement et simplement, comme s'il avait été enlevé par des êtres invisibles.

Les domestiques, tous réveillés à présent, s'alignaient dans le couloir. Le sergent O'Connor leur posa les questions d'usage. Aucun d'eux n'avait rien entendu, rien décelé de suspect.

Soudain, Marielle se ranima. Elle venait de remarquer que Patrick et Édith manquaient à l'appel. Elle signala leur absence aux policiers. Leur description et celle de Teddy furent aussitôt communiquées par radio à tous les postes de police.

— Plus vite on le retrouvera, mieux ce sera, dit O'Connor.

Comment dire à cette mère que le temps pressait ? Que les ravisseurs, effrayés par les conséquences de leur acte, pouvaient blesser l'enfant ou, pis, le tuer ? C'était inutile : elle ne se souvenait que trop bien que le petit Lindbergh avait probablement été assassiné la nuit même de son enlèvement. Comme elle savait que le bulletin d'informations diffusé par tous les postes de radio allait immanquablement attiser la curiosité avide des journalistes... Comme elle pensait qu'il était grand temps d'avertir Malcolm avant qu'il ne prenne connaissance de la nouvelle par les éditions du matin.

Les agents du FBI arrivèrent avant qu'elle puisse joindre son mari. Elle se crut dans une séquence de film de série B où l'on voit des policiers partout, mettant tout sens dessus dessous, passant le jardin au crible, interrogeant les domestiques et arrêtant des passants. Une sensation d'irréalité l'assaillit alors. Elle vivait un cauchemar. Un de ces mauvais rêves qui se diluent dans les premiers rayons du matin.

— Madame Patterson ?

La voix du sergent O'Connor la ramena brutalement à la réalité. Il était entouré d'une demi-douzaine d'hommes en costume sombre. Tous portaient des chapeaux, sauf un, visiblement leur chef. La quarantaine environ, grand, mince et nerveux, il avait des cheveux bruns et des yeux bleu acier dont le regard perçant la sondait avec intensité.

— Voici l'agent spécial Taylor, poursuivit O'Connor. Il a été chargé de votre affaire par le Bureau fédéral d'investigation.

Son affaire ? Quelle affaire ? Que s'était-il passé ? Où était-elle ? Où était Malcolm... et leur bébé ?

— Enchantée...

Elle serra machinalement la main qu'il lui tendait, et qui lui parut aussi froide que le reste de sa personne. Son visage ne trahissait aucune émotion, mais il écouta attentivement sa déposition. Il avait été également saisi de l'affaire Lindbergh, trop tard cependant ; les pistes étaient terriblement embrouillées et il avait perdu la partie. Et maintenant, en tant que spécialiste des kidnappings, il savait qu'il n'avait presque aucun atout en main. Dans le jeu mortel qui allait s'engager, il manquait singulièrement d'indices. À part l'absence du chauffeur et de la femme de chambre, il n'avait pas grand-chose à se mettre sous la dent. Pas de demande de rançon écrite, pas de traces, pas d'empreintes digitales, pas de description des ravisseurs. Rien, en dehors du chloroforme, des « voix masculines » entendues par les deux victimes, et du fait que le gosse avait disparu. La mère de l'enfant l'intriguait. Elle affichait un calme qu'elle n'éprouvait pas, bien sûr, s'il se fiait aux tremblements de ses mains et à ses yeux emplis d'un effroi muet. Elle continuait à répondre aux questions avec une politesse laborieuse, d'une voix blanche. L'espace d'un instant, il avait eu peur qu'elle ne sombre dans la démence. Pourtant, malgré sa terreur, ses cheveux défaits et ses pieds nus, elle avait l'air d'une impératrice, distante, presque hautaine, et belle à couper le souffle.

— Y a-t-il une pièce où nous pourrions discuter plus tranquillement ? demanda Taylor, tout en jetant un regard vers les gendarmes qui poursuivaient les recherches.

— Oui, bien sûr.

Elle le devança jusqu'à la bibliothèque, une vaste pièce aux lambris de bois sombre, tapissée de rayonnages croulant sous les livres rares, meublée de canapés et de fauteuils de cuir entourant un massif bureau d'acajou, où Malcolm s'était assis pas plus tard que ce matin.

La vue du décor rappela au policier qu'il n'avait pas encore rencontré le mari.

— Il n'est pas là… Il est à Washington, dit Marielle en réponse à ses questions. Je lui ai parlé il y a environ deux heures… juste avant de monter à la nursery.

Elle n'arrivait plus à prononcer le mot « enlèvement ».

— L'avez-vous appelé ?

— Non, je n'ai pas eu le temps, murmura-t-elle doucement, la tête baissée comme si elle se sentait fautive.

Taylor la regarda. Il éprouvait une étrange attirance envers elle… ou était-ce de la curiosité ? Il eut l'impression de venir d'une planète différente. Il n'avait jamais rencontré une personne comme elle. Si distinguée, si polie, et en même temps si humaine.

Il avait grandi à Queens, au sein d'une famille pauvre. Pendant la Grande Guerre, il avait servi dans les marines. Après la démobilisation, il avait été recruté par le FBI. Voilà plus de vingt ans qu'il traquait le crime sous toutes ses formes — il avait eu quarante-deux ans quelques semaines plus tôt. Il était marié, vouait une profonde affection à sa femme et à leurs deux enfants et, pourtant, il devait admettre que Mme Patterson avait produit sur lui un effet singulier. Elle avait pris place sur l'un des moelleux canapés de cuir et, même en chemise de nuit, elle avait l'air d'une grande dame. Une reine au visage d'une pureté absolue et au regard douloureux, qui lui donnait envie de la prendre dans ses bras pour la consoler.

— Madame Patterson, reprit-il en toussotant, s'efforçant de mobiliser son attention, racontez-moi une nouvelle fois ce qui s'est passé exactement.

Elle s'exécuta. Il l'écouta en fermant les yeux de temps en temps, puis en les rouvrant, à la recherche de quelque faille. Son flair légendaire lui permettait de détecter la moindre hésitation, le plus infime mensonge. Mais il ne trouva rien à redire. Le visage de son interlocutrice demeurait pur et lisse. Il ne décela rien dans son témoignage, à part une indicible terreur.

— N'y a-t-il rien d'autre ? Un détail que vous auriez oublié, quelque chose que vous auriez vu ou entendu ce soir ou ces derniers jours, une observation qui pourrait éclaircir un tant soit peu ce mystère ?

Elle secoua la tête, comme si elle refusait de partager ses tourments personnels avec un étranger.

— Y a-t-il quelque chose que vous aimeriez me confier ? Je vous promets de ne rien divulguer à mes collègues... pas même à votre mari.

Combien de fois, lors d'autres enquêtes, n'avait-il pas extorqué à des femmes le nom de leur ami ou de leur amant ! Avec celle-ci, il prenait des gants. C'était une personne digne, limpide, le genre de femme pour laquelle on n'hésiterait pas à mourir.

— Y a-t-il quelqu'un dans votre vie... dans votre passé, qui pourrait chercher à se venger ?

Un long silence suivit, puis, de nouveau, elle secoua la tête, les traits convulsés par une souffrance secrète.

— Non... Du moins, je l'espère.

— Madame Patterson, réfléchissez. La vie de votre enfant pourrait dépendre d'une telle information.

Le cœur de Marielle se noua. Jusqu'à quand allait-elle protéger Charles ? Était-ce lui le coupable ? Se pourrait-il... Avant qu'elle puisse prononcer un mot, il y eut un coup discret contre le battant, puis O'Connor fit irruption dans la pièce.

— Le chauffeur et la femme de chambre viennent d'arriver, annonça-t-il. L'enfant n'est pas avec eux, John.

— Où sont-ils ? s'enquit l'agent du FBI.

— Au salon. Complètement ivres morts. La fille porte une toilette du tonnerre. Une des robes de madame, j'en mettrais ma main au feu, ajouta-t-il, en jetant un regard d'excuse en direction de Marielle.

Celle-ci ne cilla pas. Quelle importance ? Seul son petit garçon comptait... Où pouvait-il bien être ? Qui le lui avait pris ?

— Emmène-les à la cuisine et fais-leur boire une bonne quantité de café noir. J'irai les voir dès qu'ils auront recouvré leurs esprits, dit John Taylor.

Le sergent se tourna vers Marielle.

— Madame Patterson, nous avons téléphoné à votre mari.

Elle ne sut s'il fallait le remercier ou pas. C'était elle qui aurait dû apprendre à Malcolm la mauvaise nouvelle, se dit-elle, écrasée par un immense sentiment de faute.

— Qu'est-ce qu'il a dit ? murmura-t-elle.

— Il a été bouleversé.

O'Connor jeta un coup d'œil à John. Il omit de signaler que M. Patterson, qui avait éclaté en sanglots au bout du fil, n'avait pas demandé à parler à son épouse. Le sergent avait trouvé cela étrange, puis s'était dit qu'avec les gens de la haute société on ne savait jamais. Au cours de sa longue carrière, il avait déjà pu observer des réactions identiques.

— Il a dit qu'il serait de retour dans la matinée.

— Merci.

Le sergent sorti, l'agent du FBI reporta toute son attention sur la maîtresse de maison. Elle ne lui avait pas tout dit, il en fut soudain convaincu. Il décida de la bousculer un peu, au risque de déclencher une crise de nerfs. Il la sentait tendue mais attentive. Elle le scrutait, elle aussi, insensible à son charme viril.

— On n'a pas toujours envie d'avouer certaines choses, madame Patterson. Parfois même on se les cache. Or, dans le cas présent, il est inutile de souligner l'importance d'une dissimulation de ce genre. Vous le savez mieux que nous tous.

Il quitta la pièce sans lui donner le temps de répondre, en promettant de revenir lorsqu'il en aurait fini avec Patrick et Édith.

Marielle ne bougea pas. Elle resta assise, très droite. Il fallait bien se rendre à l'évidence. Elle ne pouvait pas passer sous silence l'existence de Charles. Confusément, elle se dit que l'homme qui venait de sortir méritait sa confiance.

Patrick et Édith étaient attablés à la cuisine. Le café qu'ils avaient ingurgité avait plus ou moins dissipé les vapeurs de l'alcool. Ils purent brosser un tableau assez cohérent de leur soirée. O'Connor nota scrupuleusement leur déposition pendant que Taylor les interrogeait.

— C'était bien la peine de donner mon signalement par radio ! ragea le chauffeur. Vous voulez ruiner ma réputation, ma parole !

De sa réputation, O'Connor et Taylor se souciaient comme de leur dernière chemise. L'agent du FBI se tourna vers Édith. Celle-ci avait croisé les jambes, l'air aguichant, très « sexy » dans la tenue chic qu'elle avait dérobée. C'était le modèle de chez Grès que Marielle avait porté l'avant-veille chez les Whyte. Elle avait prié Édith de l'envoyer au nettoyage, mais la femme de chambre l'avait d'abord « emprunté », comme elle avait l'habitude de le faire. Au dernier moment, elle n'avait pas osé enfiler le somptueux manteau d'hermine.

— Pourquoi vous êtes-vous absentée ? voulut savoir Taylor. Vous étiez supposée être de garde ce soir.

— Et alors ? intervint Patrick. Quelle est la différence ? Elle aurait été ficelée comme un poulet à la place de cette pauvre Betty. Tout ça pour un salaire de misère !

Il était encore trop ivre pour se contenir. Édith, qui avait récupéré plus vite que son ami, remua nerveusement sur sa chaise.

— Euh... je n'aurais pas dû, j'en conviens, mais comment pouvais-je savoir ?

— Où avez-vous eu cette robe ?

— Elle est à moi... C'est ma sœur qui l'a faite.

Taylor s'assit en face d'elle, les sourcils levés, l'air de dire qu'il n'avait pas l'intention de gober cette histoire.

— Une confrontation avec Mme Patterson nous le dira.

La femme de chambre fondit en larmes, alors que le chauffeur se rebiffait une fois de plus.

— Oh, la ferme, espèce de gourde. Bon, tu l'as prise, cette fichue robe, la belle affaire ! Tu allais la rendre comme tu as rendu les autres, non ? Bon sang, on dirait que nous sommes au service de la Vierge... explosa-t-il, en agitant un doigt furieux sous le nez de Taylor. Méfiez-vous de cette sainte-nitouche, mon vieux ! Deux fois, je l'ai vue avec son petit copain, cette semaine. La seconde fois, elle avait emmené le gosse avec elle, alors cessez d'insinuer que c'est nous qui avons monté le coup. Demandez-lui plutôt qui était le lascar qu'elle a embrassé à l'église vendredi dernier et avec qui elle discutait au parc, en présence de Teddy.

Rien ne frémit sur le visage d'O'Connor, dont le stylo noircissait le bloc-notes. Taylor se contenta de fixer le chauffeur sans un mot. Il savait par expérience que le silence suscitait toujours des confidences supplémentaires.

— Le gars avait l'air dingue ! reprit Patrick, après un bref instant. Il hurlait comme un malade, comme s'il la menaçait, après quoi il a essayé de l'embrasser. Le pauvre Teddy a eu une frousse bleue... Ce type est complètement cinglé, si vous voulez mon avis.

— Qu'est-ce qui vous autorise à dire qu'il est son « petit copain » ? s'enquit Taylor. — Il avait adopté un ton badin, mais ses yeux restaient de glace. — L'avez-vous déjà vu en compagnie de Mme Patterson, avant ?

— Non, dit le chauffeur, après réflexion. Seulement l'autre jour à la cathédrale Saint-Patrick, et hier à Central Park. Mais ils devaient se rencontrer en secret, il semblait vraiment bien la connaître. Elle ne se fait pas toujours conduire par moi.

— Prend-elle souvent seule la voiture ?

— De temps à autre... Pas très souvent, non. Elle ne sort pas beaucoup, à cause de ses migraines, je crois.

Voilà un portrait intéressant, se dit John Taylor. Il avait deviné une force extraordinaire, sous l'apparente fragilité de la jeune femme.

— L'avez-vous déjà aperçue avec d'autres hommes ?

Patrick fit non de la tête, à contrecœur. Non il ne l'avait vue avec personne, à part celui-là.

— Et avec des femmes ? Avez-vous vu Mme Patterson avec d'autres femmes ?

Un silence pesant suivit, brisé seulement par les sanglots d'Édith. Elle était sûre qu'elle allait perdre sa place à cause de la robe volée. Le fait que le petit garçon qu'elle était censée surveiller ait disparu ne semblait pas la déranger outre mesure.

— Eh bien ? répéta Taylor. Avez-vous vu madame avec une autre femme ?

— Non... je n'en ai aucun souvenir... Pas que je sache, en dehors des secrétaires de son mari.

Donc, il ne restait que la piste de cet amant hypothétique... Taylor n'y croyait qu'à moitié. La moralité de Mme Patterson paraissait être au-dessus de tout soupçon, mais sait-on jamais ? Il allait devoir lui poser la question. Il détesta cette idée. En se redressant, il jeta un dernier coup d'œil au couple de domestiques. Jolie paire, songea-t-il. Son instinct l'avertissait, toutefois, qu'ils étaient incapables de combiner une pareille mise en scène. Tout au plus, on avait pu les soudoyer, afin qu'ils laissent une porte ouverte quelque part, ce dont il doutait. D'après leur déposition, ils s'étaient rendus à un bal dans une voiture de location. Ils avaient simplement négligé leurs devoirs vis-à-vis de leurs employeurs et de l'enfant... Sans plus. Une chance pour eux, car il aurait été trop content de les épingler.

Il intima à O'Connor de les relaxer, leur demanda de rester à la disposition de la police, après quoi il fit rapidement le bilan de la situation. Le fameux « petit copain » de Marielle constituait le seul élément nouveau.

— Qu'est-ce que tu dis de ça ? s'enquit le sergent à mi-voix.

— Il s'agit probablement d'une calomnie, mais je vais vérifier.

— Elle n'a pourtant pas mauvais genre, marmonna O'Connor.

L'amant aurait-il pris le gosse ? C'était une possibilité, bien sûr, si Mme Patterson avait une liaison extra-conjugale. On ne sait jamais, songea le sergent. On se trompait si souvent sur les femmes...

— Non, elle n'a pas mauvais genre, convint Taylor d'une voix maussade.

Il fallait absolument qu'il l'interroge, avant le retour du mari. Il regagna la bibliothèque. Elle était toujours là, immobile. Ses mains tremblaient plus que jamais. Le chauffage marchait à fond mais elle avait l'air transie de froid.

— Désirez-vous une tasse de thé ?

— Non, merci, murmura-t-elle. Est-ce qu'ils ont dit quelque chose ?... Pensez-vous qu'ils ont pu l'emmener avec eux et le laisser quelque part avant de revenir ?

La lueur d'espoir qui, un instant, avait éclairé les prunelles saphir s'éteignit quand elle le vit secouer la tête.

— Ils ne seraient pas revenus s'ils avaient enlevé l'enfant. Non, je crois qu'ils ont simplement fait la fête.

— Ils n'ont pas beaucoup de sympathie pour moi, vous savez.

Du reste, aucun des domestiques ne la portait dans son cœur, pensa-t-elle, sans oser le formuler. Ils tenaient Malcolm pour leur seul employeur et ne se gênaient pas pour le lui faire sentir par tous les moyens.

Sous des apparences lisses et paisibles, son union avec Malcolm ne lui avait pas apporté le bonheur. Voilà des années qu'elle passait des nuits solitaires. Pourtant, elle lui était restée fidèle et s'était consacrée corps et âme à Teddy... Mais de cela, personne ne semblait tenir compte, pas même Malcolm.

— Qu'est-ce qui vous fait penser qu'ils ne vous aiment pas ? demanda Taylor, sans la quitter des yeux.

Il avait vu la haine dans le regard de Patrick et dans celui d'Édith, quand il avait été question des robes qu'elle empruntait.

— Ils sont jaloux, je crois. La plupart d'entre eux étaient là avant notre mariage. À leurs yeux, je suis une intruse. Ils s'entendaient bien avec mon mari. Ma présence a dû déranger leurs habitudes. Je suis une sorte de migraine pour eux, et ils n'aiment pas ça.

Par une étrange association d'idées, il se rappela ses migraines à elle. D'après le témoignage du chauffeur, elle ne devait pas être heureuse en ménage.

— Vous avez sans doute raison. Eh bien, avez-vous réfléchi à la question que je vous ai posée avant de quitter la pièce ?

— Oui, mais je n'ai rien remarqué d'inhabituel.

Elle avait scrupule à dénoncer Charles. Cela ne pouvait pas être lui. Il n'aurait pas commis un acte aussi ignoble, malgré ses menaces.

— En êtes-vous sûre ?

Deux policiers en uniforme entrebâillèrent la porte. Taylor en profita pour demander du thé pour elle et une tasse de café pour lui. Il était trois heures du matin, il avait besoin d'un remontant.

— Est-ce qu'ils ont eu des nouvelles ? fit-elle, en refoulant ses larmes.

Il fit signe que non. Marielle inclina la tête. Elle n'arrivait pas à croire que Teddy ne se trouvait plus dans sa chambre. L'espace d'une seconde, elle eut envie de monter mais elle ne bougea pas. Au fond de son cœur, elle savait qu'il n'y était pas. Taylor se leva pour refermer le battant que les policiers avaient laissé entrouvert.

— Madame Patterson, dit-il lentement en reprenant sa place, je vais vous rapporter les propos de votre chauffeur. Je voudrais en discuter avec vous. Si les journalistes avaient vent de ces allégations, ils ne manqueraient pas de les monter en épingle.

Elle sut ce qu'il allait lui dévoiler et en éprouva un singulier soulagement.

— D'après Patrick Reilly, vous auriez un petit ami.

L'ombre d'un sourire tremblota sur les lèvres pâles de la jeune femme.

— Voilà un terme intéressant.

— Est-ce exact ?

Elle soutint son regard.

— Non, répondit-elle dans un soupir. Ce n'est pas exact. — C'était presque drôle de considérer Charles comme un « petit ami ». — Il s'agit de mon ex-mari. Je ne l'avais pas vu depuis presque sept ans, jusqu'à il y a deux jours. Nous nous sommes rencontrés à la cathédrale Saint-Patrick.

— Une rencontre préméditée ?

Une ombre passa dans le regard bleu saphir.

— Non. Une pure coïncidence. Il a vécu de nombreuses années en Espagne où il s'est battu contre Franco.

Taylor s'accorda une gorgée de café.

— Ah... je vois... Un communiste ?

Il fallait qu'il tire cette histoire au clair, avant le retour de Patterson. Sa question fit sourire Marielle. Encore un terme curieux en ce qui concernait Charles. Son sourire s'effaça aussitôt. Maintenant que Teddy n'était plus là, rien ne serait plus drôle... Ni amusant... Rien ne valait la peine qu'elle restât en vie.

— Non... non... il est apolitique. Une sorte de poète doublé d'un idéaliste. Un rêveur. Il participe à des courses de taureaux à Pampelune et se veut proche de Hemingway, c'est un défenseur des causes perdues... En fait, je n'en sais rien. Notre séparation remonte à 1929... Je ne l'ai plus revu depuis 1932, date à laquelle je suis retournée aux États-Unis où j'ai épousé Malcolm.

— Alors pourquoi maintenant ? Pourquoi est-il rentré lui aussi, tout à coup ?

— Des obligations familiales. Son père est vieux et malade. Mourant peut-être.

— Est-ce qu'il vous a appelée en arrivant ? Ou écrit ?

— Non.

— Vous a-t-il suivie ? Était-il fâché de vous savoir remariée ?

— J'ignore s'il m'a suivie, soupira-t-elle, en le regardant droit dans les yeux. Je ne crois pas. Il ne m'a pas téléphoné. Mais, oui, il a été furieux d'apprendre que je m'étais remariée... Surtout quand il a su pour Teddy... Vendredi, je ne lui ai rien dit à propos de Teddy, et hier, quand il l'a vu...

— Hier ?

— Oui. À Central Park. Nous sommes allés au lac où l'on fait du canotage, mais c'était gelé.

— Vous étiez-vous donné rendez-vous ?

— Oh, non ! Ce fut encore une coïncidence. Il habite près du parc, au niveau du lac.

— Vous espériez donc le rencontrer là-bas ?

— Non. Absolument pas.

— Songiez-vous à lui, ces temps-ci ?

Elle fit lentement oui de la tête. En effet, depuis qu'elle l'avait revu à Saint-Patrick, elle n'avait plus pensé qu'à lui.

— Deux rencontres fortuites en l'espace de deux jours, après sept ans de séparation, sont plutôt difficiles à croire, vous ne croyez pas ? Est-ce qu'il ne cherchait pas délibérément à vous revoir, plutôt ?

— Peut-être.

Elle s'était posé les mêmes questions.

— Voulait-il obtenir quelque chose de vous, madame Patterson ?

Elle parut se troubler un peu sous le regard d'acier qui la sondait.

— Oui. Il voulait me revoir.

— Pourquoi ?

— Je n'en suis pas sûre. Sans doute pour discuter de choses qui n'ont plus d'importance. C'est fini maintenant. Je suis la femme de Malcolm depuis six ans.

Sa voix se brisa, alors qu'une peine intense lui ravageait le visage. Le souvenir de Teddy balaya tout le reste.

— Quand vous êtes-vous mariée pour la première fois ?

— En 1926. J'avais dix-huit ans… Mon mari n'est pas au courant, inspecteur. Il pense que j'ai eu un flirt en Europe. Mon père est à l'origine de cette histoire. Il a raconté à ses relations que j'avais eu une petite aventure avec un jeune homme inconvenant. Mes parents savaient, bien sûr, que j'ai été mariée pendant cinq ans. J'ai essayé de le dire à Malcolm, lorsqu'il a demandé ma main, mais il n'a rien voulu entendre… Alors je me suis tue. Il n'a jamais su que j'ai vécu en France avec Charles, ni que nous avons été… — ses yeux se firent lointains — … très heureux.

— Qu'est-ce qui n'a pas marché ? demanda-t-il d'une voix enrouée, en s'efforçant de faire abstraction de la beauté de son interlocutrice.

— Un certain nombre de choses... fit-elle, évasive.

Une chose avait à jamais brisé leur rêve. Une seule. Par un affreux après-midi qui s'était gravé au fer rouge dans leur mémoire.

— Lesquelles ? Madame Patterson, pour l'amour du ciel, il faut que je sache ce qui s'est passé. Il y va de la vie de Teddy.

Le nom de son enfant la fit sursauter. Des larmes jaillirent tout à coup de ses yeux.

— Je ne peux pas en parler. Je n'ai jamais rien dit à personne.

Sauf à son médecin, à la clinique.

— Il le faut.

— Je ne peux pas.

Elle s'était levée et regardait par la fenêtre. L'obscurité collait aux vitres. Et quelque part, dans le noir, il y avait Teddy. Elle se retourna vers l'inspecteur.

— Désolé, murmura-t-il, je déteste l'idée de vous brusquer.

Il n'avait jamais eu de tels égards pour personne. Or, quelque chose l'attirait irrésistiblement chez cette femme. Sa pureté, une sorte de gentillesse, et en même temps une fragilité qui lui faisait peur.

— Marielle, dit-il, utilisant son prénom délibérément, afin de la mettre en confiance. Vous devez me le dire.

— Mon mari n'est pas au courant... Si... s'il avait su... Il n'y aurait pas eu Teddy. Peut-être même pas de mariage.

— Je vous en prie, dites-le, Marielle.

— Et après ? Vous allez tout raconter à la presse ?

— Non. Je vous en donne ma parole. Ce que vous me confierez ne sortira pas de cette pièce, sauf pour les besoins de l'enquête. Cela vous convient-il ?

Elle acquiesça de la tête, le regard de nouveau perdu vers la fenêtre.

— Nous avons eu un fils, Charles et moi... Un petit garçon que nous avons appelé André... commença-t-elle, la gorge nouée. Il est né onze mois après que nous nous sommes mariés. Il avait des cheveux bruns, de grands yeux bleus. C'était un petit ange, un chérubin que nous aimions de toute notre âme. Nous l'emmenions partout avec nous.

Elle se tourna pour fixer l'inspecteur, soudain prête à rejeter le fardeau qui pesait si lourdement sur ses épaules.

— Charles l'adorait. Et moi aussi. Et une année, nous sommes allés passer Noël en Suisse. André avait deux ans et nous nous sommes amusés comme des fous. Nous avons même fabriqué un bonhomme de neige.

Des larmes se mirent à couler sur ses joues, mais il se garda bien de l'interrompre.

— Un après-midi, Charles a décidé d'aller faire du ski. J'ai préféré rester à Genève. J'ai emmené André se promener au bord du lac... L'eau était gelée. Il y avait tout un groupe de femmes avec leurs enfants. Nous avons fait connaissance, puis...

Les mots franchissaient laborieusement ses lèvres de cire. Elle paraissait à bout de forces mais elle poursuivit :

— Les gamins ont commencé à jouer. Je me suis mise à bavarder avec l'une des mamans... Vous savez comment sont les femmes ! Elles adorent évoquer les bêtises de leurs chers petits diables... Et pendant que nous parlions... pendant que nous parlions...

Elle porta une main tremblante à ses yeux, ses jambes se dérobèrent. John tendit machinalement le bras et elle s'y accrocha, le souffle court.

— ... Pendant que nous parlions, André s'est élancé sur la mince couche de glace, à la suite de deux gamines de son âge... soudain, il y a eu ce terrible... cet affreux...

John lui pressait les mains, l'incitant à continuer.

— … craquement, reprit-elle, à peine consciente de la présence de l'inspecteur. La glace s'est fendue. Trois des enfants sont tombés à l'eau. André était parmi eux… Je me suis précipitée, avec les autres femmes. Alentour, des gens criaient au secours… Je fus la première à atteindre le trou… J'ai tiré les deux petites filles à l'extérieur… J'ai pu les attraper, comprenez-vous, oui, j'ai pu les sortir de l'eau, mais pas lui… non… pas lui… J'ai plongé, affolée, mais il avait glissé sous la glace… et puis je l'ai trouvé.

Sous l'effet d'une violente douleur, sa voix s'était brisée. Elle ne se rendit pas compte qu'une larme avait roulé sur la joue mince de Taylor.

— Il était tout bleu, si petit dans mes bras, si glacé et immobile. J'ai tout essayé… pour le faire respirer… pour le réchauffer. Une ambulance est arrivée, des gens en blanc l'ont emmené à l'hôpital mais…

Elle regarda l'inspecteur, égarée, versant de nouvelles larmes sur le petit garçon mort sous la glace à Genève.

— … ils n'ont pas pu le sauver. Ils m'ont dit qu'il était mort dans mes bras, quand je l'avais retiré du lac, que, déjà, il ne respirait plus, mais qu'en savaient-ils ? Et quelle importance ? C'était ma faute. J'aurais dû le surveiller et je ne l'ai pas fait. Je bavardais… Je riais… il a suffi d'un instant d'inattention. Je l'ai tué, en fait.

— Et Charles ?

Le fin visage se crispa.

— Il m'en a voulu, naturellement… Ils m'ont gardée à l'hôpital. De toute façon, je ne voulais pas partir. Je voulais rester là, avec André. Je le tenais dans mes bras et le serrais très fort, comme si j'allais lui insuffler une nouvelle vie… En vain, bien sûr… en vain…

— Comment a réagi Charles quand il est allé vous rejoindre à l'hôpital ?

Il avait posé la question d'une voix douce, et elle le regarda sans vraiment le voir.

— Il m'a frappée… Il m'a donné plusieurs coups… Les médecins ont dit que… quand j'avais plongé dans l'eau glacée… oh, cela n'a plus d'importance.

— Qu'est-ce qu'il vous a fait, Marielle ?

— Il m'a frappée, je vous l'ai dit, en disant que j'avais tué André. Je n'ai eu que ce que je méritais et… et…

Elle s'interrompit, avec un sanglot suivi d'un gémissement d'animal blessé, une drôle de plainte qui n'avait rien d'humain, avant de reprendre :

— … et j'ai perdu mon bébé.

Il la considéra, puis soudain, il comprit. Sans réfléchir, il l'attira dans ses bras.

— Mon Dieu… Vous étiez enceinte…

— De cinq mois. Une petite fille. Morte, elle aussi, le même jour qu'André.

Elle pleura longuement, amèrement, tandis que John Taylor la berçait doucement.

— Je suis désolé d'avoir réveillé tous ces affreux souvenirs, murmura-t-il. Je vous demande pardon.

Marielle essuya ses larmes. L'espace d'un instant, elle s'était sentie plus légère. L'instant suivant la ramena à la triste réalité, plus hideuse que toutes les images du passé. Teddy avait disparu. Et cet homme, cet étranger auquel elle s'était ainsi confiée, était John Taylor, l'agent du FBI chargé de retrouver son fils.

— J'ai eu une dépression nerveuse, continua-t-elle péniblement, et quant à Charles, il était comme fou de douleur. Si les infirmiers n'étaient pas intervenus, il m'aurait tuée. J'ai su qu'il s'était évanoui aux obsèques… Je ne sais pas, les médecins ne m'ont pas laissée y aller. Je suis restée dans une clinique privée à Villars pendant plus de deux ans. Charles a réglé tous les frais, mais je ne l'ai jamais vu. Finalement, il a été autorisé à me rendre visite. Il m'a demandé de reprendre la vie commune. J'ai refusé… C'était plus fort que moi. Nous savions tous deux qu'André était mort par ma faute et que j'avais perdu le bébé en sautant dans l'eau glacée.

— Que fallait-il faire ? Laisser votre fils se noyer sans bouger le petit doigt ?

— Oui, je sais. Mais c'est dur à admettre. Il m'a fallu deux ans pour réaliser la mort d'André. Et encore six pour apprendre à vivre avec ça. — Elle se remit soudain à pleurer. — Quand Teddy est né, j'ai pensé que Dieu m'avait pardonné. Pendant ma grossesse, j'ai constamment vécu dans l'appréhension d'une nouvelle punition.

— Vous avez suffisamment payé, vous ne croyez pas ? Vous n'avez commis aucun crime.

— Je me le suis longtemps demandé.

Il lui versa un doigt de cognac dans sa tasse de thé, puis se servit une rasade.

— Et la rencontre à l'église ? fit-il négligemment.

Mais il avait deviné la suite.

— C'était la date anniversaire de la mort d'André. Je vais toujours allumer des cierges à sa mémoire et à la mémoire de mes parents. Tout à coup, Charles a surgi devant moi, comme une apparition.

Taylor la regarda, subjugué par la force d'âme qu'elle dissimulait sous ses airs de poupée fragile.

— Êtes-vous encore amoureuse de lui ? demanda-t-il avec une curiosité qui dépassait l'intérêt professionnel.

— Je suppose qu'une partie de moi le sera toujours, dit-elle, avec franchise. Par ailleurs, ce chapitre de ma vie est définitivement clos.

Taylor sentit tout son être se hérisser en repensant aux vulgaires accusations du chauffeur.

— Que voulait-il ? Que vous retourniez auprès de lui ?

— Je ne sais pas. À Saint-Patrick, il paraissait bouleversé et, d'une certaine manière, je l'étais également. Il n'avait pas cessé de répéter que par ma faute, mon impardonnable négligence, notre fils était mort. Que je l'avais assassiné…

Le pire, c'est que j'ai cru la même chose pendant longtemps. J'ai été surprise quand il a dit qu'il m'avait tout pardonné.

— A-t-il dit la vérité, à votre avis?

Elle haussa les épaules.

— Je l'ai pensé un instant, après notre entretien à l'église, vendredi. Je lui ai appris mon remariage. Il a eu l'air stupéfait, contrarié même, mais il l'a accepté. Et le lendemain, quand je l'ai revu au parc, il a eu un accès de colère à cause de Teddy. Il était furieux, parce que j'avais un enfant et pas lui. « Tu ne le mérites pas! » a-t-il hurlé, et j'ai eu peur... Après quoi, il a menacé de prendre l'enfant, afin de m'obliger à le suivre.

John Taylor avala sa salive. Il avait obtenu ce qu'il voulait. Le récit de Mme Patterson désignait le dénommé Charles comme le coupable idéal. Il ne restait plus qu'à le dénicher. S'il avait enlevé le gosse, ce qui était fort probable, il serait écroué et on n'en parlerait plus. L'agent du FBI était loin de partager l'indulgence de Marielle vis-à-vis de Charles. Ce salaud l'avait battue alors qu'elle était enceinte. Au lieu de la consoler, il n'avait pas trouvé mieux que de l'accuser de meurtre. Il l'avait abandonnée deux ans durant entre les murs d'un hôpital psychiatrique, avec le fardeau de sa culpabilité, puis il avait resurgi comme si de rien n'était, sûr de la récupérer. S'il ne tenait qu'à John Taylor, il l'aurait laissé pourrir au cachot jusqu'à la fin de ses jours.

— Le croyez-vous capable de mettre ses menaces à exécution?

— Je n'en suis pas sûre. Je n'arrive pas à l'imaginer faisant du mal à quiconque, encore moins à un enfant. J'ignore s'il est toujours furieux après moi, c'est pourquoi je ne vous ai rien dit au début.

La pendule sur la cheminée indiquait six heures du matin. John nota soigneusement le nom et l'adresse du suspect. Il allait avoir une discrète conversation avec lui dans une couple d'heures. Si Charles Delauney était en mesure de présenter un alibi satisfaisant, l'enquête repartirait à zéro. Taylor rêvait secrètement de lui mettre la main au collet. Delauney constituait la seule piste valable. Il avait proféré des menaces et avait un solide motif psychologique sans oublier son comportement démentiel. Restait à savoir s'il avait enlevé Teddy par pur esprit de vengeance ou dans le but d'attirer Marielle vers lui. L'agent du FBI s'engagea à ne souffler mot de l'histoire à la presse, pas plus qu'à Malcolm Patterson, avant d'avoir interrogé Charles Delauney, et Marielle lui en sut gré.

Il était presque sept heures du matin quand ils sortirent de la bibliothèque. Imperceptiblement, la nuit pâlissait. Elle le raccompagna jusqu'à la porte et, dans le hall, ils parlèrent encore un long moment. Taylor se jura de retrouver Teddy. Ne serait-ce que parce que cette femme méritait le bonheur. Son union avec Patterson ne l'avait pas comblée, se dit-il. Elle n'avait que Teddy au monde. Et Teddy n'était plus là. Taylor avait senti combien elle tenait à son enfant, combien elle l'aimait. Marielle lui fit l'effet d'un être affreusement seul. Personne ne pouvait l'aider. Sauf peut-être lui, John Taylor, agent du FBI.

Il avait du mal à comprendre comment le petit garçon avait pu disparaître en pleine nuit, sans une trace, sans un bruit. Il avait été enlevé de son lit, dans son pyjama rouge cerise, et… il s'était littéralement volatilisé.

5

APRÈS son long entretien avec John Taylor, Marielle se mit à errer dans l'interminable enfilade des pièces comme un fantôme. Elle se rendit dans ses appartements, d'où elle ressortit presque aussitôt, folle d'angoisse, croyant que les murs allaient se refermer sur elle, que l'air devenait irrespirable. Sans même savoir comment, elle se retrouva dans la chambre de Teddy, le seul coin de la maison où elle pouvait encore déceler sa présence, sa chaleur, le doux parfum de ses cheveux... C'était impossible à comprendre. Inconcevable. Qui avait commis ce méfait ? Pourquoi ? La ronde infernale des questions, toujours les mêmes, l'assaillit. Une première supposition vint à son esprit : était-ce pour de l'argent ? Les ravisseurs ne tarderaient pas à faire valoir leurs exigences. Une demande de rançon pouvait arriver d'un moment à l'autre. Les experts avaient truffé la demeure de postes téléphoniques supplémentaires. La police avait demandé aux éditions du matin de prévoir un emplacement en vue d'un éventuel message des ravisseurs. La panoplie habituelle pour ce genre de délit avait été déployée. Au salon, des hommes du FBI montaient la garde, en attendant Malcolm.

Marielle se sentit inutile, soudain. Elle ne pouvait plus rien, à part prier pour son fils. Elle s'agenouilla près du petit lit vide, la tête inclinée, tentant de se remémorer la texture soyeuse de la peau de Teddy, la douceur de sa joue qu'elle avait embrassée quelques heures plus tôt, quand elle l'avait mis au lit, dans son pyjama cerise, orné d'un col brodé bleu pâle. L'infernale farandole des questions reprit possession de son esprit. Où était son bébé ? Avait-il froid ? Peur ? Avait-il mangé ? Était-on gentil avec lui ? De nouveau, l'air lui manqua. Elle se mit à suffoquer.

Un bruit de pas la fit se retourner. Miss Griffin entra dans la pièce, les yeux rouges. Pour la première fois depuis des années, elle jeta un regard amène à Marielle.

— Je... euh... bredouillèrent ses lèvres livides. — L'innommable angoisse de la maîtresse de maison n'était qu'un miroir qui reflétait ses propres sentiments. — Je suis désolée. J'aurais dû être là... J'aurais dû entendre... J'aurais dû les empêcher de perpétrer ce... ce...

Elle fondit en larmes.

— Vous ne pouviez pas savoir. Et d'après ce que j'ai compris, ils étaient nombreux... munis de cordes, de chloroforme, peut-être de pistolets, bien équipés pour ce qu'ils étaient venus faire. Il ne faut pas jeter le blâme sur vous, miss Griffin.

Elle se releva lentement, avec une dignité et une gentillesse extraordinaires. Sans un mot de plus, elle entoura miss Griffin de ses bras. La nurse en eut le souffle coupé. À ses mesquineries passées, Marielle répondait par un geste d'une générosité absolue. Miss Griffin se mit à pleurer, tandis que Marielle la berçait tout doucement. Elles restèrent enlacées un bon moment, à sangloter, chacune tirant sa force de l'autre. Enfin, Marielle la laissa et redescendit. Une agitation fiévreuse régnait au rez-de-chaussée. Des éclats de voix parvenaient de l'extérieur où un essaim de reporters essayait de forcer le barrage de police.

— Il est là, dit l'un des policiers.

La porte s'entrouvrit, livrant passage à l'arrivant. Malcolm. En se penchant par-dessus la rampe d'escalier, Marielle le vit qui traversait le vestibule, longue silhouette aristocratique et funèbre, dans son pardessus noir, avec ses gants et son chapeau. Il commença à monter l'escalier. Les deux époux se rencontrèrent à mi-chemin, lui dans son costume de voyage, elle pieds nus, en chemise de nuit légère. Il ouvrit ses bras et, pendant un long moment, la tint enlacée. Finalement, il l'attira sur le palier.

— Comment une chose pareille a-t-elle pu se produire, Marielle ? dit-il, sitôt qu'ils furent dans la chambre de la jeune femme. Comment des étrangers ont-ils pu s'introduire chez moi et se frayer un chemin jusque là-haut ? Où était Haverford ? Les femmes de chambre ? Miss Griffin ?

Sous le regard empreint de reproches, Marielle frissonna, terrassée par l'immensité de sa faute. Malcolm se sentait très certainement trahi et il avait raison. Ses yeux emplis de peine, son visage blême, son air hagard, tout en lui l'accusait. Elle n'avait pas d'excuse, était incapable de fournir la moindre explication. Elle ne put que balbutier :

— Je ne sais pas... Je ne comprends pas... J'ai entendu un bruit pendant que nous nous parlions au téléphone... J'ai pensé que c'était les domestiques... Je n'ai pas imaginé, sur le moment, que quelqu'un s'était introduit... Je veux dire... J'ignorais même qu'Édith était sortie...

La robe lui avait été rendue, tachée de rouge à lèvres, tout imprégnée d'une odeur infecte de tabac froid et de whisky bon marché, mais elle s'en moquait éperdument. Elle ne pensait qu'à son bébé.

— J'aurais mieux fait d'engager des gardes du corps, murmura Malcolm, accablé. Prendre au sérieux tes craintes à propos du cas Lindbergh au lieu de te traiter gentiment de folle. Qui aurait pu deviner que tes pressentiments se seraient avérés ?

Il la regarda, comme un homme brisé, privé soudain de toute espérance. Il avait soudainement vieilli, remarqua-t-elle, le cœur serré. Par sa négligence, elle avait détruit la vie de Malcolm... ce n'était pourtant pas sa faute... ou l'était-ce ? Dans sa confusion, elle se revit, des années en arrière, se posant exactement les mêmes questions. À qui la faute ? André s'était-il noyé parce qu'il avait voulu courir sur la glace ? Parce que sa mère avait été incapable de le secourir à temps ? Pourquoi avait-elle pu sauver les deux petites filles inconnues et pas son propre enfant ? Et pourquoi le bébé qu'elle portait était-il mort ? Parce qu'elle avait plongé dans l'eau glacée ou parce que Charles l'avait frappée ? Et maintenant Teddy... Teddy... disparu par sa faute à elle, ou par la faute de quelqu'un d'autre. Elle passa les doigts dans ses cheveux défaits, l'air halluciné.

— Va t'habiller, suggéra Malcolm en se laissant tomber sur un fauteuil. Il y a des policiers partout et les journalistes font le siège de notre porte... D'après la police, il n'y a pas encore eu de demande de rançon. J'ai appelé mon banquier, afin qu'il réunisse une somme importante en billets usagés, de sorte que nous puissions payer tout de suite, dès que nous aurons reçu un coup de fil ou une lettre.

Marielle le regarda, rassérénée. Avec Malcolm à la maison, les choses avanceraient plus vite. Il prendrait tout en charge, forcerait les ravisseurs à ramener Teddy. Sa propre trahison ne lui apparut que plus écrasante. Malcolm, lui, ne l'avait jamais trahie. Ne l'avait jamais laissé tomber. Jamais. Pas une fois au cours de leur mariage. Alors qu'elle...

— Je suis désolée, Malcolm... Désolée...

Il hocha la tête sans un mot. Il aurait pu lui répondre : « Tu n'y es pour rien, ma chérie » mais il ne le fit pas. Donc, il la rendait responsable du drame. Il lui en voulait de ne pas avoir surveillé suffisamment Teddy. Dès lors, la phrase consolatrice qu'elle s'apprêtait à murmurer perdit tout son sens. Elle resta plantée là, à le regarder, muette et impuissante. L'étau de la migraine lui serrait les tempes.

— Tu es si pâle, Marielle. As-tu mal à la tête ?

— Non, non, mentit-elle. — Elle ne montrerait pas sa faiblesse, sa vulnérabilité, sa frayeur. Elle allait se montrer forte pour Malcolm, pour l'enfant, pour tous.

— Je vais bien, ajouta-t-elle en combattant une vague de nausée. Je vais m'habiller.

— Pendant ce temps, je vais avoir une discussion avec les hommes du FBI.

À Washington, il avait appelé ses relations à la rescousse et on lui avait promis de saisir le ministère. Il avait obtenu une escorte de motards, afin de regagner New York aussi vite que sa Franklin Twelve le lui permettait. L'ambassadeur allemand l'avait assuré de toute sa sympathie.

— Ils ont tous été très gentils, dit Marielle d'une voix étranglée, en se demandant comment l'agent Taylor s'y prendrait pour annoncer à Malcolm l'existence de Charles.

Elle était prête à tout subir, tout endurer, tout avouer, à condition de retrouver Teddy. Taylor lui avait promis de garder son secret, à moins qu'il puisse servir à l'enquête, et elle lui avait donné immédiatement son accord. Elle aurait sacrifié son bien-être, son mariage, sa vie même pour sauver Teddy.

— ... pas voulu te blâmer, Marielle, disait Malcolm. Je sais que ce n'est pas ta faute. Seulement, je n'arrive pas à comprendre comment c'est arrivé.

Il arborait, comme un masque mortuaire, l'expression effarée des gens qui ont tout perdu en un instant.

— Moi non plus, murmura-t-elle simplement.

Elle gagna le dressing-room, passa une robe de cachemire gris perle, des bas de soie fumée. Elle se brossa les cheveux, se lava le visage à grande eau, enfila des chaussures en crocodile noires.

Comme une somnambule, Marielle descendit à la cuisine, afin d'organiser une collation pour les policiers. Haverford y avait pourvu. Sandwichs, biscuits, et tasses de café fumant s'alignaient sur des plateaux. Dans la salle à manger, un buffet avait été dressé, mais on y avait à peine touché. Les gendarmes et les fédéraux s'activaient un peu partout.

— Que puis-je faire ? demanda-t-elle au sergent qui avait remplacé O'Connor, parti se reposer chez lui.

L'équipe de jour avait pris la place de l'équipe de nuit. Des inconnus répandaient une fine poudre blanche sur les meubles, à la recherche d'empreintes digitales. D'autres, postés derrière les combinés téléphoniques, guettaient un éventuel coup de fil des ravisseurs. Elle réalisa soudain qu'elle n'avait pas pris une minute de repos. À travers la porte entrebâillée de la bibliothèque, elle aperçut Malcolm, en grande conversation avec deux policiers en civil. Elle s'éloigna, comme poursuivie, avec l'impression désagréable qu'ils parlaient d'elle. Le regard inquisiteur qu'ils lui avaient lancé ne lui avait pas échappé... Ils devaient, eux aussi, penser que Teddy avait disparu par sa faute... Que lui reprochaient-ils ? D'avoir revu Charles par hasard ? En avaient-ils parlé à Malcolm ?

Marielle se remit à errer sans but... Le couloir aux boiseries sombres... Le grand vestibule devant l'entrée. Soudain, les remous d'une bousculade. Des éclats de voix. La porte sculptée s'était entrouverte pour livrer passage à une douzaine d'inconnus, caméra au poing, que les gendarmes s'efforçaient en vain de refouler. Une petite femme rousse se détacha du lot. Étrangement vêtue, coiffée d'un ridicule bibi noir, elle se rua vers Marielle, comme si elle l'avait reconnue.

— Comment vous sentez-vous, madame Patterson ? Avez-vous eu des nouvelles de votre petit Teddy ? Avez-vous peur ? Craignez-vous pour sa vie ?

De toutes parts, des appareils photo crépitaient. Les lueurs crues des flashes l'éblouirent, et quand elle voulut battre en retraite, elle perdit presque l'équilibre. Une poigne de fer la soutint par le bras, tandis qu'une voix puissante vociférait :

— Sortez cette femme d'ici !

La rousse fut repoussée vers l'entrée, tout comme les autres reporters, la porte se referma et il n'y eut plus qu'un lointain brouhaha de voix, étouffé par l'épaisseur du bois ouvragé.

John Taylor la pilota en direction d'un fauteuil sur lequel elle s'effondra.

— Les journalistes montaient la garde sur votre perron. Ils ont profité de mon arrivée pour se frayer un passage. La prochaine fois je passerai par la porte de service.

Il avait les traits tirés et l'observait avec inquiétude.

— Vous avez l'air épuisée.

Elle l'était. La migraine, la colère rentrée de Malcolm, l'attente constante d'une mauvaise nouvelle l'avaient vidée de ses forces. « Craignez-vous pour sa vie ? » avait crié la femme aux cheveux rouges... Oh, non. Était-il mort ? L'avait-on tué ? Oui, bien sûr, qu'elle avait peur ! Une peur atroce. Son regard, désespéré, accrocha celui de John Taylor.

— Je suis désolée.

— Pourquoi ? Parce que vous êtes humaine ? Ces colporteurs de ragots me rendent malade.

Il baissa la voix sans la quitter des yeux. Il venait d'avoir un entretien avec Charles Delauney.

— Puis-je vous parler en tête à tête ? Dans la bibliothèque ?

— Mon mari y est déjà, ainsi que deux de vos hommes. Venez.

Elle le conduisit dans un petit salon de musique dans lequel elle n'allait presque jamais. C'était une pièce sombre qui croulait sous de vieux livres et des dossiers, et que parfois Brigitte utilisait comme bureau. Une table de travail surchargée de brochures faisait face à deux fauteuils et à un petit canapé. Taylor s'installa, reportant immédiatement toute son attention sur Marielle. Il la connaissait depuis la veille et, déjà, elle occupait une place capitale dans sa vie. Il n'avait jamais rencontré quelqu'un d'aussi élégant, d'aussi tendre et digne en même temps. Elle évoquait une de ces héroïnes de roman qui n'existent pas dans la vie réelle, se dit-il, frappé une fois de plus par sa beauté aristocratique. Une princesse de légende, déchirée entre deux hommes qui ne la méritaient pas. Delauney lui avait fait l'impression d'un fils de famille, riche et gâté, d'un égoïsme forcené, impliqué dans des idéaux politiques nébuleux. Un éternel adolescent qui continuait à s'apitoyer sur lui-même, un séducteur sulfureux, qui prétendait récupérer la femme de sa vie après avoir failli la tuer. Quant à Malcolm Patterson, Taylor n'avait pas eu l'opportunité de s'en faire une opinion. Mais au travers des articles de journaux qu'il avait lus sur lui, il apparaissait comme un être froid, arrogant et pompeux.

— Que se passe-t-il ? Avez-vous appris quelque chose ? demanda-t-elle, en fixant le policier de ses immenses yeux apeurés.

— Non, rien...

La veille, elle lui avait ouvert son cœur, et cette confiance, il ne voulait pour rien au monde la trahir. Il brûlait de lui rendre son enfant sain et sauf. Pourtant, le sort de ce dernier commençait à l'inquiéter.

— J'ai passé trois heures en compagnie de M. Delauney.

— Sait-il que je vous ai tout dit ?

— Oui. Il semble regretter ses paroles. Selon lui, quand il vous a aperçue au parc avec Teddy, il était ivre... Il prétend ne plus se rappeler très bien ce qu'il vous a dit exactement quoiqu'il ait la vague réminiscence d'une scène dont il n'a pas l'air fier. Mais il affirme qu'il n'aurait jamais touché à un cheveu de Teddy.

— L'avez-vous cru ?

Les yeux saphir cherchaient désespérément les siens, affolés mais confiants. Quelque chose de rassurant émanait de cet homme, et elle n'avait pas oublié comment il l'avait gentiment bercée dans ses bras, alors qu'elle pleurait André.

— Là réside le problème, répondit-il avec franchise, en s'adossant au fauteuil. Je n'ai pas été convaincu de sa sincérité. Je ne pense pas qu'il aurait fait du mal à l'enfant, comme dans l'affaire Lindbergh, non. Toutefois, compte tenu du caractère immature de votre ex-mari, je le crois parfaitement capable d'un enlèvement, dans le but de vous contraindre à revivre avec lui. Voyez-vous, il appartient à cette catégorie de gens qui font des pieds et des mains pour obtenir ce qu'ils désirent. Ils ne reculent devant rien : menaces, harcèlement et Dieu sait quoi encore... Sans doute se croit-il dans son bon droit. Pour ma part, je doute qu'il m'ait dit la vérité.

Les explications de Charles n'avaient guère convaincu John Taylor. Il l'avait longuement observé. La chevelure noir corbeau aux tempes grisonnantes, la barbe de quelques jours, l'âcre parfum de l'alcool, rien ne lui avait échappé. Pas plus que l'étrange lueur au fond des yeux, alors que Delauney se répandait en excuses. Son sens de la justice laissait à désirer. Bien sûr, il n'avait pas manqué d'évoquer ses combats hispaniques, au nom d'une noble cause, certes, mais que Taylor ne comprenait pas... Comme il ne comprenait pas qu'un homme puisse assener des coups à sa femme enceinte, alors qu'ils viennent de perdre leur petit garçon.

— Nous allons prendre M. Delauney en filature. Par ailleurs, j'essaierai d'obtenir un mandat de perquisition contre lui. Cela veut dire que je ne pourrai pas passer sous silence votre premier mariage... Je tenais à vous en avertir. Peut-être préféreriez-vous en parler vous-même à M. Patterson, avant qu'il ne l'apprenne par des tiers.

Elle hocha la tête. Au moins, il lui donnait la chance de mettre Malcolm au courant. Elle fit un effort surhumain pour adresser à Taylor un sourire de gratitude, mais son mal de tête l'en empêcha. Il la vit tressaillir, comme sous l'effet d'une fulgurante douleur, et s'enquit :

— Vous vous sentez mal ?

— Non... cela ira...

— Vous avez intérêt à dormir un peu, si vous voulez être d'attaque quand nous aurons besoin de vous.

Marielle acquiesça sans conviction. Elle ne dormirait plus jamais, pensa-t-elle, pas avant que Teddy ne soit de retour. Comment parviendrait-elle à vivre sans lui ? Sans le toucher, sans même savoir où il se trouvait, s'il était en sécurité, si quelqu'un prenait soin de lui... L'envie impérieuse de respirer la fragrance poudrée de son cou gracile et de ses cheveux, d'entendre son rire, de sentir ses petits bras autour de sa nuque la consuma. Seigneur, comment allait-elle survivre jusqu'à ce que l'enfant fût retrouvé ? Elle se sentit défaillir. Une main chaleureuse se posa aussitôt sur son avant-bras, comme pour dissiper ses terreurs.

— Marielle, il faut tenir le coup. Nous le retrouverons.

La jeune femme se redressa.

— Qu'allez-vous dire à mon mari au sujet de Charles ?

Elle paraissait inquiète mais résignée. S'il fallait tout avouer à Malcolm, elle le ferait. Pourvu qu'on lui rende Teddy.

— Je lui dirai simplement que Charles Delauney est un suspect possible. J'ignore s'il est réellement coupable, mais autant que vous le sachiez tout de suite, il me déplaît. Je n'apprécie pas ses menaces, ni l'idée qu'il est devenu furieux sous prétexte que vous avez eu un enfant alors qu'il n'en a pas... À sa manière, il vous aime. Il affirme qu'il veut que vous retourniez avec lui. À ses yeux, c'est une raison suffisante pour que vous arriviez en courant.

Il omit de lui révéler ce que Charles avait déclaré à propos de son union avec Malcolm Patterson.

— Une honte ! s'était-il exclamé, une escroquerie !

À l'entendre, la ville entière cancanait sur le couple : le mari avait des maîtresses, et la femme vivait comme une recluse, ce dont Malcolm se fichait éperdument. Charles Delauney semblait persuadé que Marielle était malheureuse. Selon lui, elle avait contracté un mariage de raison, parce qu'elle était à la recherche d'une figure paternelle. Elle avait été très fortement ébranlée après la mort d'André, et son séjour à l'hôpital psychiatrique n'avait rien arrangé.

— C'est moi qu'elle aime, qu'elle a toujours aimé, avait-il affirmé.

Taylor n'en était pas si sûr. Le sécurisant Patterson ne manquait pas de charme. L'agent du FBI comprenait par ailleurs ce qui avait attiré une jeune fille de dix-huit ans chez Charles Delauney. Sauf que les beaux ténébreux de son genre constituaient des dangers ambulants... Les bouillants séducteurs de son espèce commettaient parfois des actes irraisonnés, comme taper sur leur femme, l'accuser injustement, la menacer... Allaient-ils jusqu'à kidnapper des enfants? Cela, il n'aurait pas su le dire. Une chose était certaine : si Charles avait enlevé Teddy, il ne l'avait pas fait pour l'argent. D'où peut-être l'absence de demande de rançon. Delauney avait largement les moyens de payer des sbires pour accomplir à sa place la sale besogne. Mais quel serait son prochain pas?

— Le croyez-vous vraiment capable d'une chose pareille? questionna Marielle.

La détestait-il donc autant? Elle avait peine à l'imaginer.

— Je n'en sais rien. Je paierais cher pour le savoir.

Ils retournèrent ensemble vers le grand salon plein de désordre, où se tenait Malcolm, le visage décomposé, flanqué des inspecteurs du FBI. Marielle fit les présentations.

— Je vous attendais, Taylor, dit le maître de céans d'une voix traînante.

— J'ai dû m'absenter, afin de vérifier certains témoignages.

Sans en avoir l'air, l'œil d'acier jaugea l'époux de Marielle. Delauney ne s'était pas beaucoup trompé pour une fois. Aucune chaleur humaine ne se dégageait de cet homme. Visiblement, il n'apportait aucun réconfort moral à Marielle, uniquement préoccupé par ses propres inquiétudes, sa propre affliction.

— Trouvez-le, Taylor!

Il ne savait pas demander.

— Nous sommes pour l'instant à l'affût d'une éventuelle demande de rançon, monsieur, répondit l'agent spécial du FBI, feignant un respect qu'il n'éprouvait guère.

— Moi aussi, dit Malcolm. Le ministère des Finances m'envoie de petites coupures dont on a relevé les numéros, ce matin.

— Il faut manier ce genre de stratagème avec une extrême prudence, répondit John en se rappelant que dans l'affaire

Lindbergh cela avait tourné au désastre… Puis-je avoir un entretien avec vous cet après-midi, monsieur Patterson ?

— Pourquoi pas tout de suite ?

Il avait fait un somme dans la voiture, sur le chemin du retour, et se sentait plus reposé que Marielle ou John Taylor.

— Je dois régler en priorité deux ou trois autres questions.

Il voulait surtout offrir à Marielle l'opportunité de lui parler. Pendant ce temps, il passerait à son bureau, se raserait, et essaierait de réfléchir à ce casse-tête chinois tout en sirotant sa énième tasse de café noir et corsé… En fait, la police manquait singulièrement d'indices. Il n'y avait pratiquement aucune piste, à part celle de Charles Delauney. L'enquête n'avait pas avancé d'un pouce. Seul le témoignage du chauffeur des Patterson présentait quelque intérêt. Patrick Reilly était revenu sur sa déposition. Au terme d'un long interrogatoire, il s'était soudain remémoré l'appel téléphonique. Une voix lui avait promis cent dollars s'il sortait avec Édith le fameux soir de l'enlèvement. Au début, il avait cru à une plaisanterie. De toute façon, la sortie avait été arrangée de longue date. Pourtant, une semaine plus tôt, une enveloppe à son nom contenant les cent dollars était arrivée dans la boîte aux lettres réservée au personnel. Il avait jeté l'enveloppe, dépensé l'argent et n'y avait plus songé… Non, il n'avait pas reconnu la voix au téléphone. Tout ce qu'il pouvait dire, c'était que son correspondant anonyme avait un léger accent… britannique ? allemand ? Il ne savait pas.

Mais si le kidnapping avait été projeté une semaine auparavant, cela mettait Delauney hors de cause. Car alors, il ignorait que son ex-femme avait un enfant. À moins qu'il ne lui ait joué la comédie, bien sûr, ce dont Taylor le croyait parfaitement capable. Charles avait pu suivre Marielle depuis des semaines, voire des mois. Il avait même pu apprendre ses secondes noces par des relations communes, pendant qu'il se trouvait encore en Europe… En ce cas, les deux rencontres soi-disant fortuites n'auraient été que les volets d'une habile mise en scène ; d'une vengeance conçue patiemment, peut-être depuis des années. Mais il était encore trop tôt pour tirer une telle conclusion.

Malcolm considérait l'agent du FBI. Une petite flamme de contrariété dansait au fond de ses prunelles. Il n'avait pas l'habitude de ne pas être obéi au doigt et à l'œil. De nouveau, il mentionna le ministère, tâchant de rendre son message clair. John Taylor le perçut parfaitement. Il disait : « L'enquête sera menée à ma façon, sinon gare à ta carrière, mon petit gars. » L'ennui, c'était que ce genre de menace n'impressionnait guère l'inspecteur.

— À cet après-midi, monsieur Patterson. Disons vers seize heures ?

— Seize heures. Je présume que vos hommes savent où vous joindre si quelque chose survenait entre-temps ? s'enquit Malcolm d'un ton de reproche.

— Naturellement.

— Très bien. Pourriez-vous nous débarrasser de ces vautours qui ont pris d'assaut le jardin ?

— Non, j'en ai peur. Ils croient défendre les libertés de la presse. Mes hommes veilleront cependant à les tenir à l'écart.

— Eh bien, donnez-leur des instructions en conséquence, jeta Malcolm au lieu de dire « merci ».

Taylor prit congé et il le suivit d'un regard dur.

— Quel individu déplaisant ! marmonna-t-il à l'intention de sa femme.

— Il s'est montré très prévenant à mon égard, hier soir.

— Mais il n'a pas retrouvé ton fils. Garde donc cette idée bien en tête, Marielle.

Comme si elle pouvait l'oublier ! Elle scruta un instant Malcolm, blessée par sa cruelle repartie. De nouveau, le sentiment d'une faute immense la terrassa. C'était bien ce qu'elle avait craint dès le début. Malcolm la rendait responsable de la disparition de Teddy. Des larmes affluèrent à ses yeux, qu'elle refoula à grand-peine. Elle s'était sentie si coupable quand elle avait perdu André et la petite fille qu'elle portait... Et voilà que le cauchemar recommençait, horrible et familier. Ses doigts se portèrent à ses tempes douloureuses. Ne plus ruminer des idées noires... Surtout s'empêcher de penser qu'il pourrait arriver malheur à Teddy. « Pour l'amour du ciel, sois forte. » Il fallait qu'elle parle de Charles à Malcolm avant le retour de Taylor.

— Pourrions-nous monter un moment ? interrogea-t-elle. J'ai quelque chose d'important à te dire.

— Je n'ai pas le temps.

D'un instant à l'autre, l'ambassadeur allemand le rappellerait et il voulait à tout prix répondre personnellement au téléphone.

— Je t'en prie, Malcolm.

— Ça ne peut pas attendre ?

Il la considéra, surpris par son insistance. Eh bien, pour une faible femme, elle tenait drôlement bien le coup, songea-t-il. Certes, sa pâleur mortelle et ses traits tirés témoignaient d'une angoisse sans fond, mais elle semblait parfaitement maîtresse d'elle-même. Pas de crise d'hystérie. Pas de larmes inconsidérées. Il ignorait que, pas plus tard que ce matin même, elle avait longuement sangloté dans la chambre de Teddy, en frottant un ourson en peluche contre sa joue.

— Non, ça ne peut pas attendre.

— D'accord, d'accord. Je te rejoins dans une minute.

Elle l'attendit en arpentant son boudoir. Elle ne savait encore comment aborder la question. Les mots se dérobaient. Elle aurait dû le mettre au courant avant leur mariage. Seulement, il n'avait pas voulu l'écouter... Il monta une demi-heure plus tard et se laissa tomber dans un fauteuil, avec une irritation non dissimulée.

— Eh bien, me voilà. J'espère que tes confidences ont un rapport avec Teddy, au moins.

— Peut-être... J'espère que non, répondit-elle d'une voix étrangement calme, en prenant place sur un pouf, face à lui.

J'ai déjà essayé d'évoquer ce sujet il y a des années, quand nous avons pris la décision de nous marier. Tu m'avais alors dit que chacun avait son passé… T'en souviens-tu ?

Il la fixait, les sourcils froncés. Était-elle devenue folle ? Parfois, quand la souffrance atteint des sommets insurmontables, l'esprit humain se met à divaguer, il le savait.

— Je m'en souviens, oui. Mais quel rapport avec la situation présente ?

Il lui avait lancé un regard sombre dont elle ne tint pas compte.

— Je ne sais pas… Je n'en suis pas sûre… Cependant, il faut que tu saches, dit-elle dans un soupir. À son retour de croisière, mon père avait raconté à son entourage que j'avais eu un flirt plus ou moins innocent en Europe, où j'étais restée afin de poursuivre des études. La vérité est tout autre. En fait, j'avais épousé Charles Delauney. Tu dois connaître son père.

— Par ouï-dire.

Un vieux grincheux, immensément riche, doté d'un infaillible sens des affaires. Il n'avait pas connu le fils. Les commérages dépeignaient un individu fantasque, poète ou écrivain, un renégat de la pire espèce, qui avait fui la maison paternelle très jeune pour s'établir Dieu sait où sur le vieux continent.

— J'avais à peine dix-huit ans, continua Marielle, sous les yeux intrigués de son mari. Quand Charles et moi sommes revenus de notre voyage de noces, mes parents s'apprêtaient à annuler le mariage. Or, j'étais enceinte et leur projet fut abandonné. Ils sont retournés à New York. Je suis restée à Paris… J'ai mis au monde un petit garçon. André. Il ressemblait à Teddy, sauf qu'il avait des cheveux bruns et pas blonds comme les tiens…

Un voile de larmes lui brouilla soudain la vue, mais elle s'obligea à poursuivre. Face à elle, Malcolm observait un silence hostile.

— Il est mort à l'âge de deux ans en Suisse. J'attendais un deuxième enfant, qui est mort également.

L'espace d'un instant, Malcolm parut sur le point d'avoir un malaise.

— André s'est noyé…

Elle avait fermé les yeux, au bord de l'évanouissement, mais contrairement à John Taylor, la veille, Malcolm Patterson n'ébaucha pas le moindre geste de sympathie.

— Il a couru sur le lac, qui était gelé. Il est tombé dans un trou, avec deux petites filles que j'ai pu sauver…

Il fallait faire abstraction du visage glacial de Malcolm, si elle voulait arriver au bout de son récit. Comme il fallait balayer les lambeaux d'images funestes qui jaillissaient sans répit dans sa mémoire, ses vains efforts pour ranimer le petit corps inerte, la sensation de sa peau douce, si semblable à celle de Teddy… Seigneur, si Teddy mourait, lui aussi…

— Je ne pouvais pas l'attraper. Il était sous la glace.

Elle respira à fond, le souffle court, comme au terme d'une longue et laborieuse ascension vers une cime inaccessible.

— Charles a rejeté sur moi la responsabilité de l'accident, reprit-elle d'une voix blanche. Il m'a accusée de négligence. En fait, je parlais avec quelqu'un au lieu de garder un œil sur André… la mère des deux fillettes, justement… Par la suite, elle m'a dit que ce n'était pas ma faute, mais je suppose que oui. Du moins, Charles le pensait. Ce jour-là, il était parti skier. À son retour, il a tenté de me tuer… Le chagrin lui avait fait perdre la tête… En tout cas, j'ai perdu aussi le bébé que je portais. Probablement à cause de l'eau glacée. J'avais plongé dans le lac pour sauver André. Charles m'en a voulu, pour cela aussi…

Marielle inclina la tête, accablée par le poids des souvenirs. Au bout d'un moment, elle leva un regard éteint sur la figure pâle de Malcolm.

— Ensuite, j'ai eu une dépression nerveuse. J'ai passé plus de deux ans dans un hôpital... une clinique... un sanatorium comme disent certains. J'avais vingt et un ans quand c'est arrivé. J'ai fait plusieurs tentatives de suicide...

Elle marqua une courte pause, afin de reprendre son souffle. Plus rien ne pouvait l'arrêter à présent. Elle avait décidé de tout raconter à Malcolm, de tout lui dévoiler.

— Sans Charles et mes bébés, la vie n'avait plus de sens. Je n'ai pas réussi à me tuer; chaque fois on m'a ranimée. À cette époque, je ne voyais plus Charles. Ou seulement une fois. Il est venu m'annoncer que mon père était décédé, six mois après la mort d'André. On m'a caché pendant un an que ma mère avait mis fin à ses jours. Enfin, je suis sortie de clinique. Les médecins avaient conclu que j'étais guérie...

Elle prit une profonde aspiration, les yeux tournés vers la fenêtre.

— J'ai pris la décision de rentrer aux États-Unis. Peu avant mon départ, Charles est venu me voir. Il souhaitait que nous reprenions la vie commune. J'ai refusé, bien que je l'aimais encore. Il est impossible de vivre près de quelqu'un qui pense que vous avez assassiné ses enfants. Si j'étais restée, je me serais éternellement sentie coupable... Je suis donc rentrée, et je t'ai rencontré.

Son regard croisa celui de son mari.

— Je te dois tout, Malcolm. Tu m'as recueillie, tu m'as donné du travail, ton amitié, ta gentillesse, puis ton nom. Je n'avais pas l'intention de me remarier, j'avais un tel poids sur la conscience. On ne peut échapper aux remords... Mais d'un autre côté, tu étais le seul être que j'avais au monde, comprends-tu? Auprès de toi, je me sentais en sécurité... J'ai vraiment essayé de te rendre heureux... — Ses paupières frissonnèrent, de nouvelles larmes ourlèrent ses longs cils. — Et quand Teddy est né, je me suis sentie comblée de bonheur.

— Moi aussi! jeta-t-il d'un ton acerbe. Je ne vis que pour

lui. J'ai toujours subodoré qu'il y avait un mystère dans ton passé, Marielle. Je n'ai jamais soupçonné que ça pouvait être aussi sordide.

La honte colora les pommettes de Marielle.

— J'ai essayé de t'en avertir avant notre mariage. Tu n'as rien voulu entendre... Toujours est-il que je n'ai plus jamais entendu parler de Charles. Je ne l'ai plus revu. Jusqu'à vendredi dernier. Nous sommes tombés l'un sur l'autre à la cathédrale Saint-Patrick où je m'étais rendue afin d'allumer un cierge à la mémoire d'André et de mes parents... Charles m'a dit qu'il était revenu voir son père.

— Et quoi d'autre ?

— Qu'il souhaitait me revoir. J'ai refusé.

— Pourquoi ?

Elle le regarda, offusquée par sa question.

— Parce que je t'aime. Parce que je suis ta femme. Et aussi à cause de Teddy.

— A-t-il été furieux ?

— Non, pas à ce moment-là. C'était l'anniversaire de la mort de notre fils et nous étions tous deux bouleversés.

— Plus tard alors ? A-t-il cherché à te joindre ?

— Non. Je l'ai rencontré par hasard le lendemain près du lac. J'étais avec Teddy... Charles avait pas mal bu. Quand il a réalisé que j'avais un enfant, un petit garçon, il est entré dans une rage folle.

Elle était enfin arrivée au point culminant du drame.

— Qu'a-t-il fait ? S'en est-il pris à l'enfant ?

— Non. Je l'en crois incapable et, par ailleurs, je ne l'aurais pas laissé faire. Mais il était furieux. Il m'a menacée, Malcolm. « Tu ne méritais pas d'avoir une seconde chance », a-t-il crié. Après quoi il a marmonné qu'il allait me prendre Teddy pour m'obliger à lui revenir... Il ne le pensait pas, j'en suis sûre. Néanmoins, je tenais à ce que tu le saches. Je l'ai également mentionné à la police.

— Comment ? Tu as raconté aux flics cette histoire ?

— Ils m'ont demandé si j'avais reçu des menaces. J'ai répondu à leurs questions.

— Ah, bravo ! Les chroniqueurs de feuilles de chou se régaleront.

— M. Taylor ne divulguera pas ma déposition. Il me l'a promis. Il a déjà rendu visite à Charles.

— Tu sembles bien renseignée sur les progrès de l'enquête.

Elle feignit de ne pas se rendre compte de son sarcasme.

— Je tenais à te mettre au courant moi-même, Malcolm.

Il se redressa d'un bond, le visage convulsé.

— L'idée que ces rencontres, soi-disant fortuites, avec Delauney mettaient en péril notre enfant ne t'a donc pas effleurée ?

Coupable... Condamnable... Encore et toujours. Comme si, par sa négligence et sa stupidité, elle déclenchait des catastrophes. Pourtant, elle tenta de se défendre.

— Je ne l'ai pas fait exprès. Je n'ai jamais eu l'intention de le revoir. C'est arrivé, voilà tout.

— Comment peux-tu affirmer que Delauney ne t'avait pas suivie ? Qu'il ne t'attendait pas à l'intérieur de l'église ?

— Il a eu l'air aussi surpris que moi. Et le lac est à deux pas de la maison de son père.

— On croit rêver ! explosa Malcolm, la fusillant d'un regard noir. C'est une raison de plus pour ne pas y aller... D'ailleurs, compte tenu de ton histoire, je m'étonne que tu aies emmené Teddy au lac, surtout par ce temps épouvantable.

Son teint devint livide, comme sous le choc d'une gifle. Il lui avait fallu des années pour arriver à surmonter sa terreur de l'eau et, du reste, elle avait interdit à Teddy de s'en approcher.

— Comment peux-tu dire cela ? murmura-t-elle.

Malcolm s'était mis à faire les cent pas.

— Bon sang, Marielle, à quoi t'attendais-tu en me racontant ces horreurs ? Que je te pardonne ? Tu as été la femme de ce farfelu qui, selon tes propres aveux, a tenté de te supprimer et a peut-être causé la mort de ton bébé. Tu l'as mis en contact avec mon fils et tu viens d'admettre qu'il a proféré des menaces à son endroit... Maintenant que veux-tu que je fasse, Marielle ? Que j'aie pitié de qui ? De toi ? De tes enfants morts ? Ou de *mon* enfant qui a été kidnappé ? Ce type a fichu la pagaille dans ma vie par ta sottise, il a même peut-être forcé ma porte et ma maison, tu as osé emmener mon fils au parc où tu risquais de le rencontrer, tu as attiré l'animosité de cette espèce de lunatique sur Teddy, tu l'as poussé à bout, et tu oses quémander mon pardon ?

La rage faisait vibrer la voix de Malcolm, des larmes luisaient dans ses yeux, tandis que Marielle pleurait sans retenue.

— On ne sait pas s'il est le coupable, fit-elle dans un murmure indistinct. On ne sait rien encore.

— Tes anciennes erreurs coûtent aujourd'hui la vie à mon unique enfant !

— Malcolm ! Ne dis pas une chose pareille...

— C'est la vérité ! vitupéra-t-il. À cette heure-ci Teddy est peut-être mort, au fond d'une sépulture de fortune d'où personne ne le tirera plus jamais... Peut-être ne verras-tu plus jamais ton petit ange, Marielle... Mais dis-toi bien que rien ne serait arrivé si tu n'avais pas repris contact avec Charles Delauney... si tu ne l'avais pas provoqué. C'est toi, Marielle, l'instigatrice de ce crime.

La jeune femme s'était mise à suffoquer. Elle ouvrit la bouche mais aucun son n'en sortit. Livide, glacée, elle s'effondra sur une chaise. L'étau d'acier se resserrait autour de son front, si fort qu'elle se sentit aspirée par un abîme. Les accusations de Malcolm l'avaient transpercée avec la violence d'un glaive... Oh, il avait sûrement raison... Tout était arrivé par sa faute... Une nouvelle fois, elle était fautive... affreusement coupable... La porte claqua derrière son mari, avec un bruit qui lui rappela le fracas de l'eau rugissante sous la mince couche de glace, puis les ténèbres se refermèrent sur elle.

Des heures s'étaient écoulées quand un bruit discret la tira de sa torpeur. Elle redressa la tête. Betty entra, les bras chargés d'une pile de linge. M. Patterson, dit-elle, avait renvoyé le personnel à ses occupations, à l'exception d'Édith et de Patrick, qui, de nouveau, avaient été convoqués au poste de police. Le FBI accordait une importance capitale à leur témoignage.

— Madame, ça ne va pas ? s'enquit la petite servante en se rapprochant de Marielle.

Celle-ci gisait sur une chaise du dressing-room, plus pâle qu'une morte. La voix de Betty lui fit battre les paupières. Elle tourna vers elle des yeux que la migraine avait rendus nébuleux. Aussitôt, les paroles de Malcolm refirent surface. « C'est toi, Marielle l'instigatrice de ce crime. » Une larme coula sur son visage blafard… « Tout est arrivé par ma faute… par ma faute… » Si seulement elle n'avait pas croisé une nouvelle fois le chemin de Charles. Si seulement il n'avait pas vu Teddy… Mais l'avait-il enlevé ? Pour quelle raison ? La haïssait-il à ce point ? La détestaient-ils donc tous ? Du reste, n'avaient-ils pas raison de la mépriser ? Oh, Dieu, pourquoi n'était-elle pas morte sous la glace sept ans auparavant, avec André et le bébé ?

— Madame…

— Ce n'est rien…

Marielle se redressa en prenant appui sur la coiffeuse en bois de rose, passa d'un geste machinal les doigts dans ses cheveux. Ses jambes se dérobèrent.

— Je ne me sens pas très bien, convint-elle. Un terrible mal de tête. Rien de grave.

Elle gagna sa chambre d'un pas lent et incertain, Betty sur ses talons. Celle-ci, longuement interrogée par les policiers, avait été finalement lavée de tout soupçon, et n'éprouvait plus aucun remords d'avoir remplacé Édith.

— Désirez-vous une compresse froide, madame ?

— Non, non, merci. Je vais m'étendre un instant.

Elle s'allongea sur la courtepointe en soie. Le plafond se mit à tournoyer, et elle sentit son estomac se soulever.

— Rien de nouveau ?

Betty se contenta de secouer la tête, avant de baisser le store. Marielle ferma les yeux, épuisée, et pourtant l'esprit en ébullition. Elle entendit la jeune fille sortir, puis refermer doucement la porte.

En bas de l'escalier, Betty tomba sur John Taylor, qui s'enquit aussitôt de Mme Patterson. Elle lui dit qu'elle dormait.

— Tant mieux, fit-il. Elle a besoin de repos.

En son for intérieur, il priait pour qu'elle ait eu le temps de parler de Charles à son mari. Il sut qu'elle l'avait fait, dès l'instant où il eut franchi le seuil de la bibliothèque où Malcolm Patterson l'attendait, la mine crispée.

— Ma femme m'a tout raconté au sujet de Charles Delauney, déclara-t-il, épargnant au détective la peine d'un préambule. Une histoire sans queue ni tête qui, je l'avoue, m'a terriblement choqué. À votre avis, est-il notre homme ?

Il ne reculerait devant rien, pas même devant le scandale.

— Cela se pourrait. Nous manquons de preuves, cependant. Il a un alibi qui se tient, pour la nuit dernière. Nous avons vérifié ses allégations, bien sûr, et il n'a pas menti. Il s'est enivré dans un bar de la Troisième Avenue. Et avant, il avait dîné avec des amis au *21*. Naturellement, il peut être l'auteur de l'enlèvement sans y avoir participé.

— Si la vengeance est le motif du kidnapping, il n'y aura pas de demande de rançon, j'imagine.

— Absolument. Mais il est encore trop tôt pour en juger. Votre fils est porté disparu depuis moins de vingt-quatre heures. Les prochaines heures s'avéreront décisives.

— Vous vous figurez que je vais attendre les « prochaines heures » ? Arrêtez Delauney, tout de suite ! glapit Malcolm. *Tout de suite*. Avez-vous compris ?

— Oui, monsieur, bien sûr. Malheureusement, on n'arrête

pas les gens sans preuves. Il n'y a absolument aucun indice contre cet homme, à part qu'il boit trop, qu'il a formulé quelques menaces sous l'emprise de la boisson et qu'il a été marié à Mme Patterson.

Un rictus de mécontentement tordit la bouche fine de Malcolm.

— Alors qu'attendez-vous pour découvrir ces fameuses preuves, monsieur Taylor ?

— Êtes-vous par hasard en train de suggérer que je pourrais les fabriquer de toutes pièces ?

L'espace d'une fraction de seconde, les prunelles de Patterson avaient lancé un éclair dangereux. L'instant suivant, il se recomposa son masque de gentleman.

— Je n'ai rien suggéré de la sorte. Je vous incitais seulement à chercher des indices, au lieu de perdre votre temps ici.

— S'ils existent, je les trouverai.

— Parfait.

Il se redressa, mettant fin à l'entretien. Son attitude hautaine aurait franchement amusé Taylor si l'homme ne lui déplaisait pas souverainement. Il se demanda si sa propre hostilité ne cachait pas en fait des sentiments moins nobles. La jalousie, par exemple. Patterson avait tout. L'argent, le pouvoir, une femme pour laquelle Taylor se serait coupé un bras. Son flair lui fit soupçonner que, de toutes ses possessions, Patterson considérait Marielle comme la moins précieuse.

— Je voudrais vous poser quelques questions, si vous n'y voyez pas d'inconvénient.

— Mais certainement.

Le maître de céans se rassit. À présent, il se cantonnait dans une sorte de politesse glaciale. Au fond, il se sentait prêt à toutes les concessions pour récupérer son petit garçon.

— Avez-vous des ennemis personnels, monsieur Patterson ? Avez-vous reçu des menaces, même anodines, ces derniers temps ?

— Non… J'ai longuement réfléchi cette nuit, sur la route, mais je ne crois pas avoir d'ennemi. En tout cas personne qui voudrait me faire du mal.

— Pas de concurrents en affaires, d'adversaires politiques ou d'employés mécontents ?

— Non.

— Aucune ancienne maîtresse éconduite ? Ou une liaison récente ? Je vous promets de rester discret à ce sujet, mais ça pourrait avoir son importance.

Malcolm prit un air de majesté outragée.

— J'apprécie énormément votre tact, mais cela ne sera pas nécessaire. Je n'ai eu aucune liaison extra-conjugale.

— Pas d'ex-épouses offensées par votre dernier mariage ?

— J'en doute. Ma première femme, qui vit actuellement à Palm Beach, a épousé un célèbre pianiste. La deuxième est mariée au PDG d'une banque de Chicago… Contrairement à mon actuelle femme, mes épouses précédentes ne fréquentent pas des gangsters, ne put-il s'empêcher d'ajouter d'une voix hargneuse.

— M. Delauney n'est pas à proprement parler un gangster, dit John.

Il ne supportait pas que Marielle soit remise en cause.

— Je me moque de ce qu'il est, inspecteur. Je veux simplement retrouver mon enfant.

Il restait onze jours avant Noël…

— Je comprends bien, monsieur Patterson. Nous le souhaitons tous. Et nous allons faire l'impossible pour vous le ramener.

— Retournez voir Delauney.

Taylor n'avait guère l'habitude de recevoir des ordres de civils. Néanmoins, il se contint. En se redressant, il remercia Malcolm de sa coopération et de sa patience. Il nota que les traits du magnat de la sidérurgie accusaient une immense fatigue. Mais malgré son âge, il était solidement bâti, fait pour traverser des épreuves. On ne pouvait pas en dire autant de Marielle. La petite bonne, qu'il avait interrogée à son arrivée, lui avait appris que « Madame était couchée avec une de ses migraines ».

Du fond de son lit, à l'étage du dessus, Marielle entendit la porte d'entrée se refermer, quand John Taylor quitta la demeure. Pendant un instant, les cris des journalistes avaient retenti dans l'entrée. Peu après, un cordon de police se forma devant la façade de pierre de taille, afin de tenir à distance les représentants de la presse et la foule des badauds. Le brouhaha des voix s'estompa, tandis que Marielle, étendue dans le noir, comme une poupée disloquée, priait silencieusement pour Teddy.

6

LE LENDEMAIN, les ravisseurs ne s'étaient toujours pas signalés. Aucun appel téléphonique n'avait été reçu, pas la moindre lettre et, bien sûr, pas de demande de rançon. En revanche, des portraits anciens de Malcolm et de Marielle agrémentaient les journaux du matin. Patrick, le chauffeur, interviewé par un journaliste, avait laissé planer le doute sur la fidélité de Mme Patterson. Une photo de lui et d'Édith dans la splendide toilette blanche qu'elle avait dérobée à la maîtresse de maison s'étalait en première page. Un cliché reproduisant le visage défait de Marielle, pris au moment où journalistes et photographes avaient fait irruption chez elle, ornait une édition de l'après-midi datant de la veille. Une autre photo, prise à son insu à travers la fenêtre de la bibliothèque, la montrait en chemise de nuit, les cheveux épars. En dépit des allusions malveillantes du chauffeur, le nom de Charles Delauney n'apparaissait nulle part.

— Plaisante lecture ! grommela Malcolm, le nez dans le journal. S'il faut lire la presse maintenant pour apprendre que votre femme fréquente d'autres hommes...

Les deux époux étaient assis devant un petit déjeuner auquel ils n'avaient presque pas touché. Ils ne s'étaient pas parlé depuis la veille.

— Je t'ai pourtant expliqué ce qui s'était passé, murmura Marielle d'une voix hachée.

— Mais pas à Patrick.

Elle leva vivement le menton pour le dévisager, et ce simple mouvement fit exploser des étincelles de douleur dans sa tête.

— Tu accordes trop de foi aux rapports de tes espions.

Il lui rendit froidement son regard.

— Que veux-tu dire ?

— Tu as très bien compris. Aucun de tes domestiques ne m'a témoigné le moindre respect depuis le jour où j'ai mis les pieds dans cette maison.

— Sans doute parce que tu manques d'autorité, ma chère. Ou alors ils savent quelque chose que j'ignore.

— Comment oses-tu !

Un tremblement incoercible la secoua tout entière. Elle avait été d'une fidélité et d'une loyauté scrupuleuses. Et il avait suffi d'une insinuation venimeuse pour que Malcolm lui retire sa confiance... Si toutefois il la lui avait jamais accordée. Ce n'était plus le même homme. En une nuit, le compagnon agréable et courtois qu'il avait été s'était transformé en une sorte d'ennemi dont chaque parole semblait étudiée pour la mortifier... D'un bond elle se dressa, puis quitta la salle à manger à toutes jambes. En sortant, elle tomba sur John Taylor.

— Bonjour, madame Patterson.

Sa pâleur mortelle le frappa aussitôt. La tension contractait ses traits ciselés. Le détective en eut le cœur serré. Il revenait de chez Delauney, à qui il avait interdit de quitter la ville, et dont l'alibi ne présentait toujours aucune faille. Les prétendus sbires dont il aurait loué les services demeuraient introuvables. Les agents du FBI avaient frénétiquement cherché une piste sans résultat. D'après certains collègues de Taylor, les ravisseurs avaient conduit leur petite victime hors de l'État de New York, peut-être à New Jersey. Charles Delauney restait le seul suspect. Le mystérieux correspondant qui avait fait parvenir le billet de cent dollars à Patrick s'était littéralement volatilisé dans la nature, comme tous les autres.

— Vous sentez-vous un peu mieux aujourd'hui ?

Marielle hocha la tête… Comment pouvait-elle se sentir mieux, sans Teddy ?

— Avez-vous eu des nouvelles, inspecteur ?

— Pas encore. Il faut patienter. La demande de rançon ne devrait plus tarder. Alors, nous pourrons agir. Je vais interroger de nouveau les domestiques en essayant de leur rafraîchir la mémoire. Dans l'affolement ils ont pu oublier un détail important.

Elle ne put que hocher la tête avant de gravir les larges marches de marbre. Ses pas la menèrent à la nursery où, à sa surprise, Malcolm l'avait précédée. Il se tenait devant le lit sur lequel Teddy s'était couché pour la dernière fois deux jours plus tôt, dans son joli pyjama cerise au col orné de minuscules trains bleu pâle, brodés au petit point par miss Griffin… Des larmes piquèrent les yeux de Marielle à la vue de la haute silhouette voûtée par le chagrin. Malcolm laissa errer ses doigts sur les jouets éparpillés sur la courtepointe, puis sur l'oreiller bordé de dentelle.

— On a du mal à croire qu'un enfant puisse s'évanouir comme ça, dans les airs, dit-il d'une voix lugubre.

Marielle acquiesça. En se posant sur elle, le regard de Malcolm s'était radouci. Dans cette pièce, il n'y avait guère de place pour la colère. Seulement pour la tristesse et les regrets. Il se laissa tomber sur le fauteuil à bascule, les yeux rivés sur le petit lit vide.

— Et son train qui l'attend au sous-sol… murmura-t-il, les yeux embués. Je suis désolé d'avoir été aussi brutal ce matin, Marielle, mais je suis à bout. Quel cauchemar ! Mon Dieu, allons-nous jamais nous en sortir ?

Sa tête s'inclina dans un pesant mouvement de désespoir, qui émut aux larmes la jeune femme.

— Je prie jour et nuit pour qu'il nous soit rendu sain et sauf, chuchota-t-elle, en lui pressant la main.

Il y eut un coup discret sur le battant de la porte, puis Haverford annonça que « mademoiselle Brigitte » était dans la bibliothèque. Malcolm se redressa sans hâte. Comme pour conjurer le sort, il avait continué à travailler d'arrache-pied, et sa secrétaire l'avait admirablement secondé. Elle avait éclaté en sanglots, lorsqu'elle avait appris la nouvelle de la disparition de Teddy.

Marielle suivit son mari au rez-de-chaussée. En la voyant, Brigitte fondit à nouveau en larmes, puis les deux femmes s'enlacèrent brièvement sans un mot.

L'après-midi touchait à sa fin quand John Taylor eut fini d'auditionner le personnel pour la deuxième fois. Le sombre portrait de la maîtresse de maison que les domestiques avaient déjà brossé avait pris un relief encore plus sinistre. Brisant une trêve trop fugace, miss Griffin n'avait pas hésité à dépeindre Marielle comme une créature veule.

— Mme Patterson a toujours été d'une nervosité excessive, plutôt malsaine pour le petit. Parfois, elle ne voulait même pas voir son enfant. Au début, je m'en souviens, c'était à peine si elle lui montrait quelque intérêt. Plus tard, elle a commencé à lui consacrer un peu de temps, entre deux migraines.

Édith s'était évertuée à donner de Marielle l'image d'une « gosse gâtée-pourrie », selon ses propres termes, qui n'avait apparemment d'autre but dans la vie que de transformer en robes ruineuses « les sous de son mari »...

— À part ça, elle passait ses journées à se reposer de ses siestes, sans se donner la peine de diriger la domesticité, ce qui était plutôt une bonne chose, vu que de toute façon personne n'aurait voulu recevoir des ordres d'elle.

Ils étaient tout dévoués à M. Patterson, précisa-t-elle.

La vieille économe avait fait chorus avec les autres. Elle ne savait rien, ou presque, des habitudes de Mme Patterson. D'ailleurs, ça lui était complètement égal. Seul M. Patterson comptait... Betty se démarqua du lot par quelques mots gentils à l'égard de Marielle. Celle-ci semblait avoir également trouvé grâce aux yeux de Haverford, le majordome. Le chauffeur, lui, ne cherchait même pas à dissimuler son animosité. Il continua d'évoquer « le petit copain » ou « le jules de madame », jusqu'à ce que Taylor lui ait conseillé sèchement d'arrêter.

Au terme de ces longs entretiens, le détective acquit la certitude que Marielle Patterson était détestée unanimement par ses employés de maison. Il ne manqua pas de le signaler à Malcolm, alors que Haverford leur servait le café dans la bibliothèque.

— À votre avis, monsieur, pourquoi votre femme est-elle l'objet de l'animosité des domestiques ?

Malcolm exhala un soupir désolé.

— Ma femme est une personne… comment dire… pas très forte, fit-il en scrutant le jardin par la fenêtre. Visiblement, elle manque de poigne… Le personnel sent sa faiblesse et en profite. Voyez-vous, ajouta-t-il après une hésitation, ma femme a souffert de… disons troubles mentaux par le passé et souffre encore d'atroces maux de tête.

— Ce n'est pas une raison pour la détester.

Il pensait, au fond, que Malcolm Patterson n'était pas homme à déléguer ses pouvoirs. Qu'il était à l'origine de ce fameux manque d'autorité dont il ne cessait d'accabler Marielle. Cette dernière n'exerçait aucune sorte de contrôle sur personne, pas même sur son enfant, et certainement pas sur son mari. Même miss Griffin avait admis sans se faire prier qu'elle n'avait jamais suivi les directives de Mme Patterson…

— Je reçois des ordres du père de l'enfant et de lui seul, inspecteur, avait-elle proclamé haut et fort.

Naturellement, Taylor s'était empressé de demander pourquoi, mais la gouvernante n'avait pas su clarifier ses déclarations, se contentant de répéter que Marielle était un être effacé, indécis, falot, et donc indigne de respect.

À lui, elle ne lui avait pas fait l'effet d'un personnage sans envergure, au contraire. Il l'avait trouvée sensée, intelligente, bien élevée, pleine d'une dignité que les autres prenaient sûrement pour de la faiblesse.

— Mais personne ne la déteste ! s'offusqua Malcolm en se tournant vers l'agent du FBI… Simplement, elle n'arrive pas à s'imposer. Elle a eu d'énormes problèmes psychologiques et je doute qu'elle parvienne à supporter le choc de l'enlèvement plus longtemps… Des événements comme celui-ci peuvent facilement désorienter les esprits faibles.

John Taylor le dévisagea tranquillement.

— Qu'entendez-vous par « esprit faible » ? Que Mme Patterson est folle ?

— Bien sûr que non ! s'exclama Malcolm, offensé. J'ai seulement voulu dire qu'elle était fragile.

— Un terme plus élégant pour qualifier le désordre mental auquel vous avez fait allusion il y a une minute. Je me demande, cependant, si vos gens ont deviné la « fragilité » de Mme Patterson d'eux-mêmes ou si c'est vous qui leur avez mis cette idée en tête.

— Je leur ai dit de s'adresser directement à moi, afin de ne pas ennuyer Marielle ! vociféra Malcolm, excédé. Du reste, je ne vois pas le rapport entre vos questions et l'enlèvement de mon fils.

— Parfois, le décor est aussi important que la pièce qui se joue.

— Combien de fois devrai-je vous le répéter ? Marielle est une personne trop émotive, sujette à des crises de nerfs dues à sa terrible histoire que je viens de découvrir. Deux ans dans un hôpital psychiatrique suivis de sept ans de migraines imaginaires.

John prit une large goulée d'air. On eût dit que chacun ici s'ingéniait à ajouter une touche sournoise et sombre au portrait de la jeune femme… Sauf peut-être Haverford.

— Êtes-vous en train d'insinuer que ses migraines ne sont pas réelles ?

— Non. J'essaie de vous expliquer que c'est une névrosée.

Malcolm se tut. Il en avait dit plus qu'il n'aurait voulu, et cela n'avait fait qu'augmenter son irritation.

— Névrosée au point d'être impliquée avec Charles Delauney dans le kidnapping de son propre enfant ?

Un long silence suivit, pendant lequel le magnat eut l'air désemparé.

— Je n'y avais pas pensé, répondit-il enfin avec lassitude. Je suppose que c'est possible. Tout est possible. Je ne sais pas. Lui avez-vous posé la question ?

— Je vous la pose à vous. La croyez-vous capable de faire une chose pareille ? Pensez-vous qu'elle est encore amoureuse de cet homme ?

Allait-il continuer à enfoncer sa femme ?

— Je n'en ai pas la moindre idée, inspecteur. Il va falloir que vous le découvriez par vous-même.

— Très bien, monsieur Patterson. Et vous ? Êtes-vous amoureux de Mlle Brigitte Sanders ?

— Pardon ? fit celui-ci, outré. Mlle Sanders est mon assistante depuis plus de six ans. Je n'ai pas l'habitude de mêler travail et plaisir.

— Vous avez pourtant épousé votre secrétaire précédente, que je sache.

Le teint pâle de Malcolm vira au rouge brique.

— Mlle Sanders est d'une moralité irréprochable.

— Je ne demande qu'à vous croire, répliqua Taylor, secrètement amusé. Toutefois, vous voyagez souvent en sa compagnie, même en Europe. D'après mes renseignements, vous réservez toujours deux cabines adjacentes pour la traversée.

— Quoi de plus normal ? Je tiens à l'avoir sous la main, au cas où j'aurais besoin de lui dicter une lettre. Mais puisque vous semblez si bien renseigné, vous devriez savoir que Mme Higgins, mon autre secrétaire, m'accompagne aussi, parfois, lors de mes déplacements. C'est une dame d'une cinquantaine d'années, et je doute fort qu'elle apprécie vos allusions déplaisantes.

Taylor le savait. Mais la terne Mme Higgins ne présentait

aucun intérêt pour l'enquête, comparée à la rayonnante Brigitte Sanders.

— Je vous prie d'excuser ces questions indiscrètes. J'ai fouillé dans la vie privée de votre épouse, j'agis de même à votre égard. Une maîtresse délaissée commet parfois des actes irraisonnés.

— Mlle Sanders n'est pas ma maîtresse, je vous en donne ma parole, soupira Malcolm, la face encore empourprée par l'indignation.

La conversation roula mollement sur d'autres sujets. Les affaires que Malcolm avait récemment conclues avec l'Allemagne. Des éventuels concurrents, jaloux de ses contrats… Au terme de l'entretien, Taylor tira la seule conclusion qui s'imposait : Teddy avait été enlevé soit pour de l'argent, soit par vengeance. Dans le premier cas, la demande de rançon n'était plus qu'une question de temps. Dans le second, il ne restait plus qu'à prier le ciel pour que Delauney n'ait pas touché à l'enfant.

Ils évoquèrent tout naturellement cette dernière hypothèse. Certes, l'homme avait débité un tas de sottises à Marielle, mais on ne pouvait le jeter en prison sous prétexte qu'il avait été stupide. Son alibi tenait toujours. D'un autre côté, il était le seul à avoir une motivation.

— Je continue à penser qu'il est coupable ! déclara Malcolm, tandis qu'il raccompagnait l'agent du FBI jusqu'à la porte.

— Moi aussi. L'ennui, c'est que nous manquons de preuves. Mais si Delauney a manipulé les ravisseurs, je me fais fort de lui mettre la main dessus.

La porte se referma sur lui, puis Taylor se fraya un passage parmi les représentants de la presse toujours agglutinés devant le perron. Et deux heures plus tard, alors que Malcolm et Marielle venaient de prendre place dans la vaste salle à manger, l'appel téléphonique tant attendu arriva.

Le policier qui répondit se fit passer pour un domestique. En attendant que le maître de céans soit en ligne, le magnétophone fut branché à la hâte, alors que quatre enquêteurs, plus Marielle, s'emparaient de postes intérieurs. Le mystérieux correspondant avait demandé à parler à Patterson, d'une voix éraillée, affublée de l'accent râpeux de South Bronx, à moins que ce ne fût d'East Jersey.

— Oui, ici M. Patterson. Qui est à l'appareil ?

— J'ai un gentil copain près de moi, grinça la voix. Un petit bonhomme en pyjama rouge.

Malcolm ferma les yeux. Ils avaient pris Teddy il y avait exactement quarante-six heures. La main crispée sur le récepteur, Marielle pleurait en silence.

— Comment va-t-il ? demanda le père de l'enfant.

— Au poil. Sauf qu'il a attrapé un rhume. On a besoin d'argent, histoire de lui acheter une chouette petite couverture.

— Puis-je lui parler ? interrogea Malcolm d'une voix calme.

Seule sa main tremblante trahissait une émotion insoutenable.

— Non... le petit chou dort à poings fermés. Parlons fric, plutôt.

— Combien vous faut-il ?

— Deux cents bâtons devraient suffire pour l'achat de la couverture, hein ? — C'était quatre fois le prix réclamé aux Lindbergh. — En petites coupures dont les numéros n'ont pas été relevés, t'entends, gros malin ? Tu mets le tout dans la consigne de Grand Central Station. Tu repars, pénard. Pas de flics, pas de billets tronqués, pas d'entourloupe, sinon, pas de rejeton !

— Qu'est-ce qui me prouve qu'il va bien maintenant ?

— Rien ! ricana la voix. Ne t'avise pas à me jouer un sale tour, ou à me mettre les pandores sur le dos, sinon, tu peux déjà appeler les pompes funèbres, mon vieux.

La communication fut coupée brutalement. Marielle s'accrocha à une table. De grosses gouttes de transpiration perlaient sur le front de Malcolm, lorsqu'il raccrocha. Il avait noté les instructions. De toute façon, la conversation avait été enregistrée.

John Taylor revint à peine une demi-heure plus tard. Patterson avait une mine de papier mâché, Marielle tremblait comme une feuille. On ignorait encore si l'appel émanait des véritables ravisseurs, expliqua-t-il, ou s'il s'agissait d'un mauvais plaisant, chose qui arrivait fréquemment dans ce genre d'affaire. Or, c'était un espoir — le seul et unique — auquel les parents de Teddy s'accrochaient comme à une bouée de sauvetage. Lorsque le détective repartit, Malcolm se couvrit le visage de ses mains, réprimant un sanglot.

La somme fut rassemblée le soir même. Le ministère des Finances avait viré un demi-million de dollars en coupures usagées sur le compte de l'industriel. Les numéros des billets avaient été relevés. Le directeur de la banque, alerté par son client, fit un retrait de deux cent mille dollars, que l'on plaça dans un attaché-case de cuir noir. Le tout fut déposé, comme convenu, à la consigne de Grand Central Station. Suivant le plan dicté par le ravisseur, une petite annonce dans le *Daily Mirror* signala l'exécution de l'opération. Il ne restait plus qu'à attendre. L'immense gare pullulait de policiers en civil, feignant de feuilleter des revues, se prélassant sur des bancs, avalant des hot-dogs, et parcourant inlassablement les quais, l'œil à l'affût... Trois jours s'écoulèrent. La rançon dormait toujours au fond du box de métal. Il fallait se rendre à l'évidence. Personne ne viendrait la chercher. Le coup de fil représentait une plaisanterie de mauvais goût, un cruel canular. Alors que, d'heure en heure, l'espoir s'amenuisait, Marielle sombrait dans le désespoir. Au troisième jour de vaine attente, elle resta au lit, incapable de se lever. Malcolm avait perdu son assurance. Ses épaules s'étaient voûtées et sa pâleur faisait peine à voir. L'insoutenable tension qui s'était installée dans la demeure rendait l'air irrespirable. Il restait six jours avant Noël. La perspective de passer les fêtes sans Teddy ajoutait à leur affliction.

Ils accomplissaient les gestes quotidiens comme des somnambules. Ce soir-là, ils s'assirent comme à l'ordinaire devant un dîner que ni l'un ni l'autre ne prit la peine de goûter.

— Pourquoi, mon Dieu, pourquoi ? Pourquoi ne sont-ils pas venus ? hoqueta pour la centième fois Marielle.

Obnubilée par l'appel téléphonique, elle songeait sans répit aux conséquences. Et si les ravisseurs s'étaient rendu compte de la présence des policiers sur les lieux ? Avaient-ils renoncé à toucher la rançon ? Et qu'allait-il advenir de Teddy ? Se pourrait-il que, dans un moment de panique, ils l'aient supprimé ?

— D'après Taylor, c'était une blague, répondit Malcolm, gagné lui aussi par l'affreuse angoisse de sa femme. La piste de Delauney est la seule valable, je persiste à le penser.

— Alors pourquoi n'a-t-on pas réussi à le confondre ? Pour l'amour du ciel, qu'est-ce qu'on attend ?

Elle quitta la pièce pour se précipiter dans sa chambre. La vue familière de John Taylor ne suffisait pas à la rassurer. Le lendemain, Malcolm supplia les enquêteurs de tenter une nouvelle perquisition chez Delauney.

Ce fut le dimanche après-midi suivant, presque une semaine jour pour jour après le kidnapping, que la police fit l'inquiétante découverte. C'était dans la cave de la résidence Delauney, enfoui entre deux caisses de bouteilles de vin. Un policier mit au jour ce qu'il prit d'abord pour un torchon coloré, puis, en l'examinant à la lumière, il en resta bouche bée. Ses doigts tenaient un petit pyjama rouge, agrémenté d'un col aux broderies bleu pâle. L'homme se précipita au rez-de-chaussée, afin de montrer à l'inspecteur Taylor sa trouvaille. Ce dernier regarda un long moment le pyjama. Une question se posait, fatale, obsédante. Où était passé le petit garçon ? Qu'est-ce que Charles Delauney avait fait de lui ? Il pénétra d'un pas résolu dans le salon où le suspect attendait, brandissant l'étoffe cerise. Charles se couvrit le visage de ses longues mains frémissantes.

— Ce n'est pas moi, je vous le jure. Mon propre fils est mort, il y a des années... Je sais combien on souffre de perdre un enfant, pourquoi aurais-je fait subir ce malheur à quelqu'un d'autre ?

Ses accents de sincérité n'émurent guère John. Le reste se déroula très vite. Des menottes d'acier emprisonnèrent les poignets de Charles. Le pyjama, soigneusement rangé dans une enveloppe de plastique, prit le chemin du laboratoire. Charles Delauney fut inculpé pour kidnapping.

Des sanglots secouèrent les épaules de Marielle quand elle sut qu'on avait retrouvé le vêtement de Teddy.

— Mais où est-il ? s'écria-t-elle, affolée.

— Nous ne savons pas encore, répondit Taylor au bout de la ligne. Nous allons procéder à un nouvel interrogatoire du suspect. Celui-ci va être transféré immédiatement au dépôt où nous pourrons le questionner d'une manière plus efficace. Je vous tiendrai au courant.

Il reposa le récepteur sur le combiné, le front songeur. Les pièces du puzzle hallucinant sur lequel il travaillait depuis des jours commençaient à s'emboîter les unes dans les autres. Tout accusait Charles. Le petit pyjama, caché dans sa cave, et l'absence de demande de rançon. L'ex-mari de Marielle avait agi sous l'effet de la colère, afin de se venger, ou d'attirer la jeune femme dans un piège, peu importait. Et, de nouveau, la terrible question le hanta. Qu'avait-il fait de Teddy ? Pire encore, le garçonnet était-il toujours vivant ?

Dans l'imposante et silencieuse demeure des Patterson, Marielle avait raccroché, l'œil hagard. Paralysée par la terreur, elle se tourna vers Malcolm, mais celui-ci avait quitté la pièce sans une parole.

7

La nouvelle de l'arrestation de Charles Delauney se répandit dans les agences de presse comme une traînée de poudre. Dès le lendemain matin, une foule de reporters fit le siège de la demeure des Patterson, et Malcolm dut sortir sous escorte policière. Les journalistes en quête d'informations poursuivaient sans répit les protagonistes du drame, y compris John Taylor et le chef de la police new-yorkaise. Ils voulaient tout savoir, jusqu'au moindre détail. Largement exposée dans les quotidiens, l'affaire fit doubler les tirages, tandis que le public, avide de sensations, suivait religieusement les rebondissements de l'histoire. On avait hâte de connaître la suite du feuilleton. Le fait que l'héritier d'une des plus grosses fortunes du comté fût accusé de kidnapping avait enflammé les imaginations. Et ce n'était pas tout ! On savait à présent que l'inculpé avait épousé en premières noces la femme qu'il tenait pour responsable de la mort de leur enfant, et qui, par la suite, s'était mariée au magnat de l'industrie dont Delauney avait enlevé le fils… Un vrai roman, à ceci près que la réalité dépassait la fiction.

En dépit de tous ses efforts, John n'avait pas réussi à enrayer les racontars et, aux approches de Noël, New York bourdonnait du scandale… Pour Charles, la garde à vue au quartier général du FBI s'était prolongée cinq jours durant, mais on restait sans nouvelles de Teddy. L'inculpé n'avait cessé de proclamer son innocence avec une véhémence et un entêtement qui laissèrent supposer aux enquêteurs qu'il avait déjà éliminé l'enfant. La nuit de Noël, John Taylor dévoila aux parents du petit disparu les craintes de la police.

— Oh, mon Dieu ! gémit Malcolm, le corps tétanisé par l'horreur.

Contre toute attente, Marielle ne s'effondra pas. Depuis plusieurs jours, elle n'avait pas eu de migraine, comme si toute son énergie s'était canalisée dans l'attente d'une découverte.

— Je ne peux pas y croire, dit-elle à Taylor d'une voix étrangement calme. Je ne peux pas croire que je ne le reverrai plus... ni que Charles a tué mon enfant.

— Reprends donc tes esprits ! hurla Patterson, insensible à la présence de l'agent du FBI. Quand comprendras-tu enfin que ce dément s'est vengé de la mort de son enfant ? Son fils est mort et le mien aussi, maintenant.

Lui aussi rejetait le blâme sur Marielle. John aurait voulu murmurer : « Soyez forte », mais il garda le silence, se contentant d'un fugace serrement de main, avant de la laisser en compagnie de Malcolm.

Noël avait perdu son sens. Il n'y eut ni repas, ni sapin illuminé, ni échange de cadeaux. Au sous-sol, le merveilleux train électrique demeura immobile sur ses rails. Les deux époux montaient régulièrement dans la chambre de leur petit garçon, comme pour puiser l'énergie nécessaire à leur survie. Marielle s'agenouillait près du petit lit déserté, une fervente prière sur les lèvres... La pensée qu'elle ne tiendrait plus son « petit prince chéri » entre ses bras ne l'effleurait même pas. Une sorte de confiance aveugle, irraisonnée, avait soudainement remplacé les affreux doutes. Teddy reviendrait bientôt. Charles n'avait pas pu lui faire de mal. Les circonstances avaient tissé un mauvais rêve dont elle ne tarderait pas à se réveiller. Et alors, les ombres mortelles se dilueraient dans les éclatants rayons du soleil, pareilles au brouillard que dissipent les ardentes lueurs de l'aube.

La nuit de Noël ne fut qu'une morne succession d'heures sans sommeil. Le lendemain, lorsque Malcolm fut sorti, elle demanda à l'un des policiers de la conduire en ville. Il commença par s'étonner, finit par s'incliner devant son insistance. Peu après, vêtue d'une simple robe de lainage noir sous une vieille fourrure et coiffée d'un chapeau noir dont les bords rendaient ses traits indistincts, Marielle quitta la résidence par la porte de service, escortée par quatre policiers. Une voiture de police banalisée se fraya ensuite un chemin parmi les grappes de reporters amassées sur le devant. Installée sur la banquette arrière entre deux sergents, Marielle se sentait glacée jusqu'au plus profond d'elle-même. Elle n'avait pas mis le nez dehors depuis la nuit de l'enlèvement. Le véhicule prit la direction de Downtown, à travers des rues enneigées, qui firent à la passagère l'effet d'une ville étrangère. Elle, qui avait scrupule à prendre des initiatives, paraissait, soudain, animée d'une force singulière. Au terme d'une nuit blanche, son cœur lui avait dicté sa conduite. Elle irait le voir, il le fallait... Il se trouvait toujours au quartier général du FBI. Depuis six jours, ses tourmenteurs n'avaient cessé de le harceler de questions dans l'espoir de lui extorquer des aveux, mais il avait tenu bon.

Un groupe de journalistes avait pris d'assaut les marches de l'immeuble. À la vue de Marielle, une onde d'hystérie parcourut l'attroupement, mais son escorte força un passage au milieu des éclairs blafards des flashes. Le souffle court, tremblante, elle se retrouva à l'intérieur, où elle demanda à voir le détenu, ce qui suscita une foule d'objections. Mais, contrairement à ses habitudes, elle insista, encore et encore.

Enfin, un gardien l'accompagna dans une petite pièce nue où il la laissa. Et dix minutes après, on fit entrer Charles. Il portait un pantalon enfoncé dans des bottes, une vieille chemise d'une propreté douteuse. Une barbe de plusieurs jours émaciait ses joues, et il clignait des paupières sous la lumière jaune que déversait l'ampoule unique fixée au plafond. En l'apercevant, il fondit en larmes et, quand ses geôliers quittèrent la cellule, il l'attira dans ses bras et la tint serrée contre lui.

— Marielle, je n'ai rien fait. Je le jure. J'étais sous l'emprise de l'alcool, ce jour-là. Je ne savais pas ce que je disais... Ton petit garçon m'a rappelé André...

— Je sais... Je sais... Chut... Il faut que je te parle.

En se dégageant de son étreinte, elle se recula de manière à mieux le considérer. Elle avait besoin d'entendre le récit des événements de sa bouche. Il s'assit pesamment, et elle prit place en face de lui, de l'autre côté de la table exiguë. Leurs regards se soudèrent, empreints d'un même chagrin qui ne guérissait pas.

— Charles, que s'est-il passé ?

— Je ne sais pas. Ils prétendent avoir trouvé le pyjama de Teddy dans ma cave. Marielle, dis-moi que tu ne les as pas crus !

— Comment ce pyjama est-il arrivé là ?

— Je l'ignore. Je le jure devant Dieu, je n'en ai pas la moindre idée. J'ai été stupide. Cruel. Affreusement égoïste. Mais je n'ai jamais fait de mal à personne. J'ai combattu aux côtés de mes amis, prêt à mourir pour leur cause, parce que je n'avais aucune raison de vivre. Rien à perdre... Alors pourquoi aurais-je voulu ôter la vie d'un petit garçon ? Je t'ai suffisamment fait souffrir. Et... oh, mon Dieu... Je t'aime encore.

Sa voix s'était éteinte dans une sourde plainte. Un sanglot le secoua.

— Je sais, murmura-t-elle. — Elle l'aimait tout autant, mais elle aimait Teddy davantage. — Où est-il ?

— Je ne le sais pas. Je te le jure. Je n'ai rien à voir dans ce kidnapping, Marielle. Même sous la torture je le nierai toujours. J'espère du fond du cœur que tu le retrouveras. Tu le mérites... Je ne pensais pas ce que j'ai dit.

Elle sonda son regard embué, si droit, si limpide, et elle le crut.

— Merci, fit-elle à mi-voix.

Le gardien reparut, mettant fin à la visite. Marielle se leva. Charles l'accompagna d'un ultime regard, long, intense, implorant.

— Il faut me croire, Marielle.

Ce furent ses derniers mots avant que le gardien ne l'entraîne hors de la pièce. L'entretien s'achevait là. Marielle reboutonna son manteau de fourrure. Il lui avait paru sincère. Charles avait certainement dit la vérité. Mais alors, qui avait enlevé Teddy ? Et pour quelle obscure raison ?

En quittant la pièce exiguë, elle marqua une pause. John Taylor s'avançait à grands pas dans sa direction, l'air morose.

— Que faites-vous ici ? s'enquit-il, furieux, d'un ton plein de hargne qui lui rappela Malcolm.

— Je suis venue voir Charles.

— Vous êtes folle !

— Il a dit n'être pour rien dans l'affaire. Je suis sûre qu'il n'a pas menti.

— Que voulez-vous qu'il vous dise ? Qu'il a tué votre fils ? Ce type est prêt à tout pour sauver sa peau.

Elle eut un tressaillement, mais il était trop irrité pour s'en rendre compte.

— Pourquoi m'aurait-il menti ?

— Pourquoi vous aurait-il dit la vérité ? Écoutez, Marielle, restez à l'écart de tout cela. Ne vous approchez plus de cet homme. Nous sommes les seuls à pouvoir vous ramener Teddy. Lui ne peut plus rien pour vous... Il ne vous a rien apporté, rien que des ennuis. Laissez-le à son sort.

Jusqu'à quand Charles Delauney réussirait-il à la duper ? se dit-il, en proie à une déconcertante rage froide. À présent, il en savait long sur le premier mari de Marielle. Ses expéditions en Espagne, ses crises de fureur, ses beuveries, son éternelle révolte... et le fait qu'il avait osé lever la main sur elle, qu'il avait eu l'audace, aujourd'hui encore, d'affirmer qu'il l'aimait. Visiblement, il n'avait plus toute sa raison. John

Taylor s'était juré de tenter l'impossible pour l'empêcher de nuire davantage à Marielle.

— Venez. Je vous raccompagne chez vous. La prochaine fois que l'envie de commettre une bêtise vous prendra, parlez-m'en d'abord.

— Pour m'entendre dire quoi ?

Ils étaient sortis de l'immeuble de brique rouge sombre et s'avançaient rapidement vers une voiture dont le chauffeur avait mis en marche le moteur, au milieu du crépitement incessant des appareils photo.

— Que m'auriez-vous répondu si je vous avais demandé de me conduire ici ? demanda-t-elle, lorsqu'ils se furent installés à l'arrière du véhicule.

— J'aurais refusé.

— C'est pourquoi je ne vous ai rien dit.

Oui, elle avait cru chaque mot que Charles avait prononcé. Peut-être que tout cela n'était pas arrivé par sa faute... Dans le silence qui suivit, Taylor crut déceler un sourire sur les lèvres décolorées de la jeune femme. Il la regarda, réalisant soudain à quel point elle lui plaisait. Son intérêt pour elle dépassait largement les limites de son enquête.

— La prochaine fois que vous aurez une grande idée comme celle-ci, gare à vous.

— C'est bien ce que je craignais.

Durant le trajet du retour, ils n'échangèrent plus un mot. John l'observait à la dérobée. Elle était digne de compassion. Il imaginait parfaitement dans quelles affres elle vivait. Plus que jamais, Marielle comptait sur lui pour retrouver son enfant, au moment où lui-même commençait à se sentir la proie du doute. Il avait éprouvé la même chose lors de l'affaire Lindbergh et avait espéré se tromper. Mais il avait vu juste, malheureusement.

Ils gagnèrent la cuisine de la demeure par la porte de service et elle le remercia de l'avoir ramenée. Le lendemain matin Malcolm se montra nettement moins reconnaissant. Presque tous les journaux relataient la visite de Marielle à Charles, sur son lieu de détention. Il y avait des photos d'elle partout. Sur un cliché, on la voyait près de John, qui l'enlaçait par les épaules d'un bras robuste, tandis qu'elle s'apprêtait à monter en voiture.

Malcolm rentra à la maison, la face décomposée.

— De quoi s'agit-il, Marielle ? voulut-il savoir en tapotant d'un doigt agacé la photo révélatrice.

— M. Taylor essayait de me protéger de la presse.

— Il a l'air d'en retirer une grande joie. La visite à Delauney, c'était une idée à lui ?

— Non. À moi. Je suis tombée sur l'inspecteur Taylor dans les locaux de la police. Je suis désolée, Malcolm, mais il fallait que je voie Charles. Je voulais entendre ses explications,

— Est-ce qu'il t'a dit comment il a tué Teddy ? Il te l'a dit ? Ou a-t-il préféré gémir sur la mort de son propre fils ?

— Malcolm, s'il te plaît…

— Quoi, « s'il te plaît » ? Ton amant ou ton ex-mari, qui sais-je encore, a kidnappé mon fils et tu voudrais que je le plaigne ? Libre à toi d'avoir pitié de lui, Marielle. Moi aussi j'ai pitié, mais de Teddy… de notre petit garçon, probablement mort d'une façon atroce, étranglé, poignardé, abattu d'un coup de fusil…

— Arrête ! Arrête ! *Arrête* ! hurla-t-elle, les paumes plaquées sur les oreilles, comme pour endiguer ce flot de paroles insoutenables.

Elle sortit du salon en courant, alla se réfugier dans sa chambre, haletante. C'en était trop. Elle ne pouvait en endurer davantage. À la douleur d'avoir perdu Teddy s'ajoutait le blâme général. Car, nul doute, on la tenait pour responsable. C'était elle la mère indigne, elle qui, naguère, avait été incapable de sauver son premier enfant de la noyade, elle qui avait laissé des inconnus enlever son deuxième petit. Charles lui en avait voulu à mort pour André. Et maintenant, Malcolm lui en voulait pour Teddy. Cela ne changerait donc jamais ?

L'après-midi, John Taylor passa la voir. Il eut la gentillesse de lui épargner les furieux cancans de la presse à sensation. De Teddy, toujours aucune nouvelle... Ils allaient perquisitionner une fois de plus chez les Delauney. Et cette fois-ci, ils découvrirent un nouvel indice, un minuscule ourson qui avait appartenu à Teddy, soigneusement caché dans la chambre de Charles. Plus aucun doute n'était permis, et Marielle fut obligée de se rendre à l'évidence.

8

C'ÉTAIT la mi-janvier. Les préparatifs du procès se poursuivaient, et on était toujours sans nouvelles de Teddy, qui avait disparu depuis trois semaines et demie maintenant... Malcolm reprit la route de Washington, afin d'assister à la réunion d'une commission sénatoriale sur des sujets militaires, où il rencontra Hugh Wilson, l'ambassadeur américain à Berlin, de passage aux États-Unis.

Seule dans la vaste demeure envahie de policiers, Marielle s'était rabattue sur d'inutiles rangements de papiers : une série de gestes mécaniques sans autre but que celui d'occuper son esprit. Et de la détourner de la petite chambre du haut où, irrésistiblement, ses pas la conduisaient. Depuis quelque temps, elle ne pouvait plus lire les journaux, ni écouter la radio. Mué en instrument diabolique, le poste ne faisait qu'émettre diverses considérations sur le procès, quand il ne diffusait pas les programmes préférés de Teddy, comme *The Lone Ranger*, ce qui la plongeait aussitôt dans un morne abattement. Elle en était venue à détester Shirley Temple, parce qu'elle lui rappelait Teddy. C'était pareil avec miss Griffin. La seule vue de la gouvernante la révulsait. Finalement, Malcolm l'envoya chez sa sœur dans le New Jersey pendant quelque temps et cette absence fut comme un baume sur le cœur blessé de Marielle. Au moins, elle pouvait monter à la nursery sans tomber invariablement sur le cerbère. Elle s'y rendait chaque fois qu'elle ressentait le besoin de se trouver dans la chambre de son fils, de toucher ses jouets, ses vêtements, sa brosse à cheveux, c'est-à-dire souvent... Parfois, elle restait des heures durant prostrée sur le petit lit ou sur le rocking-chair, les yeux vides.

Ce jour-là, Haverford entra dans la bibliothèque où Marielle triait des papiers.

— Vous avez de la visite, madame, dit-il d'une voix gentille. — Il avait de la peine pour elle, bien qu'il n'ait jamais rien exprimé. — Une certaine Mlle Ritter, qui prétend avoir rendez-vous.

— Je ne connais personne de ce nom.

— Mais si, voyons ! claironna une voix pointue dans le dos du majordome.

Une jeune femme avait jailli sous le chambranle. Petite, les cheveux roux, de l'âge de Marielle. Un visage futé qui, sans être familier, ne lui parut pas tout à fait inconnu. L'espace d'une seconde, la frayeur l'assaillit. Dans quel but venait-on la déranger chez elle ? Pour la menacer ? Pour lui extorquer de l'argent en lui promettant de lui rendre Teddy ? Chaque jour, l'espoir de revoir son petit garçon s'amenuisait... La rançon, intacte, dormait toujours au fond de la consigne de Grand Central Station.

— Qui êtes-vous ?

Haverford ébaucha un pas en direction de l'intruse, mais, soudain, Marielle reconnut en elle la journaliste qui avait presque forcé sa porte, au lendemain de l'enlèvement.

— Puis-je vous parler seule ? demanda l'arrivante, avec un regard oblique du côté du majordome.

— Non. Je suis désolée.

— S'il vous plaît... C'est important.

La journaliste fixait sur elle des yeux suppliants.

— Comment êtes-vous entrée ?

— Nous avions rendez-vous cet après-midi, non ?

Elle avait tenté vainement d'accrocher le regard de Marielle.

— Non. Je suis navrée, mademoiselle…

— Ritter. Béatrice Ritter. Béa.

Le large sourire engageant qui illumina sa petite figure semée de taches de rousseur n'eut pas d'effet sur son interlocutrice.

— Eh bien, mademoiselle Ritter, vous devriez vous en aller maintenant.

Le sourire de Béatrice s'effaça, cédant la place à une cruelle désillusion.

— Je vois. Je voulais juste vous parler de Charles.

Au son de ce nom, l'air se chargea d'électricité.

— Pourquoi ? s'écria Marielle en la fixant.

— Parce qu'il a besoin de vous.

— Madame ?

Le maître d'hôtel l'interrogeait du regard, mais elle le congédia d'un geste, et il quitta la pièce, comme à regret.

— Je ne comprends pas la raison de votre visite. Est-ce Charles qui vous envoie ?

Depuis leur brève entrevue, elle n'avait plus eu de ses nouvelles et, du reste, la découverte de la peluche ayant appartenu à Teddy l'avait convaincue de sa culpabilité.

— Non. J'ai suivi l'affaire dès le début. Je ne pense pas que Charles Delauney ait enlevé votre fils, madame Patterson. Aidez-moi à trouver le vrai coupable.

— Le vrai coupable est en prison, mademoiselle Ritter. Moi aussi je croyais à son innocence, jusqu'à ce que la police découvre chez lui deux indices accablants. Le pyjama de Teddy, puis un de ses jouets favoris. Il n'y a pas d'autre piste. Personne ne nous a contactés à ce sujet.

— Peut-être les véritables ravisseurs ont-ils pris peur… En tout cas ils doivent avoir une bonne raison pour se terrer.

À ses yeux, l'innocence de Charles ne faisait aucun doute. Elle l'avait interviewé longuement et le croyait incapable de commettre pareil crime… Ce n'était pas le cas de Marielle.

— Je ne puis vous aider, j'en ai peur, murmura-t-elle, les yeux emplis d'une peine immense, le cœur lourd.

Peu lui importait que cette fille plaidât la cause de Charles. Tout ce qu'elle voulait, c'était revoir Teddy.

— Le tenez-vous vraiment pour un criminel, madame Patterson ?

— Oui... Il n'y a pas d'autre explication, malheureusement. Il a mis ses menaces à exécution et voilà tout.

— Il a dit n'importe quoi parce qu'il était ivre.

Son insistance arracha un soupir irrité à Marielle, qui la considéra longuement, passant en revue ses cheveux courts, son manteau bleu marine bon marché, son petit chapeau orné d'une extravagante fleur écarlate.

— L'ivresse n'est pas une excuse. Je suis désolée.

Elle avait amorcé un mouvement en direction de la porte, mais Béa Ritter ne bougea pas.

— Il vous aime, madame Patterson.

Marielle se retourna, furieuse.

— Il vous l'a dit ?

— C'est l'évidence même.

— Les évidences ne sont jamais que des points de vue personnels, mademoiselle. Allez-vous-en ! Je refuse d'en entendre plus.

— Il est innocent !

Un frisson parcourut Marielle. Elle avait suffisamment été bernée par Charles Delauney. Il était hors de question d'accorder un crédit quelconque aux allégations de l'homme qui lui avait pris son bébé.

— Comment osez-vous prétendre qu'il est innocent ! En ce cas, où est mon enfant ?

— Il l'ignore. Il me l'a juré, affirma Béa, sans quitter Marielle du regard. Si Charles le savait, il nous l'aurait dit.

— Vous ne le connaissez pas.

La petite journaliste hocha la tête. À son avis, elle le connaissait mieux que tous, mieux que Marielle elle-même. Elle avait passé des heures avec lui, en prison, après avoir soudoyé deux de ses geôliers. Au début, elle avait simplement été à la recherche d'un scoop, mais au fur et à mesure que l'interview progressait, la conviction que cet homme disait la vérité s'était imposée à elle. Elle lui avait promis de l'aider. En fait, elle avait contacté de sa part Tom Armour, l'implorant d'assurer la défense de Charles. Celui-ci avait déjà envoyé un courrier volumineux au jeune et célèbre avocat — une ancienne connaissance — mais ses lettres étaient demeurées sans réponse... Quand Béa l'avait sollicité, le brillant plaideur avait commencé par refuser. À la longue, il avait cédé. Béa avait su le persuader que, sans son intervention, un homme innocent encourait la peine de mort, victime d'une terrible erreur judiciaire. Ce fut grâce à Béa Ritter que Tom Armour s'était finalement résolu à prendre la défense de Charles Delauney.

— Allez-vous m'aider ?

Ses yeux suppliaient Marielle, qui détourna la tête, désemparée. Tout comme Tom Armour, elle n'avait rien voulu entendre mais, tout compte fait, elle avait prêté une oreille attentive aux arguments de la persévérante Béa Ritter.

— Trouvez mon fils et je vous croirai.

— J'essaierai. Puis-je vous téléphoner si quelque chose de nouveau survient ?

Après une hésitation, Marielle ébaucha un signe affirmatif de la tête.

— Merci.

Les deux femmes échangèrent un long regard, après quoi la journaliste tourna les talons. La porte se referma sur elle dans un claquement mat, et Marielle resta un bon moment à contempler le battant clos. Haverford vint lui annoncer une nouvelle visite. John Taylor et le procureur général. Ce dernier, grand, mince, la mine austère, commença par déclarer tout de go que Charles Delauney avait sans conteste kidnappé l'enfant. Puis, pris de panique, qu'il l'avait probablement tué.

À ces mots, le visage de Marielle se contracta douloureusement, tandis que Taylor la regardait, impuissant, la gorge serrée. Imperturbable, le procureur ajouta que l'affaire passerait devant la cour d'assises en mars. Il allait requérir la peine de mort pour le prévenu et avait toutes les chances de l'obtenir. Par ailleurs, il espérait que Marielle et son mari lui faciliteraient la tâche par une totale coopération.

— Qu'entendez-vous par là, monsieur Palmer ?

— Que je compte sur vous pour assister au procès, madame Patterson. Il est important que les jurés puissent, en vous voyant, se rendre compte à quel point la perte de votre enfant vous a affectée, de manière à leur insuffler le verdict le plus sévère pour Delauney. Avec un peu de chance, ce sera la chaise électrique, rien de moins.

Il s'exprimait avec une assurance qui fit frissonner Marielle. Ainsi, le réquisitoire du procureur reposerait sur les émotions du jury plutôt que sur des preuves tangibles de la culpabilité de Charles ! L'idée qu'elle servirait d'appât durant la procédure lui répugnait. Cela déplaisait tout autant à Taylor qui, néanmoins, comprenait mieux la nécessité de ce stratagème. Considéré comme un magistrat hors pair, William Palmer n'était pas réputé pour son humanité.

— Si, d'aventure, l'enfant réapparaissait d'ici là, je souhaiterais, également, le voir au tribunal, très brièvement toutefois.

Si seulement Teddy revenait ! songea-t-elle en essayant de contenir ses larmes.

— C'est tout ? s'enquit-elle, fuyant le regard aigu de Palmer, horrifiée par ses propos crus, implacables, sans nuance.

— Je vous tiendrai au courant.

Il s'était redressé en rajustant ses lunettes sur son long nez, et l'avait scrutée à travers les verres épais, comme pour mieux évaluer la portée de son futur témoignage.

— Je verrai également votre mari, dès son retour de

Washington, ajouta-t-il, la main sur la poignée de son attaché-case.

— Je le lui dirai.

Palmer s'en fut, la laissant en compagnie de Taylor. Exténuée, Marielle se laissa tomber sur le canapé en exhalant un lourd soupir. Le mois qui s'était écoulé, avec la lenteur d'un cauchemar interminable, n'avait rien apporté de nouveau.

— Quel homme charmant !

Cet adjectif appliqué au procureur fit rire Taylor.

— Il fait meilleure impression dans un tribunal que dans un salon, dit-il en allumant une cigarette.

— Tant mieux pour lui... Mon Dieu, ce procès...

Sa phrase resta en suspens, mais John en saisit parfaitement le sens. D'une certaine façon, ils étaient devenus amis. Parfois, Marielle avait l'impression que l'agent du FBI constituait son seul allié.

— Ce sera dur, répondit-il en tirant sur sa cigarette et en rejetant la fumée. La défense ne manquera pas de déterrer de vieilles histoires pour vous déstabiliser... Votre séjour à l'hôpital psychiatrique, par exemple. Des choses comme ça. Ils tenteront tout pour jeter le discrédit sur vous.

— Pourquoi ? Je n'accuse pas Charles.

Encore que, maintenant, elle le croyait coupable. Elle mit John au courant de la visite de Béa Ritter.

— Restez à l'écart. Vous risqueriez de vous faire du mal. Méfiez-vous de la presse. Les journalistes ont la manie de tout déformer.

Elle était d'accord. Pourtant, la fille au drôle de chapeau avait réussi à ébranler ses fragiles certitudes. Béa avait l'air si intelligente, pertinente et honnête.

— Je ne sais plus que penser, soupira-t-elle. Oh, et puis, quelle est la différence ? Teddy n'est plus là, le reste n'a aucune importance.

Ses yeux s'étaient assombris. Durant sa courte existence, elle avait perdu trois enfants.

— Ça en a pour Charles. Il joue sa vie, ne l'oubliez pas.

— Qui est son avocat ?

— Tom Armour. Un jeune et brillant juriste, réputé pour ses plaidoiries parfois brutales mais qui ont leur succès. Si quelqu'un peut sauver la tête de Delauney, c'est bien lui.

— Je ne sais si je dois m'en réjouir ou non. Je ne sais plus que penser, répéta-t-elle d'une voix triste. Malcolm, lui, est sûr. Et quand ils ont... — ce disant, elle cligna des yeux pour en chasser les larmes — quand ils ont trouvé l'ourson, je me suis rangée à l'opinion générale. Pourtant, lors de mon unique visite à Charles, je l'ai cru innocent. Mais s'il n'a pas pris Teddy, alors où est-il ? Où est mon bébé, monsieur Taylor ?

Il n'y avait pas de réponse à cette question brûlante. Personne ne pouvait en donner une. Taylor se contenta d'observer Marielle. Son attirance pour elle le rendait quasiment inapte à saisir le sens de ses propos. Jamais aucune femme ne l'avait envoûté à ce point. De sa vie il n'avait éprouvé pour quelqu'un un sentiment aussi impétueux, pas même pour son épouse. Au cours de sa longue carrière, il lui était arrivé de ressentir un élan de sympathie envers un témoin du sexe faible, mais jamais un tel engouement. Il se contint pour garder ses mains loin de la jeune femme.

— J'aurais aimé pouvoir vous répondre.

Son regard l'effleura comme une caresse, tandis que tous deux demeuraient assis côte à côte sur le canapé, dans l'éclat mordoré de la nuit tombante. Encore une nuit interminable et glacée qu'elle passerait toute seule, comme d'habitude. Malcolm n'était pas là et, en dépit de la présence des domestiques et des policiers, l'immense demeure évoquait un mausolée. John aurait voulu l'emmener dîner quelque part, dans un endroit crépitant des bruits joyeux de la vie : brouhaha de voix, tintement argentin de couverts sur des plats de porcelaine, éclats de rire, musique. S'il avait pu, il l'aurait emmenée loin, le plus loin possible de tous ces gens qui profitaient égoïstement de sa grandeur d'âme... de ces deux hommes qui ne songeaient qu'à recevoir sans jamais rien donner en retour.

— J'aurais aimé vous voir heureuse, Marielle.

— Merci, c'est très gentil à vous, fit-elle, touchée. J'ai longtemps pensé que les épreuves de la vie avaient un sens. Je ne le crois plus... J'ai trop souffert...

Ce n'était qu'un doux euphémisme, se dit-il, pensant aux trois enfants qu'elle avait perdus dans des circonstances tragiques.

— Avez-vous des enfants ? demanda-t-elle.

— Deux. Une fille de quatorze ans et un garçon de onze.

Il se mordit les lèvres, craignant d'avoir ravivé ses blessures, mais aucune ombre n'altéra son visage paisible.

— André aurait eu onze ans aujourd'hui.

Et sa petite fille qui n'avait pas vu le jour en aurait eu huit.

— Comment se prénomment-ils ?

— Jennifer et Matthew.

— Est-ce qu'ils vous ressemblent ?

Un sourire avait un instant éclairé ses traits fins, lumineux mais fugace. Pour la première fois la conversation ne roulait pas sur des kidnappings ou des meurtres.

— Je ne sais pas. Les amis disent que mon fils me ressemble, oui... Et vous ? Qu'aimez-vous faire en temps normal ?

Un autre sourire, aussi bref que le précédent, comme un soleil fugitif sur un ciel d'orage.

— Nager, marcher, monter à cheval. J'adore la musique. Et la peinture. Je peignais, avant. Je n'ai plus approché un chevalet depuis des années. (Très précisément depuis son hospitalisation, mais elle omit de le préciser.) Et puis, j'aimais bien jouer avec Teddy, sortir avec lui. Nous sommes allés voir *Blanche-Neige* le jour... le jour où...

— Je sais.

Il s'en rappelait parfaitement. Le visage de la jeune femme s'était de nouveau assombri, et il posa sa main sur la sienne.

Les yeux saphir sondèrent les siens, tandis qu'elle se demandait pourquoi il faisait montre d'une telle gentillesse.

— Marielle…

Il avait murmuré tout doucement son nom, dans l'air immobile, puis, sans un mot de plus, il se pencha vers elle et l'embrassa. Elle eut l'impression de se liquéfier dans les bras qui l'étreignaient avec force et tendresse. Enfin, quand il la relâcha, ils eurent tous deux l'air surpris de ce qui leur était arrivé.

— Je ne sais quoi dire, John… Sauf que je suis contente de vous avoir près de moi en ces moments difficiles. Sans vous, je n'aurais pas survécu.

— Je serai toujours là quand vous aurez besoin de moi.

Il s'était calé contre le dossier du canapé, stupéfait de sa propre audace. Il ignorait pourquoi il avait cédé à l'envie de l'embrasser mais savait d'ores et déjà qu'il n'y résisterait plus. Il n'avait pas les moyens de lui offrir le train de vie dont elle avait l'habitude. En revanche, il pouvait lui donner ce dont elle avait le plus besoin : l'amour. Patterson ne la mérite pas, pensa-t-il, alors qu'elle le dévisageait, l'air serein, avant d'embrasser la main qu'il avançait vers sa joue.

— Est-ce que vous aimez votre femme ?

Après une hésitation, il fit oui de la tête.

— Elle a de la chance.

Parler de sa femme, c'était ce dont il avait le moins envie au monde.

— Marielle, je n'ai cessé de penser à vous dès l'instant où je vous ai vue.

Ils échangèrent un regard, intense et long. Leurs sentiments se passaient de mots. Ils avaient besoin l'un de l'autre. John savait pertinemment que cette passion pourrait lui coûter son emploi, sa tranquillité, son mariage, mais à vrai dire il n'en avait cure. Toute sa volonté se tendait vers cette femme qu'il brûlait de dorloter, d'aimer et de protéger, comme personne ne l'avait jamais encore fait. Ils étaient tous deux mariés, bien sûr, or, bizarrement, cet obstacle ne revêtait qu'une importance relative à ses yeux.

— Que va-t-on devenir ? interrogea-t-elle d'une voix douce.

— Cela dépend de vous, Marielle.

— Je n'en suis pas sûre, s'alarma-t-elle.

Elle ne désirait blesser personne. Ni John, ni sa femme, pas même Malcolm.

Les doigts de John frôlèrent l'opulente chevelure cannelle. Au fond il était prêt à quitter Debbie pour elle, mais il se garda bien de le lui dire, de crainte de l'effaroucher. Elle se sentait si vite coupable... Aucune promesse ne sortit de sa bouche, et il se borna à la considérer, animé d'un désir effréné... Il la voulait tout à lui, corps et âme.

— On dirait que votre vie n'a pas été une succession de fêtes, l'amie, plaisanta-t-il, avec un sourire malicieux, les yeux pleins de tendresse.

— Je crois qu'on peut le dire... J'ai eu des moments heureux, pourtant. Avec Teddy... avec vous aussi... Peut-être faut-il se contenter de ces rares instants de bonheur.

Elle avait eu André pendant deux brèves années... Charles pendant trois ans, puis Teddy pendant quatre. Oui, sans doute que le bonheur n'avait rien d'immuable.

— Vous n'êtes pas très exigeante.

— Je n'ai pas eu le choix.

De nouveau, elle le dévisagea. Il s'inclina vers elle et leurs lèvres s'unirent une fois de plus en un baiser qui les laissa sans force.

— Je voudrais vous rendre heureuse, chuchota-t-il obstinément, mais elle secoua tristement la tête.

Elle ne demandait plus rien... Rien que retrouver Teddy.

— Mon Dieu, John, j'ai si peur.

— Je sais, répondit-il en lui pressant la main entre les siennes.

S'il n'avait tenu qu'à lui, il aurait résolu tous ses problèmes.

Peut-être plus tard… Quand il lui aurait ramené Teddy… ou son corps.

— Vous devez vous armer de courage, Marielle. Je suis là pour vous aider… Cessez donc de demander si peu aux autres. D'être aussi convenable.

Il comprit soudain la raison pour laquelle son entourage la détestait. À cause de sa générosité. Marielle n'attendait rien de personne. Elle donnait sans rien demander en échange. Elle était trop charitable, trop pure, trop gentille, toujours prête à endurer les souffrances qu'on lui faisait subir.

— Ne soyez pas aussi bonne, pas même avec moi, Marielle, je vous en supplie.

Il lui reprit les lèvres, et cette fois-ci elle répondit à son baiser avec une ardeur qui le laissa abasourdi. Ce fut elle qui, la première, se dégagea de l'étreinte, pour lui dédier un charmant petit sourire.

— Si nous n'arrêtons pas, nous risquons d'avoir un problème, fit-elle observer d'un air entendu.

— Un problème que je ne suis pas sûr de vouloir éviter, haleta-t-il d'une voix rauque.

Marielle eut un soupir. Elle n'avait pas fait l'amour depuis plus de trois ans, et avait senti, à travers l'étoffe de la chemise, des pectoraux tout à fait attrayants. Seulement une complication de ce genre était malvenue en ce moment, tous deux le savaient.

— Quand tout sera terminé, nous aurons une discussion sérieuse, vous et moi, madame Patterson. J'ignore ce que l'avenir nous réserve mais je n'ai pas l'intention de vous lâcher d'une semelle.

De sa vie, il n'avait ressenti une passion d'une telle intensité, pas même pour Debbie. Sitôt qu'il avait posé le regard sur Marielle, le pressentiment d'un bouleversement vertigineux l'avait assailli. Il savait à présent qu'il devait retrouver Teddy. Coûte que coûte. Et qu'il lui faudrait attendre l'issue du procès, jusqu'à ce que Charles Delauney soit confondu.

— Voulez-vous grignoter quelque chose avant de partir ?

— Non, merci, je vais faire un saut au bureau, répondit-il à contrecœur.

Il rentrait rarement avant dix heures du soir chez lui. Il n'avait pas menti quand il avait dit à Marielle qu'il aimait sa femme. Entre lui et Debbie il y avait de la tendresse, de la complicité, une longue habitude... et les enfants, bien sûr, que John adorait.

— Je vous appellerai demain.

Regrettait-elle leurs baisers ? Se sentait-elle désemparée ?

— Je devrais ployer sous le poids de la culpabilité, et pourtant je me sens en paix avec ma conscience, déclara-t-elle comme si elle avait deviné ses pensées.

Pour la première fois depuis longtemps, elle avait le cœur léger. Quelque chose de spécial lui était arrivé. Quelque chose dont elle n'avait pas honte. Perplexe, elle se surprit à se poser une question incongrue : seraient-ils heureux, un jour ? Mais il était trop tôt pour y répondre.

— Bonne nuit, madame Patterson.

Il lui frôla les lèvres d'un léger baiser avant de quitter la pièce. Elle le raccompagna jusqu'au vestibule, sous le regard scrutateur des policiers qui montaient la garde.

— Bonne nuit, Marielle.

Quand la porte d'entrée se referma sur lui, elle gagna sa chambre d'un pas tranquille. Pour la première fois depuis un mois, elle avait souri... Quel sentiment merveilleux de se sentir de nouveau aimée et désirée, ne serait-ce que pour un instant seulement, songea-t-elle.

9

PENDANT qu'il préparait le dossier de « l'Affaire », le procureur Bill Palmer devint un visiteur assidu de la résidence Patterson. La plupart du temps, calfeutrés dans la bibliothèque, lui et Malcolm discutaient pendant des heures. Le procureur interrogea personnellement chaque domestique, y compris Patrick et Édith, que, entre-temps, Malcolm avait congédiés. Début mars, il voulut parler avec Marielle, en tête à tête.

— Je voudrais m'assurer, madame Patterson, que vous ne vous écarterez pas de votre version des faits au tribunal, comprenez-vous ?

Il s'exprimait toujours d'une voix compassée, comme s'ils étaient dans une salle d'audience. Rien ne le rendait sympathique aux yeux de Marielle, ni son teint gris ni ses cheveux raides comme des baguettes. Il devait avoir une quarantaine d'années, le même âge que John Taylor, mais là s'arrêtait la ressemblance. Vêtu de stricts complets-veston sombres à fines rayures blanches, il affectionnait les cravates foncées et les lunettes cerclées d'écaille. Palmer portait aux nues le maître de maison, alors qu'il affichait une prudente réserve à l'égard de Marielle.

— Je comprends, répondit celle-ci.

Au fond, sa version des faits se résumait à peu de chose. Le bruit qu'elle avait entendu cette nuit-là, puis, vers minuit, son incursion à l'étage du dessus où elle avait constaté la disparition de Teddy. Pour la centième fois, elle en fit le récit au procureur, qui l'écouta, impassible. Une seule chose l'intéressait : confondre Charles Delauney. Il vouait une haine viscérale aux individus de son espèce — ces soi-disant militants socialistes, ces faux artistes et autres play-boys qui vivaient aux crochets de leurs familles.

— ... trouvé Betty et miss Griffin ligotées et bâillonnées. De plus, miss Griffin avait un oreiller sur le visage et avait été endormie au chloroforme... Teddy n'était plus là. Comme s'il s'était évaporé, oui c'est bien cela, *évaporé*.

Depuis, aucun élément nouveau n'était survenu, à part la fausse alerte de la rançon, qui était toujours déposée dans une consigne de la gare centrale. Personne ne s'était jamais présenté pour retirer l'attaché-case bourré de billets verts, aucun appel téléphonique n'était venu relancer les Patterson, ce qui confirmait l'hypothèse du canular.

— Le vêtement découvert dans la cave de Delauney est-il celui de votre fils ?

Il s'était mis à arpenter la pièce, pareil à un metteur en scène faisant répéter l'actrice principale du drame à la veille d'une générale, et Marielle eut l'impression de se trouver déjà à la barre des témoins.

— Oui, je crois...

Le procureur s'arrêta net pour la scruter à travers les verres miroitants de ses lunettes.

— Vous *croyez* ! Vous n'en êtes pas sûre ?

— Si, mais...

— Mais quoi, madame Patterson ?

Malcolm l'avait bien prévenu qu'on ne pouvait pas compter sur le témoignage de cette femme, qu'elle était trop hésitante, trop incertaine et déséquilibrée. Et avec ça, elle n'avait pas assez de cran pour émettre un avis personnel ou avoir le courage de ses opinions.

— Je ne sais pas comment le pyjama a atterri là-bas.

Oui, on ne pouvait pas lui faire confiance, se dit le

procureur, alarmé, Malcolm avait raison... C'était une créature trop émotive, trop impressionnable, changeante comme le reflet des nuages sur l'eau.

— Parce que Delauney l'y a entreposé, voyons ! Comment voulez-vous que le pyjama se soit trouvé chez lui, tout comme l'ourson en peluche, d'ailleurs, si ce n'est pas lui qui les y a mis ? Pensez-vous que Charles Delauney a kidnappé votre fils, oui ou non, madame Patterson ?

Lors du silence qui suivit, elle eut l'air de peser indéfiniment le pour et le contre. Durant ces deux mois et demi, elle s'était posé mille fois la même question. Qui avait enlevé Teddy ? Pas le Charles qu'elle avait connu autrefois, bien que tout l'accusât... Ses menaces, le pyjama, l'ourson...

— Oui, je crois, réussit-elle enfin à articuler

— Mais vous n'en êtes pas convaincue ! éructa-t-il, comme si cette seule idée lui causait une vive douleur. À votre avis quelqu'un d'autre a pu kidnapper votre fils ?

— Je ne sais pas. Personne ne sait vraiment, sinon nous l'aurions retrouvé.

William Palmer la regarda, sincèrement choqué.

— Que voulez-vous à la fin, madame Patterson ? Votre mari désire que l'homme qui a pris votre enfant soit puni. Pas vous ?

Il avait presque l'air de l'accuser de sentiments anti-américains, sous prétexte qu'elle ne réclamait pas à cor et à cri la tête de Charles sur un plateau.

— Je veux que mon fils revienne à la maison.

— Sauf si Delauney l'a tué. Avez-vous envisagé cette possibilité ?

Elle ferma un instant les yeux, puis les rouvrit en hochant la tête. Comment allait-elle survivre au procès ? Ces deux derniers mois s'étaient écoulés comme un cauchemar. Entre les journalistes qui la persécutaient sans répit, les photos d'elle-même, de Malcolm, de Teddy et de Charles que la presse publiait régulièrement, et les furieux ragots dont les journaux et la radio émaillaient leurs bulletins d'informations, elle ne savait plus où donner de la tête. Chaque jour, le scandale enflait davantage, alimenté par des rumeurs absurdes : on l'aurait surprise dans une boîte de nuit en train de s'amuser, Malcolm aurait demandé le divorce, Charles se serait évadé, des témoins auraient aperçu Teddy... William Palmer faisait partie de ce cauchemar sans fin.

— Cet homme a peut-être assassiné votre fils et vous doutez encore de sa culpabilité, est-ce exact ?

— Oui, s'écria-t-elle finalement, oui, c'est exact. Non ! Disons que je ne suis pas entièrement certaine que Charles Delauney soit le ravisseur de Teddy... Je crois que c'est possible, à cause du pyjama et de l'ourson en peluche.

Il lui dédia un petit sourire contrit.

— Ça, c'est mon affaire, madame Patterson. Faites-moi confiance et laissez-vous convaincre. Votre mari, lui, est persuadé que Delauney est coupable, vous savez ?

Oh, elle savait bien ce que Malcolm pensait... Il pensait aussi que tout était de sa faute à elle, ce qui ne correspondait pas davantage à la vérité.

— Il ne connaît pas Charles aussi bien que moi.

— Certes, madame Patterson. Il n'empêche que Delauney vous a rouée de coups, alors que vous étiez enceinte, n'est-ce pas ?

Marielle avait détourné la tête et regardait fixement le jardin par la fenêtre.

— Rouée de coups n'est pas le terme approprié. Il m'a frappée, bien sûr, mais il n'était pas dans son état normal.

— Résultat, il a provoqué la mort du bébé que vous attendiez.

— Je ne sais pas. Il ne sera pas jugé pour ça.

— Non. Il sera jugé pour l'enlèvement et peut-être le meurtre de votre fils Teddy. S'il s'est montré si violent une fois, il doit être parfaitement capable de recommencer.

— C'est ridicule. Les deux cas sont entièrement différents.

— Êtes-vous en train de le défendre, madame Patterson? Allez-vous prendre aussi sa défense au procès?

Cela, il tenait à le savoir avant de l'appeler à la barre des témoins. C'était capital, songea-t-il, rongé par l'anxiété.

— Je ne prendrai la défense de personne, monsieur Palmer. Seul le sort de mon enfant m'intéresse.

— Et moi, seule la justice m'intéresse, madame Patterson.

— En ce cas, je pense que la justice sera bien servie.

Ils échangèrent un long regard empli d'une secrète hostilité, puis le procureur pivota sur ses talons et sortit de la pièce, l'air ulcéré. Imprévisible, émotive, peu fiable, conclut-il, furieux. Il commençait à se demander si, après tout, le chauffeur de Patterson n'avait pas eu raison de la taxer d'infidélité. Peut-être était-elle toujours amoureuse de Charles Delauney... Si cela se trouvait, ils entretenaient une liaison... Leur prétendue rencontre fortuite aurait alors été un rendez-vous galant. Or, d'après l'enquête qu'il avait fait mener sur elle, Marielle Patterson apparaissait comme une personne d'une moralité exemplaire. Son seul point faible consistait en dépenses inconsidérées qu'elle effectuait pour sa garde-robe, ce dont son mari semblait se ficher éperdument.

John Taylor arriva quelques minutes plus tard. C'était devenu une habitude. Il venait dans l'après-midi, afin de recevoir le rapport journalier de l'équipe de garde, puis dégustait une tasse de café en compagnie de Marielle. Quand, par hasard, elle était à l'étage, l'inspecteur traînait au rez-de-chaussée sous des prétextes fallacieux, jusqu'à ce qu'elle redescende. Un regard, un sourire, l'échange de quelques propos anodins, une fugitive pression de la main leur suffisaient. Parfois, il avait la chance de pouvoir lui voler un baiser. Son parfum, la douceur de sa peau et de ses cheveux l'enivraient. Il mourait d'envie de sortir avec elle, de l'emmener au cinéma, de faire une longue promenade n'importe où, dans l'air printanier. Mais ils ne pouvaient aller nulle part. Dès l'instant où elle mettait le nez hors de sa maison, les reporters fondaient sur elle comme des vautours. Quant à Malcolm, il brillait presque toujours par son absence, ce qui arrangeait merveilleusement Taylor.

— Comment ça va avec Palmer ? s'enquit-il tout en ôtant son pardessus.

John avait aperçu le procureur dans une limousine qui avait démarré au moment où il arrivait.

— Il semble déçu de mon manque d'enthousiasme à voir Charles sur la chaise électrique.

— Cela m'inquiète également, dit Taylor, tandis qu'ils empruntaient paisiblement le chemin de la bibliothèque. Que puis-je vous dire de plus pour vous convaincre ?

— Apportez-moi des preuves. Montrez-moi mon enfant.

— J'aimerais bien. Pensez-vous vraiment qu'il est innocent ?

— Non. Sans, toutefois, le croire à cent pour cent coupable. Je ne suis sûre de rien, John.

— Pourtant, les indices que nous possédons sont accablants pour Charles Delauney, vous le savez.

Son acharnement à nier la culpabilité de Charles devait correspondre à l'espoir de revoir Teddy vivant, supposa-t-il. Affronter la vérité s'avérait certainement au-dessus de ses forces. D'ailleurs allaient-ils jamais retrouver Teddy ? Souvent, il se posait la question. La macabre découverte du corps du petit Lindbergh l'avait bouleversé. Il avait alors détesté son métier qui l'obligeait à prévenir les parents. À présent, la crainte de devoir un jour annoncer la même chose à Marielle l'obsédait.

— Ce procès sera effrayant, murmura-t-elle, les yeux fixés sur la tasse de porcelaine ivoire que Haverford venait d'emplir de café noir et fumant.

Le vieux maître d'hôtel accueillait toujours avec soulagement l'agent du FBI. La présence de ce dernier auprès de Marielle le rassurait. Seuls deux ou trois policiers avaient subodoré que l'amitié que leur chef témoignait à Mme Patterson dépassait l'intérêt professionnel, mais ils avaient eu le tact de n'en souffler mot à personne. Leur secret restait bien gardé, mais leur attirance réciproque n'avait fait que croître au fil des jours et des semaines. Ils évitaient d'en parler, préférant évoquer le procès ou Teddy mais tous deux savaient qu'ils allaient devoir affronter un jour la réalité.

— Oui, dit-il, ce sera un mauvais moment à passer. Ils vont sûrement faire resurgir un tas de vieilles histoires plutôt pénibles pour vous, Marielle.

— J'en ai peur.

Elle avait compris à quoi il faisait allusion, comme elle avait compris que Malcolm la tenait inconsciemment pour la complice du kidnapping. Leurs rapports n'avaient cessé de se détériorer, surtout depuis l'arrestation de Charles. Elle avait vainement tenté de briser le cercle de solitude dans lequel son mari l'avait confinée.

— Avez-vous eu des nouvelles de Béa Ritter, dernièrement ? interrogea-t-il.

La jeune et bouillante rouquine, qui avait entrepris une campagne de presse en faveur de Charles, bombardait d'incessants coups de fil le FBI, l'avocat de la défense, et même le bureau du procureur. Marielle avait reçu plusieurs appels auxquels elle avait refusé de répondre.

— Je crois qu'elle a essayé de me joindre hier… À mon avis, elle est amoureuse de lui.

Elle est jolie, et si déterminée à tirer Charles de ce mauvais pas, songea-t-elle en même temps. John hocha la tête. Pour sa part, il trouvait la dénommée Béa Ritter épuisante.

— Pourquoi pas ? Les beaux ténébreux accusés de crimes crapuleux ont un succès déconcertant auprès de certaines femmes, qui s'acharnent alors à prouver leur innocence. Mlle Ritter a tout d'une égérie de causes perdues, à moins qu'elle ne soit simplement à la recherche d'un bon sujet d'articles.

— Elle a l'air de s'intéresser sincèrement à lui. Chaque fois que je l'ai eue au téléphone, elle m'a semblé pleine de bonne volonté.

— Faites attention, Marielle. Ne vous laissez pas entraîner à votre insu dans les pièges de la défense. Peu importent vos intimes convictions, il ne faut pas aider le camp adverse.

Il avait reposé sa tasse vide et s'était redressé. Elle eut envie de lui demander : « Pourquoi pas ? La vérité et le sort de Teddy ne comptent-ils pas plus que le verdict de mort contre Charles ? » mais préféra garder le silence. Peu après, quand Taylor fut parti, elle monta au troisième étage. Il ne se passait pas une seule journée sans qu'elle aille se recueillir dans la chambre de Teddy. La porte refermée, elle rangeait les affaires du petit garçon, caressait ses jouets, ou changeait de place ses peluches, sur le lit. Rien ne pouvait la retenir loin de cette claire chambre d'enfant muée en sanctuaire, alors que Malcolm n'y était plus monté depuis longtemps.

Ce fut le lendemain que Thomas Armour, l'avocat de la défense, arriva, en début d'après-midi. Il avait appelé dans la matinée pour solliciter un rendez-vous. Marielle avait téléphoné à John, afin d'avoir un avis éclairé avant de donner une réponse. Selon l'agent du FBI, recevoir l'avocat de la partie adverse « n'était pas très sage mais n'avait rien d'illégal ». Curieuse de connaître les dispositions de l'ennemi avant de le rencontrer au tribunal, elle avait accepté de recevoir l'homme de loi.

Haverford le conduisit à la bibliothèque où Marielle l'attendait. Malcolm était parti à Boston pour quelques jours, et elle reçut seule son visiteur... Vêtue de noir, comme si elle anticipait le deuil qu'elle redoutait tant ! Lui portait un costume bleu sombre, qui formait un contraste plaisant avec ses cheveux de couleur blond foncé, et elle se dit machinalement qu'ils avaient dû être beaucoup plus clairs dans son enfance. Ses yeux bruns dégageaient une profonde gentillesse que démentait le ton poli mais ferme de sa voix.

Après les civilités d'usage, il la regarda droit dans les yeux et demanda à brûle-pourpoint :

— Je voudrais me faire une opinion de ce que vous comptez dire sur mon client au procès, madame Patterson.

— Qu'entendez-vous par là, monsieur Armour ?

Elle avait lu dans les journaux qu'il avait fait des études à Harvard, et qu'il était, à trente-huit ans, le plus jeune associé d'un célèbre cabinet de juristes new-yorkais. Une force tranquille doublée d'un charme irrésistible se dégageait de toute sa personne, mais ce furent son intelligence et sa détermination qui frappèrent d'emblée Marielle.

— M. Delauney m'a raconté ce qui s'est passé il y a quelques années. Vous voyez ce que je veux dire.

Il faisait allusion à la mort d'André ; elle lui sut gré de cette périphrase.

— M. Delauney a admis s'être comporté d'une façon abominable. Il craint que sa mauvaise conduite d'alors ne lui porte préjudice aujourd'hui. Vous êtes la seule personne qui peut apporter un témoignage exact sur son geste de cette époque.

— Nous étions tous deux fous de chagrin, et nous avons commis des actes insensés, chacun de son côté. Il y a si longtemps.

Il la regarda. Elle était ravissante, bien que ses yeux fussent les plus tristes du monde. Au terme d'une longue série d'entretiens avec son client, Tom avait acquis la certitude que ce dernier était toujours amoureux de son ex-femme. L'avocat s'était demandé si ce sentiment n'était pas partagé par Marielle, mais Charles avait farouchement nié l'hypothèse d'une liaison qui aurait précédé le kidnapping. Il avait précisé que la jeune femme avait refusé catégoriquement de le revoir, à cause de Malcolm.

— Considérez-vous mon client comme un homme dangereux ?

Elle marqua un silence, s'abîmant dans une réflexion sans fin.

— Non… répondit-elle. Il est fou. Impétueux. Parfois stupide. Mais dangereux, non, je ne le crois pas.

— Pensez-vous qu'il a enlevé votre petit garçon ?

— Je ne sais pas, dit-elle après un nouveau silence.

Ses yeux sondèrent le visage de l'avocat. Il paraissait honnête, digne de confiance. L'eût-elle rencontré dans d'autres circonstances, qu'elle lui aurait accordé son amitié sans hésiter. Charles avait de la chance de l'avoir comme défenseur.

— Je ne sais pas, répéta-t-elle. Probablement, il l'a fait, compte tenu des indices que les policiers détiennent. Pourtant, quand je pense à lui… quand je le revois tel qu'il a été, tel que je l'ai connu, j'ai de la peine à y croire.

— Mais si malgré tout il avait pris votre enfant, croyez-vous qu'il lui aurait fait du mal ?

— D'une certaine manière… — elle parut débattre intérieurement de la question — … d'une certaine manière, je m'interdis de le croire.

Sinon, elle en serait morte, elle le savait.

— À votre avis, pour quelle raison M. Delauney aurait-il enlevé Teddy ? Pour venger le fils que vous avez perdu ? Sous le coup d'une colère irraisonnée ? Ou parce qu'il vous aime toujours ?

— Je ne sais pas.

— Se pourrait-il que ce soit un coup monté contre lui ?

Charles n'avait cessé de répéter qu'il avait été manipulé et Tom avait fini par se ranger à son opinion.

— Peut-être. Mais par qui ? Et comment les affaires de Teddy auraient-elles été déposées chez lui ?

Armour haussa les épaules. Il s'était lui-même longuement interrogé sur ce sujet, qui constituait le point le plus sombre de la défense. La théorie du coup monté ne tenait debout qu'à la condition, difficile, qu'il réussisse à l'étayer par des preuves tangibles. Et à moins que le ou les ravisseurs connussent Charles… Mais comment ? Son seul espoir se fondait sur les incertitudes de la propre mère de l'enfant. Or, cette dernière pouvait subitement basculer dans l'autre camp, ce qui serait extrêmement dangereux pour Charles.

Quelques questions encore, quelques notes griffonnées à la hâte dans un carnet, et il referma son attaché-case.

— On m'a conseillé de refuser votre visite aujourd'hui, dit-elle en se redressant. Ce n'était pas « très sage », bien que cela n'ait « rien d'illégal ».

Elle avait cité John Taylor, sachant que Malcolm ou le procureur se seraient résolument opposés à cette entrevue.

— Alors, pourquoi l'avez-vous fait ?

Quelque chose en elle le fascinait, probablement son apparence lisse et calme. Cette femme n'avait rien à voir avec la pauvre déséquilibrée qui avait plusieurs fois tenté de mettre fin à ses jours dans un hôpital psychiatrique… Toutefois, on devinait que le feu couvait sous la cendre. Que le masque serein du visage dissimulait un esprit vif. Il avait eu plaisir à discuter avec elle.

— Monsieur Armour, je veux la vérité et rien de plus. La vérité, plus que la justice. Si Teddy est mort, je voudrais le savoir comme j'aimerais savoir qui est son assassin et pourquoi il l'a tué. Mais s'il est vivant, je désire le retrouver. Je veux savoir où il est et quand on me le rendra.

Tom Armour acquiesça. Il comprenait. Et il souhaitait exactement la même chose.

— Espérons que nous serons à même de le découvrir, madame Patterson. Pour le bien de Teddy, le vôtre… et celui de M. Delauney.

— Je vous remercie.

Haverford escorta l'avocat jusqu'à la porte. Embusquée derrière le rideau, Marielle le regarda traverser le jardin. Elle lui envia son assurance. Or, sous la rigide carapace d'homme de loi, elle avait décelé quelque chose d'autre. Quelque chose de chaleureux, de généreux et de profondément humain. Oui, Charles avait de la chance de l'avoir comme avocat, se dit-elle une nouvelle fois en s'éloignant de la fenêtre.

10

L'OUVERTURE du procès eut lieu par un triste après-midi de mars. Un vent glacial déchiquetait le rideau fin de la pluie, alors qu'une foule bigarrée s'écoulait sans répit dans la salle d'audience. Quelques jours plus tôt, les troupes nazies avaient occupé Prague, Hitler proclamait à la face du monde que la totalité de la Tchécoslovaquie lui appartenait, mais Marielle et même Malcolm, d'habitude si attentif à l'actualité, ne songeaient qu'à leur drame personnel.

Le procès se déroulerait devant la cour de district à treize heures précises. Les deux époux arrivèrent dans la rutilante Pierce-Arrow, conduite par un policier. Quatre agents du FBI, dont John Taylor, les accompagnaient. La présence de ce dernier rassérénait Marielle, comme s'il avait le don de lui insuffler force et courage. Depuis qu'ils avaient quitté la maison, Malcolm n'avait pas desserré les dents... D'ailleurs, voilà des mois qu'il ne lui avait plus adressé la parole. Des mois qu'il avait érigé, entre eux, un impénétrable mur de silence. Ses reproches muets n'en étaient que plus cruellement ressentis par la jeune femme. Elle s'avança et gravit les quelques marches du palais de justice, mortellement pâle dans sa robe gris perle et son manteau assorti. Une rafale de vent faillit emporter sa toque à voilette, grise également, cependant qu'une meute de reporters armés d'appareils photo s'élançait vers eux en courant. Les hommes du FBI parvinrent à frayer un chemin à leurs protégés, au milieu du tohu-bohu, en direction de la salle d'audience noire de monde. Lorsque Marielle y pénétra, elle eut un mouvement de recul, vite réprimé. Comme tout cela était inutile, se dit-elle soudain, les yeux humides. Aucune procédure ne lui ramènerait Teddy... Teddy qui avait disparu depuis trois mois maintenant... Teddy qu'elle n'avait plus grand espoir de revoir jamais... Et au lieu de poursuivre les recherches, de passer au crible chaque quartier de la ville tentaculaire, on intentait un procès... Un exercice de style en matière de plaidoiries, ne put-elle s'empêcher de penser, assaillie par une sensation d'irréalité.

Les Patterson prirent place au premier rang, juste derrière le procureur. John Taylor s'assit à côté de Marielle. Un de ses coéquipiers s'installa près de Malcolm. Il y avait un tandem d'agents du FBI dans leur dos, deux policiers en uniforme dans chaque travée. Brigitte, qui se trouvait sur place lorsqu'ils étaient arrivés, avait agité amicalement sa main gantée de cuir à l'adresse de Marielle, salué son patron d'un signe de tête poli. Quelques minutes plus tard, un huissier pria le public de se lever, puis le juge, dans son ample robe noire, fit une imposante entrée à la tribune. Grand, les épaules carrées, il avait une figure burinée sous un halo de cheveux presque aussi blancs que ceux de Malcolm. Les deux hommes se connaissaient vaguement, d'ailleurs. Le juge passait pour un homme de poigne, un « dur-à-cuire » disait-on à mi-voix dans les milieux du barreau, et Malcolm s'était réjoui quand il avait su qu'il avait été choisi.

Le magistrat réclama le silence d'un énergique coup de marteau. Son regard aigu passa en revue les représentants de la presse, avant de glisser sur les jurés, les Patterson, l'accusé, les avocats.

— Je m'appelle Abraham Morrison, déclara-t-il d'une voix de stentor, et aucun écart de conduite ne sera toléré dans cette enceinte. Je ferai expulser de la salle quiconque s'avisera de perturber la bonne marche de la procédure. L'outrage à magistrat est passible de prison, et quant à ces dames et messieurs de la presse, ils seront également expulsés au moindre faux pas… Aucune tentative d'exercer une quelconque influence sur le jury n'est autorisée, et je précise que j'engagerai des poursuites contre ceux qui passeraient outre à mon avertissement. Est-ce clair ?

Une rumeur affirmative s'éleva de la salle.

— Nous sommes ici pour juger une affaire difficile, reprit-il. La vie d'un homme en dépend, il y a peut-être eu meurtre d'enfant, vous comprendrez aisément la gravité de la situation. — Ses yeux dérivèrent vers les bancs réservés aux journalistes. — Ne vous avisez pas d'importuner qui que ce soit, les jurés, l'accusé ou les témoins, si vous tenez à rester dans cette salle. J'espère que tout le monde a bien saisi le règlement.

Et comme seul le silence lui répondait :

— Est-ce que tout le monde a compris ?

Un nouveau remous parcourut la foule, puis un chœur de voix murmura un sonore : « Oui, monsieur le juge », qui fit naître un frémissement de satisfaction sur les lèvres du magistrat.

— Parfait. Nous pouvons commencer. Encore une fois, c'est un tribunal, ici, pas un cirque.

Il avait chaussé ses lunettes et baissé le nez sur un document. Marielle risqua un coup d'œil oblique vers l'accusé. Charles avait maigri, son visage avait perdu ses couleurs, ses tempes grisonnaient plus qu'auparavant. Dans son costume bleu sombre, sa chemise neigeuse ornée d'une cravate foncée, il paraissait bien plus respectable que la plupart des gens qui l'entouraient, mais là n'était pas le problème. À son côté, Tom Armour, très élégant dans un complet-veston anthracite à fines rayures bleu pâle, s'abîmait dans l'étude d'un dossier. Marielle avait caché à son mari la visite de l'avocat.

— Vous connaissez tous le délit qui nous réunit ici aujourd'hui, reprit le juge Morrison. Théodore Whiteman

Patterson, un petit garçon de quatre ans, a été enlevé. Ses parents sont présents, ajouta-t-il en ébauchant un geste en direction du couple.

Le cœur de Marielle battait la chamade. Il était difficile d'imaginer qu'il pouvait y avoir une seule personne dans la salle qui ne savait pas qui ils étaient. Or, Morrison semblait vouloir, par ces présentations, apporter une touche personnelle à la séance qu'il présidait.

— L'accusé est Charles Delauney. Je vous rappelle, mesdames et messieurs les futurs membres du jury, que M. Delauney est présumé innocent jusqu'à ce que la preuve de sa culpabilité soit faite. Cette lourde tâche incombe au procureur général... M. William Palmer devra vous convaincre, sans qu'aucun doute ne subsiste, que M. Delauney est coupable... Si vous n'en êtes pas persuadés, si vous ne croyez pas à cent pour cent que M. Delauney est le ravisseur de l'enfant, alors vous devrez l'acquitter. En conséquence, il vous faudra suivre les débats avec la plus extrême attention. Aussi ai-je l'intention de mettre les jurés sous séquestre. Vous irez tous habiter un hôtel, aux frais du gouvernement, pendant toute la durée de ce procès. Vous ne serez autorisés à parler à personne, exception faite des autres membres du jury. Les appels téléphoniques seront interdits, même ceux de vos enfants, de vos conjoints ou amis, tout comme les visites et les sorties. Vous allez devoir rester rigoureusement isolés jusqu'à ce que vous ayez accompli votre devoir, sans haine ni passion. La presse écrite et orale jettera souvent la confusion dans votre esprit, mais il faudra vous tenir à l'écart du tumulte médiatique, et ce jusqu'à la fin de la procédure. Si l'un de vous, pour des raisons de santé ou de responsabilités familiales, est dans l'impossibilité de subir la mise sous séquestre, qu'il le fasse savoir quand son nom sera cité dans la liste de session. Mesdames et messieurs, le tribunal vous remercie par avance de votre collaboration.

Il se tourna vers l'huissier et le pria de convier les futurs jurés à gagner leurs sièges. La première femme dont le nom fut prononcé faillit trébucher d'émotion, tandis qu'elle se frayait un passage vers sa place. La deuxième, une Noire très âgée et pratiquement impotente, eut toutes les peines du monde à descendre la travée. L'huissier poursuivait l'appel, longue et monotone litanie de noms et prénoms. Deux hommes se présentèrent, tous deux d'âge moyen. Puis, un homme d'une quarantaine d'années, unijambiste. Une petite Chinoise avec des tresses incroyablement longues. Un jeune Noir, grand, séduisant. Deux jolies filles. Une femme d'un certain âge, qui couvait du regard Malcolm et Marielle. Deux autres hommes. Encore deux femmes d'un genre indéfinissable, en guise de suppléantes.

Dès qu'ils se furent installés, le juge Morrison présenta à l'assistance le procureur, qui se retourna de manière à être vu de la salle, avant de dédier un sourire persuasif au jury.

— Bonjour, mon nom est William Palmer. Je suis procureur général et j'ai reçu du gouvernement la mission de représenter le peuple dans cette affaire. Ainsi, c'est vous, oui, *vous* que je représente, et j'espère, avec votre concours, obtenir la condamnation de cet homme — d'un geste précis il désigna Charles — lequel, avons-nous tout lieu de croire, a kidnappé Teddy Patterson, un petit garçon de quatre ans, douze jours avant le réveillon de Noël.

Il marqua une pause imperceptible, comme pour savourer l'effet de sa dernière phrase, étudiée pour faire plaindre davantage les parents du garçonnet.

— Si l'un de vous connaît cet homme ou son avocat, le juge ou moi-même, n'hésitez pas à le signaler et vous serez dispensé. Vous n'aurez qu'à le dire au moment où le juge vous demandera vos noms et profession.

Il se rassit pesamment, cédant le pas à Tom Armour, et Marielle vit immédiatement que le jeune avocat possédait une méthode d'approche des jurés bien moins rigide que celle de son adversaire. Les circonstances seules avaient conduit son client au banc des accusés, expliqua-t-il d'un ton uni, presque gentil. Les deux indices que l'accusation agitait comme des épouvantails ne constituaient en aucun cas la preuve flagrante que M. Delauney avait réellement kidnappé l'enfant... Alors qu'il parlait, Marielle remarqua que deux ou trois jurés avaient hoché la tête. Tom termina son discours avec un charmant sourire qui fit glousser les deux jolies filles du jury.

Le juge sévit aussitôt.

— Mesdemoiselles, vous n'êtes pas dans une salle de bal, mais devant un tribunal, dit-il sèchement. Maintenant, que ceux d'entre vous qui sont dans l'impossibilité d'être mis sous séquestre se fassent connaître... Oui ? Votre nom, s'il vous plaît, madame ?

La vieille Noire impotente avait levé la main.

— Ruby Freeman.

— Je vous écoute, madame Freeman.

— Ce sont mes jambes, monsieur le juge. Je souffre d'arthrite inflammatoire depuis des années.

Il fit un signe de tête.

— Je vois.

— Certaines nuits, je n'arrive même plus à bouger. Ma fille prend soin de moi. En échange, je garde son bébé quand elle va travailler. Alors... chevrota-t-elle, tandis que des larmes traçaient des sillons luisants sur le bronze patiné de ses joues, si je ne suis plus à la maison, elle ne pourra pas se rendre à son travail... mon Dieu, qu'allons-nous devenir ? Son mari est mort dans un accident de travail, à l'usine, et nous... nous...

— Je comprends, coupa le juge, mettant fin à son discours désespéré. Votre fille pourrait peut-être trouver une aide pendant votre absence. Vos douleurs vous empêchent-elles de servir la justice, madame Freeman ?

— Je pense que oui, votre honneur. Il n'y a pas pire que l'arthrite, et je sais de quoi je parle. J'ai quatre-vingt-deux ans, voilà vingt ans que cette fichue maladie me torture, je n'en peux plus.

— Je suis désolé. Vous êtes dispensée, madame Freeman. Merci d'être venue aujourd'hui, conclut-il courtoisement.

Une autre femme s'excusa auprès du juge. Elle souffrait de calculs biliaires, et ne pouvait laisser seul son mari, gravement malade. De plus, son anglais laissait à désirer. Elle et son mari, tous deux d'origine allemande, avaient obtenu récemment la nationalité américaine. Aussi reçut-elle la dispense de Morrison.

La Chinoise aux longues tresses parlait à peine l'anglais. Dispensée également. Les deux jolies filles continuèrent de glousser dans leur coin de plus belle et le juge les admonesta une nouvelle fois. Bill Palmer posa quelques questions aux jurés, après quoi Tom Armour prit le relais.

Les deux hommes d'âge moyen, tous deux businessmen, optèrent pour rester. Pères de famille, ils avaient de petits-enfants à peu près de l'âge de Teddy. L'unijambiste avait perdu sa jambe pendant la Grande Guerre, dit-il, et vendait aujourd'hui des polices d'assurance pour le compte de Travelers Insurance. Le jeune Noir, facteur le jour, jouait du trombone au *Small's Paradise* la nuit.

— Je n'ai même pas le temps de me marier, conclut-il, et cela fit rire tout le monde.

Les deux jeunes filles qui n'arrêtaient pas de pouffer furent récusées par le juge. La femme d'un certain âge, qui n'avait cessé de fixer les Patterson, exerçait la profession de secrétaire et n'avait jamais été mariée. Elle vivait à Queens. Il était impossible de deviner ses véritables sentiments vis-à-vis de Charles. Mais son insistance à ne pas quitter des yeux Marielle et son mari lui valut d'être récusée par l'avocat de la défense, de même que les deux hommes qui avaient été appelés après elle. Les deux parties adverses tombèrent d'accord, en revanche, sur les deux suppléantes. Il restait maintenant huit sièges à pourvoir, et cela prit quatre jours. Le jury, enfin constitué, n'avait rien d'homogène. Les deux businessmen d'âge moyen, tous deux grands-pères, furent acceptés, malgré le désir de Tom Armour de s'en débarrasser, de crainte qu'ils prêtent une oreille trop complaisante aux arguments de l'accusation, songea Marielle. (Elle n'avait pas perdu un mot de l'interrogatoire auquel les deux hommes de loi soumettaient chaque juré.) L'unijambiste et le musicien allaient rester également, ainsi qu'un professeur de sciences économiques à Columbia, d'origine chinoise. En dehors de ces trois hommes, les autres membres du jury, y compris les suppléantes, étaient des femmes.

La plus jeune avait trois enfants, tous plus âgés que Teddy. Une autre, ancienne religieuse, avait renoncé à ses vœux au bout de trente ans, pour accourir au chevet de sa mère malade. Lorsque la vieille dame était morte, sa fille avait décidé de ne plus retourner au couvent. Les deux suivantes, toutes deux institutrices et célibataires, étaient amies de longue date. Leurs noms avaient été tirés au sort par hasard expliquèrent-elles. Restaient trois mères de famille, toutes dactylos ou employées de bureau. L'une d'elles avait travaillé pendant quelques mois pour un juriste, mais ne possédait aucune connaissance spéciale du Code pénal. Aucune des deux parties n'émit d'objection à son sujet... Les membres du jury formaient à présent ce qui semblait être un groupe d'honnêtes citoyens prêts à rendre justice de leur mieux.

C'était un vendredi, peu avant midi. Le juge intima aux jurés d'aller rassembler leurs affaires, en leur souhaitant un agréable week-end ; la mise sous séquestre devait prendre effet le lundi suivant... Il leur conseilla de ne pas lire de journaux, de ne pas écouter la radio, de manière à ne subir aucune influence extérieure, après quoi il signifia la suspension de l'audience d'un retentissant coup de marteau.

Marielle se sentait exténuée. Il avait fallu près de cinq jours pour rassembler les membres du jury. Cinq jours interminables, pendant lesquels elle avait dû écouter l'histoire de chacun, tandis que l'avocat de la défense et celui de l'accusation se prononçaient pour ou contre leur acceptation. La jeune femme se redressa, Malcolm fit de même, les gardes ramenèrent Charles en prison, et Tom Armour passa devant Marielle sans un signe de reconnaissance.

Les agents du FBI reconduisirent le couple à la maison où Bill Palmer vint les rejoindre dans le courant de l'après-midi. Malcolm et le procureur s'enfermèrent dans la bibliothèque, excluant d'un commun accord Marielle de leur discussion. Elle trouva refuge dans le salon, autour de deux tasses de café, en compagnie de John Taylor. Dieu, quelle semaine épuisante !... Chaque fois que Marielle avait voulu mettre un pied hors de la salle d'audience, elle avait été harponnée par Béa Ritter. La journaliste avait essayé de la joindre un peu plus tôt, mais Marielle avait refusé de la prendre au téléphone.

Elle se sentait trop éreintée pour prêter l'oreille à sa requête.

— Quel pot de colle ! soupira Taylor. Elle doit être folle amoureuse de Delauney.

— On tombe facilement sous son charme, sourit Marielle. J'ai bien été sa victime consentante autrefois. À ma décharge, je n'avais que dix-huit ans.

— Et maintenant ? demanda-t-il, inquiet, et pas seulement à cause du procès.

— Maintenant, j'ai mûri. Les années ont affiné mon sens critique.

Mais pas au point de réclamer la sentence de mort contre lui, surtout s'il ne la méritait pas. Aucune lumière supplémentaire n'avait été apportée par l'enquête. Un témoignage anonyme, signalant la présence de Teddy dans le Connecticut, s'était avéré aussi fallacieux que la demande de rançon.

— Vous avez l'air épuisée, fit remarquer Taylor en lui servant une deuxième tasse de café.

— J'ai passé une semaine difficile.

— Les semaines suivantes seront malheureusement encore plus pénibles, Marielle.

Il pouvait parfaitement s'imaginer ce qui l'attendait. L'inflexible procureur n'aurait de cesse de réclamer la tête de l'accusé, avec la ténacité d'un charognard. L'Amérique tout entière exigeait l'expiation, sous l'influence du battage médiatique. Sachant que, du plus modeste des citoyens jusqu'au président, tous avaient les yeux fixés sur lui, Palmer ne se laisserait pas arracher la victoire par la défense. En face de lui se tenait Tom Armour, déterminé à n'épargner aucun coup à l'adversaire. Un homme ambitieux, lui aussi, quoique moins implacable que le procureur. Un combat mortel se préparait, un combat dont, quelle qu'en soit l'issue, la victime ne pouvait être que la fragile, la tendre Marielle. John se faisait du souci pour elle. Il n'avait guère oublié son visage pathétique, ni ses larmes, la nuit où elle lui avait dévoilé son passé, la merveilleuse félicité avec Charles, puis l'horreur de la mort d'André. Elle avait tenu bon, alors, parce qu'elle croyait la vie de Teddy en danger. Les trois mois écoulés sans nouvelles avaient, bien sûr, brisé son courage du début.

— Quoi qu'il arrive, Marielle, ne les laissez pas vous intimider, vous faire peur ou vous coller sur le dos Dieu sait quelle faute. Vous n'êtes pour rien dans cet enlèvement criminel, dites-le-vous une fois pour toutes.

Il savait contre quels hideux fantômes elle s'était battue des années durant, comme il savait qu'ils reviendraient fatalement la hanter.

— Rien n'est arrivé par votre faute, insista-t-il.

— Hélas ! Malcolm n'est pas de cet avis. Il a l'air de me blâmer pour tout. Pour avoir ramené Charles dans notre vie, ce qui nous a coûté Teddy.

— Mais vous n'avez rien voulu de tout cela, rien prémédité.

Quel crétin, ce type ! ragea-t-il mentalement. Son antipathie à l'encontre de Patterson n'avait cessé d'augmenter et, peu après, un nouveau ressentiment vint s'ajouter à l'interminable liste de ses griefs. Sorti de la bibliothèque, Palmer sur ses talons, Malcolm aperçut Taylor en grande conversation avec ses hommes dans le vestibule. Pour attirer son attention, il claqua des doigts, comme pour appeler un chien.

— Le procureur a besoin de vos lumières, mon vieux. Certains renseignements arrangeraient bien nos affaires.

— Au sujet de Delauney ?

Palmer prit l'agent du FBI à part.

— On peut parler un instant ?

Le détective le suivit dans la bibliothèque. Le procureur se mit à pérorer, mais il ne fallait pas être particulièrement futé pour deviner aussitôt ses intentions. Et ce qu'il avait en tête déplaisait tout particulièrement à Taylor.

— ... informations sur Marielle et Charles, disait le magistrat. Fouillez le passé et ramenez à la surface tout ce que vous pourrez pêcher dans vos filets. Ça ne sera pas très beau à entendre mais tant pis...

Tant pis pour qui ? se dit amèrement le détective.

— Ça n'a rien à voir avec le procès Delauney.

— Nom d'un chien, Taylor, cessez donc ces chichis. Ce qui compte, c'est gagner, non ?

— Gagner quoi ? Parvenir à faire condamner un innocent ou à épingler le vrai coupable ? Si Delauney est le ravisseur, vous pourrez vous passer facilement de ces ignobles procédés, Palmer.

— Si vous n'acceptez pas de coopérer, quelqu'un d'autre le fera à votre place.

— C'est donc ça, un procès, pour vous ! Avoir la peau de l'autre coûte que coûte... Et elle ? L'idée qu'elle en souffrira terriblement ne vous a pas effleuré ?

La pensée qu'il allait devoir fureter dans les misérables années que Marielle avait passées à l'hôpital psychiatrique après la mort d'André le révulsait… Taylor savait, tout comme Palmer d'ailleurs, que si la culpabilité de Charles s'avérait, le reste ne servirait qu'à porter le coup de grâce à Marielle.

— Mme Patterson n'est pas vraiment mon problème. Son propre mari souhaite pousser à fond les investigations. Écoutez, Taylor, si ces renseignements ne sont d'aucune utilité pour le dossier, comme vous avez l'air de le prétendre, je ne les utiliserai pas, je vous le promets.

— Oh, quelle grandeur d'âme ! s'exclama Taylor, dégoûté, d'une voix pleine de sarcasme.

Tout compte fait, il préférait Tom Armour. Celui-ci était plus loyal. Plus propre, surtout. Alors que Palmer n'hésiterait pas à sacrifier Marielle, pour expédier Delauney sur la chaise électrique. Il accepta de coopérer, dans un but tactique : prendre connaissance des informations, afin d'en avertir Marielle. Il ignorait que Malcolm l'avait devancé. Enfermé dans son bureau, il s'était mis à passer des coups de fil à droite et à gauche. Il ne se sentait aucun scrupule à abattre sa femme, afin d'obtenir la punition de celui qui avait enlevé son enfant.

Le week-end passa à une vitesse hallucinante. Avant même que Marielle s'en rendît compte, lundi arriva, et le procès commença pour de bon.

11

LE PROCUREUR général et l'avocat de la défense avaient passé le week-end à affiner leurs arguments ; dès le lundi matin, ils engagèrent les hostilités avec une ardeur égale.

Dans son préambule devant les jurés et une salle comble, le procureur brossa un portrait diabolique de l'accusé. Charles y était dépeint comme un sanguinaire prompt à s'en prendre aux faibles femmes, un violent assoiffé de sang, rescapé de la guerre d'Espagne, un communiste dont l'existence même constituait un péril pour chaque Américain bien-pensant, enfin — aboutissement cohérent d'un parcours de marginal — un ravisseur et, très certainement, un assassin d'enfant.

— ... le petit Teddy Patterson a été arraché au sein de sa famille en pleine nuit, dans le noir et le froid, alors que des personnes qui l'aimaient tendrement et s'occupaient de lui ont été retrouvées ligotées, bâillonnées, chloroformées, presque mortes...

Afin de mettre l'accent sur le destin tragique du petit garçon, destin personnifié par son bourreau infâme, il ajouta sans l'ombre d'une réticence que les enquêteurs ne tarderaient pas à découvrir le corps du petit martyr au fond de quelque sépulture de fortune, fossé, puits ou champ, pour la plus grande désolation des siens.

Les doigts crispés sur les accoudoirs de son siège, Marielle se laissait imprégner par les mots, un flot de mots effroyables décrivant un monstre nommé Charles Delauney, et un petit ange sacrifié à l'autel d'une cause inepte, au nom d'une revanche absurde. Et pour la première fois depuis la disparition de Teddy, sa mère se demanda si elle allait le revoir.

Tom Armour prit le relais pour façonner un tableau différent. Le monstre décrit par Palmer céda le pas à un homme au cœur généreux, un être profondément honnête dont tous les rêves avaient été réduits à néant d'un seul coup, le jour fatidique où il avait perdu son fils unique, neuf ans plus tôt, ainsi que sa petite fille qui n'était pas encore née. Comment ce père blessé, désespéré, désolé, aurait-il pu faire du mal à un enfant ? Kidnapper l'enfant de quelqu'un d'autre ? Charles Delauney avait honoré les couleurs américaines durant la Grande Guerre, combattu le fascisme en Espagne. Ce n'était pas un communiste mais simplement un homme épris de liberté. Un esprit cultivé, noble et décent dont les espérances s'étaient écroulées en un instant, comme un château de cartes...

Tom s'adressait tour à tour à chacun des jurés. Il n'y avait rien de condescendant dans le ton de sa voix, pleine d'assurance. Il rappela au passage que M. Delauney n'était pas là pour être jugé pour meurtre mais pour kidnapping, à condition toutefois que l'accusation parvienne à le prouver...

— On manque singulièrement d'évidences dans cette affaire. Aussi, je me réserve le droit de procéder au contre-interrogatoire de tous les témoins à charge.

Ce disant, il remit habilement l'accent sur le rôle de l'accusateur public. M. Palmer était censé apporter la preuve absolue et au-delà du moindre doute de la culpabilité de l'accusé, faute de quoi le jury se devait de prononcer un non-lieu.

Le juge Morrison brisa le silence pesant qui suivit en demandant au procureur de faire venir à la barre son premier témoin, et Marielle eut un sursaut quand son nom résonna dans l'espace… Elle se leva, cherchant d'un regard anxieux John Taylor, qui l'encouragea d'un signe de tête. La jeune femme monta ensuite sur l'estrade réservée aux témoins, prit place sur la chaise en lissant l'étoffe noire de sa jupe, croisa et décroisa les jambes. Pendant ce temps, Bill Palmer se pavanait à travers la salle d'audience, sans la quitter des yeux. Il y avait dans son regard quelque chose d'ostensible et d'étrange, une sorte d'obscure suspicion et, à plusieurs reprises, l'œil du procureur alla vers l'accusé pour se reporter aussitôt sur Marielle, comme s'il s'efforçait d'établir entre eux un lien déplaisant et secret. Ce petit manège mit les nerfs de Marielle à vif, et elle jeta un regard affolé au juge, puis à son mari, qui avait détourné la tête, enfin à John qui semblait suspendu aux lèvres de Palmer. La première question fusa dans un silence religieux.

— Citez vos noms et prénoms.

— Marielle Patterson.

— Votre nom en entier, s'il vous plaît.

— Marielle Johnson Patterson… Marielle Anne Johnson Patterson… murmura-t-elle, avec un sourire d'excuse auquel le procureur ne répondit pas.

— C'est tout ?

— Oui, monsieur.

Deux femmes du jury avaient vaguement souri, ce qui remonta un peu le moral de Marielle. Ses mains, qu'elle avait posées sur ses genoux, frissonnaient comme de petits animaux effarouchés.

— N'avez-vous pas porté un autre nom, madame Patterson ?

Elle comprit soudain où il voulait en venir.

— Oui, mais…

Qu'est-ce que cela pouvait faire ?

— Dites-le-nous, je vous prie.

Un coup d'œil affolé en direction de Malcolm, qui regardait ailleurs, puis elle dit :

— Delauney.

— Parlez plus fort, de sorte que les jurés puissent vous entendre.

Un flot incarnat inonda ses pommettes pâles, tandis qu'elle répétait le nom à voix haute :

— Delauney.

Charles refoula un haut-le-corps, submergé par une vague de compassion. Il s'inquiétait pour elle, plus encore que John Taylor, car il subodorait ce qui allait suivre. Cette ordure de Palmer comptait jeter le discrédit sur Marielle, afin de réduire au minimum la portée de son témoignage. Alors, son opinion sur la culpabilité de l'accusé n'aurait que peu d'importance aux yeux des membres du jury

— Êtes-vous apparentée à l'accusé, madame Patterson ?

— Nous avons été mariés.

— Quand ?

— En 1926, à Paris. J'avais dix-huit ans.

— Quel genre d'union était-ce ? demanda le procureur, mine de rien, en ébauchant un sourire qui se voulait amical, mais dont Marielle ne fut pas dupe. Avez-vous fait un beau mariage ?

— Nous... en fait, nous nous sommes enfuis ensemble.

— Je vois, ponctua Palmer, l'air désapprobateur. Combien de temps êtes-vous restée mariée à cet homme ?

— Cinq ans. Jusqu'en 1931.

— Ce mariage s'est terminé par un divorce, n'est-ce pas ?

— C'est exact.

Une fine pellicule de sueur lui laqua le front, et elle sentit son estomac se tordre sous l'effet d'une nausée violente. Pourvu que je ne m'évanouisse pas, pria-t-elle mentalement.

— Pourriez-vous nous expliquer la cause de ce divorce, madame Delauney... oh, pardon ! madame Patterson ?

Le lapsus, bien évidemment volontaire, illustrait parfaitement les arrière-pensées de l'accusateur.

— Nous... euh... nous avons perdu notre fils. Nous ne nous sommes jamais vraiment remis de ce choc, réussit-elle à articuler d'une voix calme, presque sereine, sans se rendre compte que John et Charles la dévisageaient, le cœur serré. On peut dire que ce deuil a été la fin de notre mariage.

— N'y avait-il pas d'autre raison à ce divorce ?

— Non. Avant cela, nous étions heureux.

— Je vois, dit-il avec cette fausse sympathie qu'elle en était venue à détester. Où étiez-vous quand le divorce a été prononcé ?

Elle se méprit sur le sens de la question, mais pas Taylor.

— En Suisse.

— Mais où, exactement ?

Soudain, comme à travers un voile qui se déchire, elle se rendit à l'évidence. Le procureur allait s'acharner contre elle, afin de la déprécier complètement dans l'esprit des jurés et du public. Mais si perdre trois enfants ne l'avait pas détruite, alors rien ne le pouvait, et encore moins ce perroquet déguisé en homme de loi. La tête haute, elle plongea ses yeux limpides dans ceux de Palmer.

— Dans un hôpital.

— Étiez-vous malade ?

— J'ai été soignée pour une dépression nerveuse consécutive à la mort de mon fils.

— Parce que sa mort a été particulièrement atroce, je présume. Une longue et pénible maladie ?

— Il s'est noyé.

Elle se refusait à en dire plus. C'était inscrit sur le certificat de décès. André Delauney, deux ans, mort par suite d'une noyade.

— Étiez-vous responsable de ce... cet *accident* ?

Il avait ménagé un suspense qui allait bientôt servir ses desseins pernicieux. Charles se pencha vers son avocat, qui bondit sur ses jambes.

— Objection, votre honneur. Le procureur est en train d'influencer le témoin en insinuant que la mort de son enfant lui incombe.

— Objection retenue, grommela le juge Morrison. Un peu moins de zèle, s'il vous plaît, maître Palmer.

— Excusez-moi, votre honneur. Je vais reformuler ma question. Madame Patterson, vous êtes-vous *sentie* responsable de la mort de votre enfant ?

C'était pire. Maintenant, il n'y avait plus moyen de persuader tous ces gens, dont les regards pesaient sur elle, qu'elle n'avait été pour rien dans la noyade.

— Oui.

— C'est pourquoi vous avez eu une dépression nerveuse ?

— Je le pense.

— À la suite de laquelle vous avez été hospitalisée en psychiatrie ?

— Oui.

Sa voix n'était plus qu'un chuchotement. Charles en était malade pour elle, tout comme John Taylor. Malcolm Patterson, lui, continuait à fixer le vide, le visage impassible.

— Vous souffriez de troubles mentaux, n'est-ce pas ?

— Oui. J'étais bouleversée.

— Êtes-vous restée longtemps dans cet hôpital ?

— Oui.

— Combien de temps ?

— Deux ans.

— Un peu plus de deux ans ?

— Oui, un peu plus, convint-elle.

Tom Armour avait de nouveau bondi sur ses jambes.

— Puis-je rappeler à la cour que ce procès n'est pas intenté contre Mme Patterson ?

— Objection retenue. Maître Palmer, du train où vous allez, il vous faudra plus de six mois pour auditionner chaque témoin.

— J'y viens, votre honneur, un peu de patience.

— Très bien, maître, mais dépêchez-vous.

Palmer se tourna vers Marielle.

— En résumé, madame Patterson, vous êtes restée dans un hôpital psychiatrique pendant plus de deux ans, d'accord ?

— Oui.

Pour la première fois, une espèce de sombre satisfaction se peignit sur les traits de Palmer.

— Avez-vous essayé de vous supprimer, pendant ce temps ?

— Oui.

— Combien de tentatives de suicide avez-vous faites ?

Machinalement, elle regarda ses poignets où la chirurgie plastique avait effacé les longues cicatrices rougeâtres.

— Sept ou huit tentatives, répondit-elle, les yeux baissés.

— Pourquoi ? Parce que vous vous sentiez responsable de la mort de votre enfant ?

— *Oui* !

Elle avait presque crié.

— Où se trouvait M. Delauney pendant ce temps ?

— Je ne sais pas. Je ne le voyais pas à cette époque.

— Était-il aussi bouleversé que vous ?

Une nouvelle fois, Tom Armour se leva.

— Objection ! On demande au témoin son opinion sur l'état d'esprit de mon client.

— Retenue. Maître, faites attention je vous prie.

Palmer se confondit en nouvelles excuses.

— M. Delauney était-il près de vous quand l'enfant s'est noyé ?

— Non, j'étais seule. Charles était parti skier.

— Vous a-t-il reproché la mort de l'enfant ?

— Objection ! hurla Tom. La partie adverse émet des hypothèses irrecevables sur l'attitude de mon client.

— Objection rejetée ! gronda Morrison. Ça pourrait avoir son importance.

— Je répète, madame Patterson. Est-ce que l'accusé vous a rendue responsable de la mort de votre fils ?

— Il l'a cru à l'époque. Le chagrin lui avait fait perdre la tête.

— Était-il furieux ?

— Oui.

— Très furieux ? Au point de vous rouer de coups ? Vous a-t-il battue ?

— Je…

— Madame Patterson, vous êtes sous serment, ne l'oubliez pas. Répondez à ma question. Vous a-t-il battue ?

— Je crois qu'il m'a giflée.

— Votre honneur ! s'exclama William Palmer en brandissant un télégramme sous le nez du juge, avant de le passer à Tom. Voilà ce que j'ai reçu de l'hôpital Sainte-Vierge de Genève. Selon les archives de l'administration, Mme Marielle Delauney avait reçu plusieurs coups de son mari, au moment du décès de leur fils. Il est stipulé qu'elle portait les marques de graves contusions, ce qui a pu entraîner une fausse couche plus tard, dans la nuit…

Une rumeur consternée fit vibrer la salle, tandis que Palmer s'adressait de nouveau à Marielle.

— Est-ce exact, madame Patterson ?

— Oui.

Elle pouvait à peine articuler, sa respiration était saccadée et son visage était devenu d'une pâleur cireuse.

— Est-ce que M. Delauney vous a frappée dans d'autres circonstances ?

— Non, jamais.

— Aviez-vous souffert de dépression avant cet incident ?

— Non.

— Vous estimez-vous complètement guérie à présent ?

— Oui.

Palmer marqua une pause, feignant de consulter ses notes.

— Il semble que vous ayez des migraines assez sévères, madame Patterson ?

— C'est vrai.

— Quand ont-elles commencé ?

— Après… durant mon séjour en Suisse.

— Mais vous continuez d'en souffrir.

— Oui.

— Récemment ?

— Oui.

— Quand avez-vous eu mal à la tête pour la dernière fois ?

— Ce week-end, fit-elle avec un sourire crispé.

— Combien de migraines avez-vous eues le mois dernier ?

— Peut-être quatre ou cinq par semaine.

— Tant que ça ? s'étonna-t-il, d'une voix compatissante. Et avant l'enlèvement de Teddy ?

— Deux ou trois par semaine.

— Est-ce que vous avez conservé d'autres séquelles, madame Patterson ? Une timidité maladive, par exemple ? Les gens vous font-ils peur ? Ou les responsabilités ? En fait vivez-vous dans la crainte permanente d'être blâmée pour quelque chose ?

Debout, Tom Armour entama une nouvelle tentative pour arrêter ce qu'il considérait à présent comme un massacre.

— Mon collègue n'est pas psychiatre... Et s'il sent le besoin de recourir à un expert, pourquoi ne l'a-t-il pas fait ?

— Votre honneur ! lança Palmer en s'approchant du juge, un nouveau feuillet entre les doigts. J'ai ici un télégramme signé par le docteur qui a suivi Mme Patterson à la clinique Verbeuf à Villars où elle a dû être incarcérée...

— Objection ! fulmina Tom. Mme Patterson n'était pas en prison.

— Maître Palmer, surveillez votre langage.

— Veuillez m'excuser, monsieur le juge. Je voulais dire hospitalisée. Mme Patterson a plusieurs fois tenté de se supprimer. Elle a suivi un traitement, pendant deux ans et deux mois. « Dépression et maux de tête », fut le diagnostic officiel. D'après le Dr Verbeuf, compte tenu que les migraines ont perduré, la santé mentale de son ancienne patiente demeure d'une extrême fragilité, surtout dans certaines situations stressantes.

Sans l'avoir fait exprès, le bon docteur avait envoyé son ancienne patiente à l'abattoir. Le procureur avait réussi à donner d'elle l'image d'une pauvre déséquilibrée dont il convenait d'emblée de se méfier. On aurait pu croire que le supplice était terminé, mais Palmer n'avait pas encore atteint son but. Lorsque le télégramme du Dr Verbeuf fut versé au dossier de l'accusation, il reprit sans pitié l'interrogatoire.

— Avez-vous eu une liaison avec l'accusé après votre divorce ?

— Non.

— L'avez-vous vu ces derniers temps, avant le kidnapping de votre fils Teddy ?

— Je l'ai rencontré par hasard à l'église le jour anniversaire de la mort d'André. Et le lendemain, nous nous sommes revus au parc, également par hasard.

— Teddy était avec vous, alors ?

— La deuxième fois, oui.

— Quelle fut la réaction de M. Delauney ? A-t-il été enchanté de faire sa connaissance ?

— Non... fit-elle, en évitant de regarder Charles. Il a été troublé.

— Furieux, plutôt, non ?

Elle hésita une seconde avant d'acquiescer.

— Oui.

— A-t-il proféré des menaces à votre encontre ?

— Oui, mais je ne sais pas s'il pensait vraiment ce qu'il disait.

— Quand votre fils a-t-il été enlevé, madame Patterson ? demanda le procureur en détachant chaque syllabe, comme s'il avait affaire à une attardée mentale.

— Le lendemain.

— À votre avis, y a-t-il un rapport entre les menaces de M. Delauney et l'enlèvement ?

— Je ne sais pas.

— Vous ne savez pas... Avez-vous embrassé M. Delauney depuis votre divorce, madame Patterson ? Répondez à ma question, s'il vous plaît.

— Oui.

— Quand ?

— Lors de notre première rencontre à l'église. Je ne l'avais pas revu depuis près de sept ans. Il m'a donné un baiser.

— Un bécot sur la joue ou un baiser sur les lèvres, comme au cinéma ?

Quelques gloussements étouffés percèrent dans l'audience, mais Marielle ne sourit pas. Il a parlé avec le chauffeur, se dit John Taylor.

— Un baiser sur les lèvres.

— Lui avez-vous rendu visite en prison ?

— Oui. Une fois.

— Êtes-vous toujours amoureuse de M. Delauney, madame Patterson ?

— Non, je ne le crois pas, répondit-elle après une légère hésitation en secouant la tête.

— Pensez-vous qu'il a enlevé votre enfant ?

— Je ne sais pas. Peut-être. Je n'en suis pas sûre.

— Vous sentez-vous responsable de ce qui est arrivé à Teddy ?

— Je ne… sais pas…

Sa voix se fêla, et chacun dans la salle se rappela le commentaire du médecin suisse. L'habile Palmer avait réussi à la tourner en dérision. Ses incertitudes à propos de la culpabilité de Charles Delauney corroboraient parfaitement l'opinion que les jurés s'étaient faite d'elle : une personnalité « fragile », une « suicidaire » sujette à des migraines et des crises de nerfs, une « dépressive chronique » probablement responsable de la noyade de son premier enfant. Du même coup, Palmer ôtait à la défense la possibilité de se servir de son témoignage… Taylor serra les dents. Le procureur pouvait être content de lui.

— Merci, madame Patterson, jeta froidement Bill Palmer, avant de se tourner vers Tom Armour. Le témoin est à vous, cher collègue.

— La défense se réserve le droit d'appeler à la barre Mme Patterson ultérieurement, votre honneur.

Marielle se redressa, glacée et livide. Un vigoureux coup de marteau marqua la suspension de l'audience. Le tribunal reprendrait ses travaux à deux heures de l'après-midi. La salle commença à se vider. Au moment où Marielle, accompagnée par Malcolm et leur escorte policière, voulut franchir le seuil de la salle, un essaim de reporters l'assaillit. Flanqué de ses gardiens, Charles tenta en vain d'accrocher son regard, alors qu'elle se débattait dans les remous de la foule.

— Parlez-nous de l'hôpital... de vos suicides... de votre petit garçon... allez, Marielle, videz votre sac...

Leurs voix lui transperçaient encore les tympans, alors que la Pierce-Arrow l'emportait vers Manhattan. Calé dans son coin, John regardait fixement par la fenêtre. Un silence de plomb s'était abattu sur les occupants de la limousine, mais, au bout d'un moment, Malcolm murmura :

— C'était vraiment dégoûtant.

Elle le regarda alors, croyant qu'il faisait allusion à la manière dont le procureur général l'avait traitée, mais l'expression glaciale de sa figure la détrompa. Des larmes lui piquèrent les yeux. Malcolm ne dit plus un mot et plus tard, quand ils furent seuls dans la bibliothèque, il l'enveloppa d'un regard dédaigneux.

— Bon sang, Marielle, comment as-tu pu débiter toutes ces horreurs devant tous ces gens ?

— Je n'ai dit que la vérité. Je n'avais pas d'autre choix. De toute façon, il était au courant de tout. Il avait en sa possession les lettres des médecins.

— Seigneur... les suicides... les maux de tête... deux ans dans un hôpital psychiatrique...

— Je t'ai tout raconté en décembre.

Le lendemain de l'enlèvement, très exactement.

— Ce n'est pas une raison pour déballer ton linge sale en public.

Elle le considéra, en proie à un profond désarroi. Finalement, elle avait vécu pendant six ans sous le même toit que cet homme dont elle ne savait presque rien. En larmes, elle se rua hors de la pièce, monta les marches quatre à quatre, et se réfugia dans sa chambre. Peu après, un morceau de papier blanc glissa sous l'interstice de sa porte. Il ne contenait qu'une ligne : « Appelez votre médecin. » Elle fronça les sourcils, tandis que le feuillet lui échappait des mains. Que lui voulait-on encore ? Pourquoi ne lui laissait-on pas une minute de répit ? Elle ramassa de nouveau le papier, reconnut l'écriture large de Taylor. Pourquoi l'incitait-il à appeler son médecin ? Quelque part au fond de son subconscient, elle savait qu'il avait raison. Elle se précipita sur son carnet d'adresses, saisit le combiné. Il devait être neuf heures du soir à Villars.

— Que se passe-t-il ? fut la première question du praticien.

Sitôt qu'elle mentionna le kidnapping, il dit qu'il était au courant, qu'il avait déjà répondu à un tas de questions. Elle omit de lui signaler que son télégramme lui avait fait du tort : après tout elle lui devait pratiquement la vie.

— Vous allez bien ? s'enquit-il, avec une touchante sollicitude.

— Oui, plus ou moins.

— *Les migraines ?* [1]

— Cela dépend, docteur, vous savez, la disparition de Teddy n'a pas arrangé les choses. Et Malcolm, mon mari... J'ai été obligée de tout lui dire, à propos de Charles, d'André, et de la clinique. J'ai bien essayé de lui en parler avant notre mariage mais il n'a rien voulu entendre.

— Comment ? s'étonna le Dr Verbeuf à l'autre bout de la ligne. M. Patterson savait tout. Il m'a appelé avant votre mariage, en... attendez donc... en 1932, c'est ça ? Oui, je m'en souviens maintenant. C'était l'année de votre départ

1. En français dans le texte.

d'ici. Vous êtes partie en février et j'ai reçu un appel de M. Patterson en octobre.

Et ils s'étaient mariés trois mois plus tard, en janvier, le jour de l'an.

— Il vous a téléphoné ? fit-elle, interloquée. Mais pourquoi ?

— Il voulait savoir s'il pouvait faire quelque chose pour vous, pour vos migraines, pour rendre votre vie plus agréable. Je lui ai dit que vous étiez faite pour avoir une ribambelle de bambins.

Il s'interrompit un instant. Quelle tragédie que l'existence de cette femme, pensa-t-il tristement. Décidément, elle n'avait pas de chance.

— Pas de nouvelles de Teddy ?

— Non, docteur, pas encore.

— Tenez-moi au courant.

— Je n'y manquerai pas.

Elle reposa le combiné sur sa fourche, le front soucieux. Ainsi, Malcolm savait. Il avait su, durant toutes ces années, et il n'avait rien dit. Pis, il avait autorisé Palmer à se servir de ces informations. Elle n'avait pas le temps de lui demander des explications. Bientôt ils retourneraient au tribunal. Marielle reprit sa place dans la voiture, sans un mot. En vain Taylor l'interrogeait du regard… Elle ne pouvait que se taire. Se taire et se poser mille questions qui restaient sans réponses.

Durant l'après-midi, le procureur général appela Patrick Reilly à la barre. Le chauffeur ne se fit pas prier pour décrire la scène qu'il avait surprise dans la cathédrale, puis, le lendemain, au parc.

— Delauney était hors de lui. Il avait attrapé Mme Patterson par les épaules et la secouait.

Une éternité s'écoula avant la fin des débats. Ils rentrèrent à la maison, dans un silence oppressant. Marielle guettait l'instant où elle resterait seule avec Malcolm. Elle le suivit jusqu'à son dressing-room où il se mit à s'habiller pour un dîner à son club. Il avait besoin de se changer les idées, prétexta-t-il.

— Tu m'as menti !

— À quel sujet ? fit-il d'une voix indifférente.

— Tu m'as laissée croire que tu ignorais mon passé, alors que tu savais tout. Absolument tout. Mon mariage avec Charles, la mort d'André, la clinique... Pourquoi ne m'as-tu jamais rien dit ?

— Tu crois que je me serais marié sans savoir qui j'épousais ? Ma pauvre Marielle !

Il lui jeta un regard méprisant. Elle était indigne de lui. En avouant qu'elle avait embrassé Charles Delauney à l'église, elle s'était rendue ridicule en public. Cela, il ne le lui pardonnerait jamais.

— Tu m'as menti ! répéta-t-elle.

— Et toi, tu as mis mon fils en danger. Tu as permis à ce salaud de détruire notre vie. Il l'a pris, à cause de toi... assena-t-il, sans plus se soucier de la fragilité de ses nerfs. Quant à ce que je savais ou pas avant de t'épouser, cela ne te regarde pas.

— Pourquoi as-tu mis Palmer au courant ?

— Parce que s'il ne te dénigrait pas, tu serais capable de soutenir ce cinglé que tu as épousé... ce fumier... cet assassin. Quand je pense que, malgré ton cœur brisé, tu oses prétendre qu'il n'est peut-être pas coupable !

— C'était donc ça, murmura-t-elle, incrédule. Tu as fait en sorte que je ne puisse pas lui venir en aide.

— Exactement. Je ne trouverai la paix que quand il aura grillé sur la chaise électrique.

— Qu'est-ce que cela, Malcolm ? Un jeu de vengeance entre vous deux ? Il prend Teddy et tu l'envoies à la mort ? Mais qu'avez-vous, tous ? s'écria-t-elle avec dégoût.

— Sors de ma chambre, Marielle. Nous n'avons plus rien à nous dire.

Elle lui lança un regard médusé. Ainsi, Malcolm avait délibérément ruiné sa réputation, dans l'unique but de détruire Charles.

— Je me demande qui tu es, souffla-t-elle.

— Oh, cela n'a plus aucune importance.

— Qu'est-ce que tu insinues ? hurla-t-elle, à bout de nerfs, tremblant de tous ses membres.

— Je crois que tu m'as très bien compris.

— Tout est fini entre nous, n'est-ce pas ?

Si toutefois quelque chose avait existé, en dehors de Teddy.

— Tout s'est terminé, en ce qui me concerne, la nuit où Delauney m'a pris mon enfant. Libre à toi de te remettre avec lui pour te lamenter sur vos agissements. Mais sache une chose. Jamais je ne te pardonnerai.

Elle sut qu'il ne changerait pas d'avis.

— Veux-tu que je parte immédiatement, Malcolm ?

— Es-tu donc si pressée, si avide de scandale ? Tu pourrais avoir la décence d'attendre la fin du procès.

Elle acquiesça de la tête, avant de regagner sa chambre silencieuse. Plus rien ne la surprenait à présent. Elle avait épousé un étranger, un homme qui la détestait comme si leur enfant avait disparu par sa faute. Encore un… La vie avait été injuste et cruelle avec elle… Que Teddy fût retrouvé ou pas, son mariage n'avait plus de raison d'être.

12

LE LENDEMAIN, elle fit monter un plateau de petit déjeuner dans sa chambre — une tasse de thé, un toast de pain grillé — ainsi que les gazettes du matin. C'était là... Toute l'horreur de l'audience, étalée en long, en large et en travers. L'humiliation que le procureur lui avait infligée publiquement, reprise par les reporters, commentée, amplifiée. Certains la présentaient comme une malade mentale chronique, d'autres prétendaient qu'une crise d'hystérie en pleine audition avait obligé le juge à la faire transporter par ses huissiers hors du tribunal. Marielle essuya ses larmes. Et Malcolm qui avait aidé Palmer à fomenter ce complot ! Elle n'en croyait pas encore ses yeux. Sa main saisit un autre journal. Elle était sur le point de le jeter, quand son regard tomba sur un article dont la première phrase capta son attention.

« L'élégante et aristocratique Marielle Patterson fut appelée hier à la barre où elle a subi des heures durant un véritable harcèlement de la part de William Palmer, le procureur général.

« Ce dernier, visiblement désireux de jeter le discrédit sur Mme Patterson, ne lui a épargné aucun coup bas. En vain, d'ailleurs, car à aucun moment elle n'a perdu contenance. Cette femme, qui a déjà perdu deux enfants dans des circonstances tragiques, a suffoqué la salle par sa dignité. Pourtant, c'est avec une mauvaise foi évidente que le procureur a poussé Mme Patterson à décrire longuement ses épreuves passées, telles que son séjour dans un sanatorium suisse… »

L'article se poursuivait sur deux colonnes avant de conclure :

« Quand on a vu, ne serait-ce qu'une fois, la mère du petit Teddy, une chose est certaine. On est face à une grande dame. Elle a quitté la salle du tribunal la tête haute, semblable à une reine dont on se serait acharné à ternir l'image sans jamais y parvenir. »

C'était signé Béa Ritter.

Marielle essuya les larmes qui n'avaient cessé de couler sur ses joues. La probité de la jeune journaliste ne lui serait d'aucun secours, elle en avait conscience. Comme elle savait que le procureur général, assisté par son propre mari, avait juré sa perte, dans l'unique but de l'empêcher de témoigner en faveur de Charles, ce dont elle n'avait pas l'intention. Oh, c'était trop tard, se dit-elle alors qu'elle s'habillait avec les gestes du condamné qui s'apprête à monter à l'échafaud.

John Taylor l'attendait avec ses hommes au rez-de-chaussée. La farce sinistre allait continuer jusqu'au bout, il n'y avait plus aucun moyen de l'arrêter. Elle avait passé une simple robe noire sous un ample manteau de fourrure foncée, et elle prit place sans un mot dans la longue Pierce-Arrow. Le trajet s'effectua dans un malaise pesant. Malcolm, obstinément tourné vers la fenêtre, feignait de contempler le paysage de verre et de béton, et John, dont la main avait brièvement effleuré la sienne, se taisait également, n'osant lui faire part de son émotion.

Le procès reprit dans une ambiance fiévreuse. Le juge Morrison rappela à l'assistance que chacun devait se conduire correctement. Ses petits yeux sombres fusillèrent les représentants de la presse, qu'il sermonna d'une voix sévère.

— Des irresponsables ont rapporté des scènes qui n'ont jamais eu lieu devant cette cour, gronda-t-il.

Il n'avait guère apprécié les comptes rendus selon lesquels

Marielle aurait eu une crise de nerfs. Mais il était difficile d'enrayer les rumeurs qui, chaque jour, s'enflaient davantage, jusqu'à la démesure.

Ensuite, le massacre reprit de plus belle. Visiblement, Bill Palmer ne s'estimait pas encore satisfait de son œuvre destructrice. Il fallait coûte que coûte réduire Marielle au silence, une fois pour toutes. Une seule voix devait résonner dans ce tribunal, celle de Malcolm. Et Malcolm n'avait jamais douté que Delauney fût coupable.

Rappelé à la barre, Patrick Reilly déversa un torrent d'insanités, puis le procureur fit comparaître Édith et même miss Griffin. Ce ne fut plus qu'un abject tissu de mensonges, dépeignant Marielle comme une créature sans consistance, nerveuse, hystérique, instable, incapable de diriger sa propre maison, de prendre soin de son enfant ou de son mari.

— Diriez-vous que Mme Patterson est une personne responsable ? demanda Palmer à la nurse, alors que pour la énième fois Tom Armour bondissait pour signifier son objection.

— L'avis de cette femme est irrecevable en matière psychiatrique, votre honneur ! Pour l'amour du ciel, procureur, citez-nous un expert, pas une nounou !

— Je vous fais arrêter pour outrage à la cour si vous le prenez sur ce ton, maître Armour, rugit Morrison.

— Je vous demande pardon.

— Objection rejetée.

Et l'entreprise de démolition se poursuivit allègrement, orchestrée par l'accusation et ce, de main de maître. John Taylor et Charles Delauney, les seuls qui avaient une bonne opinion de Marielle, n'étaient d'aucune utilité. Seul Malcolm aurait pu rétablir la vérité mais, bien sûr, il ne fallait pas compter sur lui.

— À votre sens, miss Griffin, Mme Patterson est-elle une bonne mère ?

La nurse anglaise n'hésita pas plus d'une seconde.

— Pas vraiment.

Des exclamations stupéfaites s'échappèrent des rangs du public. Marielle se sentit au bord de l'évanouissement. C'était trop horrible. Après l'avoir dépouillée de sa dignité humaine, on s'en prenait à son amour maternel. Son buste s'inclina en avant, dans un mouvement involontaire de désespoir, et la main ferme de John la ramena aussitôt en arrière, avant que les journalistes s'en soient aperçus.

— Pouvez-vous nous expliquer pourquoi, miss Griffin ?

— Elle était toujours malade. Beaucoup trop nerveuse. Les enfants ont besoin d'équilibre, de stabilité, de personnes fortes et sécurisantes. Comme M. Patterson.

La gouvernante avait décoché sa dernière flèche d'un air fier, et Marielle, horrifiée, se demanda une fois de plus pour quelle raison tous ces gens la détestaient autant.

— Votre honneur, intervint Tom Armour, nous ne sommes pas ici pour accorder la garde d'un enfant à l'un ou l'autre des parents. Les compétences de Mme Patterson en tant que mère n'ont rien à voir avec l'objet du procès. Il s'agit d'une affaire de kidnapping, et personne ne s'est encore donné la peine de mentionner mon client.

— Nous y viendrons, cher collègue, siffla le procureur.

Il ne restait plus qu'à porter le coup de grâce à Marielle Patterson. Qui prendrait en considération les élucubrations d'une ancienne pensionnaire des hôpitaux psychiatriques, que ses propres domestiques considéraient comme une mauvaise mère ? Le procureur comptait compléter le tableau l'après-midi même.

Malcolm Patterson monta à la barre dès l'ouverture de la deuxième séance.

— Étiez-vous au courant de l'histoire de votre épouse, monsieur Patterson ?

— Absolument pas.

Malcolm avait fixé l'émail céruléen de ses prunelles sur le visage du procureur, de manière à exclure Marielle de son champ de vision.

— Vous ignoriez donc qu'elle avait été hospitalisée en psychiatrie…

— Bien sûr. Sinon, je ne l'aurais pas épousée.

Marielle écarquilla les yeux. Malcolm mentait avec une aisance déconcertante. Maintenant, plus rien ne pourrait la sauver du déshonneur. Elle s'efforça de faire abstraction du présent, se remémorant les instants insouciants qu'elle avait vécus auprès de son petit Teddy adoré.

— Saviez-vous qu'elle avait été la femme de Charles Delauney ?

— Non plus. Elle ne me l'a jamais avoué. Je me suis laissé dire qu'elle avait eu une idylle à Paris, mais j'étais loin de me douter de la vérité. Elle m'a caché son premier mariage.

— Avez-vous connu M. Delauney, monsieur ?

— Par ouï-dire. Il avait mauvaise réputation, à tel point que son propre père l'a envoyé à l'étranger pendant des années.

— Objection ! cria Tom, de nouveau debout. Devons-nous citer le vieux M. Delauney pour vous convaincre que la famille de mon client a fait l'impossible, au contraire, pour le persuader de revenir aux États-Unis ?

— Objection retenue. Le jury est prié de ne pas tenir compte de la dernière déclaration de M. Patterson. Monsieur Palmer, veuillez poursuivre.

— Avez-vous déjà rencontré M. Delauney ?

— Non, pas avant ce procès.

— Vous a-t-il jamais appelé, menacé, harcelé, vous personnellement ou un membre de votre famille ?

— Objection !

— Rejetée !

— Il a menacé ma femme et mon fils. Il a dit qu'il allait kidnapper Teddy, afin d'obliger ma femme à retourner auprès de lui.

— Quand a-t-il proféré ces menaces ?

Malcolm baissa la tête pendant un bref instant, avant de laisser son regard errer dans la salle bondée.

— La veille de l'enlèvement.
— Avez-vous revu votre fils depuis ce jour-là ?
Malcolm secoua la tête, incapable de parler.
— Répondez, s'il vous plaît, dit Palmer d'une voix attendrie.
— Je suis désolé… Non, je ne l'ai plus revu.
— Depuis quand, exactement ?
— Presque trois mois, jour pour jour. Mon petit garçon a été kidnappé le 11 décembre, quelques jours après son quatrième anniversaire.
— Y a-t-il eu des demandes de rançon ?
— Une seule, qui s'est révélée fausse. Personne ne s'est dérangé pour toucher la somme.
L'allusion était claire. Delauney n'avait pas formulé de demande de rançon, parce qu'il avait agi sous la pulsion de la vengeance et que, d'autre part, il n'avait pas besoin d'argent.
— Monsieur Patterson, pensez-vous que votre fils est toujours vivant ?
Malcolm parut déployer un effort surhumain pour répondre.
— Non, je ne le crois pas. Si Teddy était en vie, il nous aurait été rendu. Le FBI l'a recherché à travers presque tous les États. S'il était vivant, ils l'auraient retrouvé.
— Et, d'après vous, le ravisseur est M. Delauney ici présent ?
— Il a organisé l'enlèvement en louant les services de malfaiteurs, qui ont pris et sans doute tué Teddy.
— Qu'est-ce qui vous fait penser cela ?
— Le pyjama de… de mon petit garçon a été découvert chez Delauney, ainsi que son ourson préféré.
Il avait fondu en larmes. Le public retenait son souffle. Le procureur attendit poliment que Malcolm recouvre ses esprits. Sur son siège, au quatrième rang, Brigitte se tamponnait les yeux à l'aide d'un mouchoir garni de dentelle.

— Est-ce que, selon vous, votre femme est toujours amoureuse de Charles Delauney ?

Il avait dû, à son corps défendant, censurer le mot « liaison », qu'il n'avait pas pu prouver, en dépit des auditions répétées du personnel.

— Oui, sans aucun doute. J'ai su par mon chauffeur que, deux jours avant l'enlèvement, elle l'a rencontré dans une église et qu'ils se sont embrassés à plusieurs reprises. Je suppose qu'elle n'a jamais cessé de l'aimer durant notre mariage. C'est pourquoi elle a été si malade, je présume.

On eût dit qu'il parlait d'une invalide.

— Rendez-vous votre femme responsable de l'enlèvement ?

Un silence se fit. Dans la salle comble, on aurait pu entendre voler une mouche. Le verdict fusa, implacable, de la bouche de Malcolm.

— C'est entièrement de sa faute, si Charles Delauney a kidnappé Teddy. De sa faute s'il a voulu se venger de la mort de son propre fils en s'emparant du mien. De sa faute, enfin, si cet individu a fait irruption dans notre vie.

Il lança un regard cinglant à Marielle mais elle avait détourné les yeux.

— Monsieur Patterson, en dépit de la responsabilité de votre épouse dans cette tragédie, auriez-vous été capable de vous venger d'elle ? Par exemple en faisant du mal à quelqu'un auquel elle est attachée ? Ou en la punissant d'une autre manière ?

C'était déjà fait, Marielle ne le savait que trop bien. Il l'avait privée de sa confiance, de son affection, du plus infime réconfort, de tout ce qu'une femme est en droit d'attendre de son mari lors d'une épreuve commune. Et il l'avait, de surcroît, traînée publiquement dans la boue.

— Eh bien, vous seriez-vous vengé d'elle ? répéta Palmer.

Malcolm eut un grave hochement de tête dicté par la miséricorde.

— Non, jamais !

— Merci, monsieur Patterson... Monsieur Armour, le témoin est à vous.

Tom se leva lentement. Pendant un instant qui parut aussi long qu'une éternité, aucun mot ne franchit ses lèvres. Ensuite, il esquissa quelques pas vers le banc des jurés, un sourire sur les lèvres, comme pour alléger l'insupportable tension qui régnait dans la pièce. Lorsque, enfin, il alla se planter devant Malcolm, son sourire s'était effacé.

— Bonsoir, monsieur Patterson.

— Bonsoir, monsieur Armour.

Les deux hommes se faisaient face. Le témoin à charge, le corps rigide, dans une attitude solennelle, et l'avocat de la défense, l'air détendu, sous les regards intrigués de l'assistance.

— Votre union avec Mme Patterson a-t-elle été heureuse ?

— On pourrait dire cela, oui.

— Malgré sa maladie, son incompétence, ses maux de tête ?

Désarçonné l'espace d'une seconde, Malcolm recomposa très vite son masque impassible.

— Malgré cela, oui, nous avons été heureux ensemble.

— Très heureux ?

— Assez heureux, oui, dit-il, en se demandant où l'autre voulait en venir.

— Avez-vous déjà été marié, monsieur Patterson?

— Deux fois. Ce n'est un secret pour personne.

— Mme Patterson le savait-elle, donc ?

— Naturellement.

— Est-ce que votre dernier mariage a souffert des deux précédents ?

— Bien sûr que non.

— Auriez-vous été ennuyé si vous aviez eu connaissance du précédent mariage de Mme Patterson ?

— Non… Pas du tout, articula Malcolm après une infime hésitation. J'aurais préféré qu'elle soit honnête avec moi.

— Bien sûr, convint Tom rapidement. Avez-vous eu des enfants, lors de vos deux premiers mariages, monsieur ?

— Non. Théodore était mon seul enfant.

— Vous avez dit *était*. Vous ne le croyez donc plus en vie ? questionna Tom, les sourcils levés, comme pour souligner sa surprise.

— Je crois que Delauney l'a tué.

Contre toute attente, Tom conserva un calme olympien.

— Oui, je comprends. Mais s'il est mort — bien que nous espérions tous que ce ne soit pas le cas — comment définiriez-vous cet événement ?

— Excusez-moi, je n'ai pas compris votre question.

Tom Armour se rapprocha davantage et le fixa droit dans les yeux.

— Si votre enfant était mort, comment vous sentiriez-vous, monsieur Patterson ?

— Comme un homme fini. Un homme dont la vie n'a plus de sens.

— En somme, votre vie serait alors détruite ?

Malcolm battit des paupières, de plus en plus décontenancé.

— Oui, bien sûr, il est mon fils unique.

L'avocat lui adressa un hochement de tête compatissant.

— Dans ce cas, en quoi le fait que la vie de Mme Patterson ait été ravagée par la perte de ses enfants vous choque-t-il ? Vous attendiez-vous à une autre réaction de sa part ?

— Non, je… J'imagine combien ce deuil a dû être douloureux pour elle.

— En effet, monsieur Patterson. À l'époque elle avait vingt et un ans et était enceinte de cinq mois. Son petit garçon se noie, elle perd son bébé, son père meurt peu après, sa mère se suicide six mois plus tard, son mari, l'esprit obnubilé par sa propre peine, se retourne contre elle et vous voulez que cette femme sorte indemne de ces drames répétés ? Dans quel état seriez-vous à sa place, monsieur Patterson ?

— Je…

Il laissa sa phrase en suspens, tandis que les jurés retenaient leur souffle.

— Est-ce que Mme Patterson se trouve dans cette salle, monsieur Patterson ?

— Oui, bien sûr.

— Voulez-vous avoir l'obligeance de nous la montrer ?

— Votre honneur ! se rebiffa William Palmer, qui avait bondi sur ses pieds comme un ressort. Ces devinettes sont-elles nécessaires ?

— Monsieur Armour, soyez plus clair dans vos démonstrations. Nous avons encore nombre de témoignages à examiner et nos amis les jurés en ont assez d'être séquestrés dans un hôtel… aux frais de l'État, ne l'oubliez pas.

Un rire feutré parcourut l'assistance, et le jeune avocat sourit. Sous son air décontracté, il cachait parfaitement une tension qui lui nouait l'estomac.

— Voulez-vous nous montrer votre femme, monsieur Patterson ?

Malcolm s'exécuta.

— Oui, elle est là, reprit Tom. Aujourd'hui comme hier. À évoquer la mort de ses enfants, l'enlèvement de Teddy, son séjour dans une clinique suisse, ou son mariage désastreux avec M. Delauney. Mais elle est là. Et elle paraît bien tenir le coup, pour quelqu'un dont les nerfs sont malades…

Une étincelle de colère jaillit des pupilles de Malcolm, mais l'avocat n'en tint pas compte.

— Êtes-vous d'accord avec moi, monsieur Patterson ? Elle a l'air parfaitement normale, n'est-ce pas ?

Il regarda Marielle, assise près de John Taylor, le visage pâle mais lisse.

— Oui, elle a l'air, concéda Patterson à contrecœur.

— Il semble que ses fameux troubles mentaux aient disparu pour de bon, non ?

— Je ne sais pas. Je ne suis pas médecin.

— Combien de temps avez-vous été mariés ?

— Plus de six ans.

— A-t-elle été soignée pour ce genre de problème, durant ces six années ?

— Non.

— A-t-elle fait quelque chose, pendant ce temps, qui ait mis en danger votre fils ?

— Oui ! hurla Malcolm.

— Quoi donc, monsieur Patterson ? s'enquit Tom, surpris par la véhémence de la réponse.

— Elle s'est associée avec Delauney. Elle a emmené Teddy au parc pour l'exposer à la colère de ce criminel. Elle l'a poussé à bout et c'est pourquoi il a pris mon enfant.

Il agitait les bras, hors de lui, et Tom refoula un soupir de soulagement. Enfin, une brèche était ouverte dans la carapace glacée de Patterson.

— D'après votre femme, il s'agissait d'une rencontre fortuite.

— Je ne la crois pas.

— Vous a-t-elle déjà menti ?

— Oui. À propos de son séjour à la clinique et de son mariage avec Delauney.

Tom savait que c'était inexact mais il préféra ne pas défier Malcolm sur ce terrain.

— Si cela est vrai, vous a-t-elle menti sur d'autres sujets, à un autre moment ?

— Je ne sais pas.

— Très bien. À part cette rencontre au parc, a-t-elle pris d'autres risques avec Teddy ? L'a-t-elle laissé quelque part sans le surveiller, même dans sa baignoire ?

— Je ne sais pas.

— Mais vous vous rappelleriez, si elle avait mis en danger la vie de votre enfant.

— Bien sûr !

Malcolm Patterson s'enlisait lentement mais sûrement dans ses propres contradictions, et cela fit naître un sourire satisfait sur les lèvres de John Taylor, qui n'avait pas perdu un mot de l'interrogatoire.

— Pensez-vous que votre femme vous était fidèle, monsieur ?

— Je n'en sais rien.

— L'avez-vous, pour une raison ou une autre, soupçonnée d'infidélité ?

— Pas vraiment.

— Vous voyagez beaucoup, je crois.

— Oui. Pour mes affaires.

— Certainement... Et que fait Mme Patterson en votre absence ?

— Elle reste à la maison. En général clouée au lit avec une de ses migraines.

Quelques personnes s'esclaffèrent dans la salle, alors que les jurés demeuraient silencieux.

— Elle ne vous a jamais accompagné, lors de vos déplacements ?

— Très rarement.

— Pourquoi ? Vous ne vouliez pas de sa compagnie ?

— Elle préférait rester à la maison avec notre fils.

Le portrait de la mauvaise mère s'effritait petit à petit sous les assauts ingénieux de Tom.

— Je vois, dit celui-ci. Mais, alors, vous voyagez seul ?

— Naturellement.

— Vous n'emmenez personne avec vous ?

— Bien sûr que non, grommela Malcolm, irrité par l'impertinence de l'avocat.

— Pas même une secrétaire ?

— Ah, si. Je ne peux pas faire tout le travail seul.

— Je comprends bien. Et vous emmenez toujours la même personne avec vous ?

— Parfois, mes deux secrétaires m'accompagnent.

— Mais laquelle vient avec vous le plus souvent ?

— Mlle Sanders. Elle est mon employée depuis de nombreuses années.

Au ton de sa voix, on aurait pu croire que la dénommée Mlle Sanders avait cent ans et des poussières, mais Tom Armour, qui avait mené son enquête, savait à quoi s'en tenir.

— Combien d'années, monsieur ?

— Six ans et demi.

— Avez-vous une liaison avec elle, monsieur Patterson ?

— Absolument pas ! Je ne mêle jamais le travail au plaisir.

— Qui était votre secrétaire avant Mlle Sanders ?

— Ma femme.

— Mme Patterson a été votre employée ? interrogea Tom, l'œil arrondi par une surprise feinte.

Quelques-uns pouffèrent discrètement dans la salle, et même le juge parut amusé.

— Oui, pendant quelques mois, jusqu'à notre mariage.

— Est-ce ainsi que vous l'avez rencontrée ?

— Oui, encore que je connaissais vaguement son père.

— Connaissez-vous aussi le père de Mlle Sanders, monsieur Patterson ?

— Non, guère... Il est boulanger à Francfort, dit Malcolm en scrutant l'avocat avec une suspicion croissante.

— Je vois. Où habite Mlle Sanders, le savez-vous ?

— Je n'en ai aucune idée.

On eût dit une scène de théâtre où chaque réplique rendait plus intense le suspense. Un silence impressionnant enveloppait l'audience et même Marielle suivait l'échange de propos avec une attention soutenue.

— Vraiment ? Vous n'êtes jamais allé chez elle ?

— Tout au plus deux ou trois fois, pour lui dicter du courrier.

— Et vous ne vous rappelez pas son adresse ?

— D'accord, d'accord, je m'en souviens. 54e et Park Avenue.

— Un beau quartier... L'appartement est-il plaisant ?

— Très agréable.

— Est-il spacieux ?

— Plutôt, oui.

— Un huit-pièces, avec salle à manger, un bureau pour vous, deux chambres à coucher, deux dressing-rooms, deux salles de bains, un immense living et une terrasse ?

— Peut-être. Je ne sais pas.

Son teint naturellement pâle avait viré au rouge brique. Il semblait au bord de l'attaque d'apoplexie, mais l'imperturbable Tom Armour n'avait aucune intention de lâcher sa proie.

— Qui paie le loyer de Mlle Sanders, monsieur Patterson ? Vous ?

Dans le silence qui suivit, Marielle considéra son mari, incrédule. Stupide ! Ce que j'ai pu être stupide ! se dit-elle amèrement. Elle n'avait jamais rien soupçonné. Brigitte avait toujours montré des marques de déférence à son égard, sans parler de sa gentillesse envers Teddy.

— Non, ce n'est pas moi qui paie le loyer de Mlle Sanders, répondit Malcolm d'une voix rude.

— Quel est le salaire de Mlle Sanders ?

— Quarante dollars par semaine.

— C'est une somme raisonnable. Mais guère suffisante pour régler un loyer de six cents dollars par mois, vous ne croyez pas ?

— Ce n'est pas mon affaire.

— Vous avez dit que le père de Mlle Sanders est boulanger.

— Votre honneur ! intervint William Palmer, simulant un ennui sans fond. On s'égare.

— Monsieur Patterson s'égare, très certainement, ponctua

Tom, ravi de sa trouvaille. Car, malgré sa perte de mémoire, son compte bancaire, ses carnets de chèques et ses livres de comptabilité prouvent qu'il paie le loyer de cet appartement.

— Admettons, et après ? lâcha Palmer.

— Seamus O'Flannerty, le portier de l'immeuble, a accepté d'être cité comme témoin de la défense. Il vous dira que M. Patterson passe tous les jours chez Mlle Sanders après son travail et que, souvent, il y reste toute la nuit. Par ailleurs, quand ils voyagent, ils partagent la même chambre. Mlle Sanders porte un superbe manteau de vison au bureau, et à Noël, deux semaines après le kidnapping de son fils, son patron lui a offert un collier de diamants de chez Cartier. De toute évidence, M. Patterson a menti, votre honneur.

— Objection rejetée, monsieur Palmer, coupa le juge à l'adresse du procureur, qui se rassit. Vous êtes sous serment, monsieur Patterson, dit-il presque gentiment, conscient du statut social du témoin. Peut-être M. Armour voudrait-il reformuler sa question ?

— Certainement, votre honneur. Monsieur Patterson, avez-vous, oui ou non, une liaison avec Brigitte Sanders ?

Le procureur bondit une fois de plus.

— Cette question n'a aucun rapport avec l'affaire Delauney, votre honneur !

— Je ne suis pas de votre avis, riposta Tom. L'accusation a tout fait pour laminer la réputation de Mme Patterson en proclamant qu'elle entretenait des relations avec mon client — ce qui est faux —, afin de la déprécier en tant que témoin. Mon client a vécu à l'étranger durant les dix-huit dernières années. La présomption qu'il a pu agir comme un amant rejeté ou un ex-mari jaloux, soigneusement façonnée par l'accusation, vaut aujourd'hui pour Mlle Sanders… Une maîtresse peut également chercher à se venger du couple dont l'union s'oppose à son bonheur.

— Se venger, alors qu'elle venait de recevoir une parure de diamants ? fit Palmer, et la salle croula sous les rires.

— Répondez à la question, monsieur Patterson, dit le juge, comme à regret. Êtes-vous l'amant de Mlle Sanders ?

— Peut-être, marmonna Malcolm.

— Parlez plus fort, suggéra Tom poliment.

— Oui, oui, nous sommes amants. Mais ce n'est pas elle qui a kidnappé mon fils.

Marielle se retourna pour regarder Brigitte, qui se tenait droite et blême sur son siège.

— Comment le savez-vous ? demanda l'avocat de la défense.

— Elle est incapable de faire une chose pareille.

— Mon client aussi. Allez-vous épouser Mlle Sanders, monsieur Patterson ?

— Non. Bien sûr que non.

Tom haussa un sourcil, faussement étonné.

— Offrez-vous des diamants et des fourrures à toutes vos employées ?

— Certainement pas.

— Et elle ? Voudrait-elle devenir Mme Patterson à son tour ?

— Je n'en sais rien. Il n'en a jamais été question.

— Merci, monsieur Patterson. Vous pouvez regagner votre place.

Palmer insista pour poser encore une question à son témoin à charge numéro un.

— Est-ce que Mlle Sanders a jamais proféré des menaces contre vous ou votre famille, monsieur Patterson ?

— Non, jamais ! Mlle Sanders est une jeune femme polie et bien élevée.

Avec des jambes fabuleuses et des talents cachés dont Marielle n'avait même pas idée !

— Merci, pas d'autres questions.

Malcolm retourna à sa place et, quelques minutes plus tard, Brigitte Sanders quitta la salle d'audience. Elle fut assaillie dans le couloir par les reporters avides de ragots. Son mascara avait dessiné des traînées noirâtres sur ses joues quand, enfin, elle réussit à se glisser dans un taxi.

L'accusation présenta ensuite un certain nombre d'experts assermentés qui, tous, affirmèrent que le pyjama rouge cerise et le petit ours en peluche découverts chez l'accusé avaient bien appartenu à Teddy. Le dernier témoin de la journée se dit ancien camarade de lycée de Charles Delauney : il déclara que ce dernier avait menacé de lui casser la figure, quand ils avaient quatorze ans. Juriste à Boston, maigre et nerveux, le témoin s'était proposé spontanément. Delauney avait toujours été « un peu cinglé », conclut-il. Tom fit objection, le juge l'accepta, et l'intérêt des jurés commença à languir.

Lorsque, finalement, Morrison signala la fin de la séance, tout le monde poussa intérieurement un ouf de soulagement. Cela avait été encore une journée affreusement dure pour Marielle. Elle monta en voiture, suivie par Malcolm, John et leur habituelle escorte du FBI, sous une avalanche de questions en provenance des journalistes, tandis que les appareils photo crépitaient. Pas un mot ne fut échangé entre les occupants de la limousine durant le trajet du retour. Rendu à destination, Malcolm courut s'enfermer dans la bibliothèque où il passa plusieurs coups de fil. Une demi-heure après, il repartit en claquant la porte.

John retrouva Marielle au salon. Il alla s'asseoir en face d'elle, contempla longuement le visage soucieux de la jeune femme.

— Déçue ? demanda-t-il doucement.

Exténuée, elle exhala un soupir.

— Sans doute suis-je terriblement naïve, mais Brigitte m'a toujours plu. Elle était si gentille avec moi. Et avec Teddy.

Tous ces cadeaux, songea-t-elle, les sourcils froncés, toutes ces petites attentions vis-à-vis de l'enfant, ces jouets, ces sweaters tricotés de ses propres mains, ces livres, ces bonbons… c'était donc cela ! Elle réalisa soudain que la liaison de son mari avec sa secrétaire devait durer depuis longtemps, probablement depuis le début, et n'en fut que plus accablée.

— Elle se montrait amicale avec Teddy pour faire bonne impression sur votre mari.

— Oh, ça n'a pas d'importance.

Malcolm et Marielle n'avaient pas fait l'amour depuis des années. Connaissant ses besoins physiques, elle s'était bien posé des questions, sans jamais soupçonner Brigitte. Bien sûr, les attraits de la jeune Allemande ne passaient pas inaperçus. Une ou deux fois, elle avait éprouvé la morsure de la jalousie, la sachant en voyage en compagnie de Malcolm, puis elle n'y avait plus pensé. À présent, elle voyait plus clair. Malcolm passait des nuits entières auprès de sa ravissante secrétaire, dont il payait le loyer et qu'il comblait de présents. Les liens qui l'attachaient à Brigitte paraissaient plus solides, plus puissants que son union avec Marielle... Celle-ci ne possédait plus aucun moyen pour le retenir, pas même Teddy.

Ses pensées passaient comme des ombres sur ses traits finement ciselés, tandis que John Taylor l'observait. Il songeait à Debbie, son épouse, et à ce qui se passerait quand le procès serait terminé. Malgré leur attirance réciproque, Marielle et lui n'avaient jamais évoqué l'avenir. Pour le moment, le présent et l'angoisse de retrouver Teddy vivant les accaparaient totalement.

— Pauvre Malcolm... souffla-t-elle plus tard, alors qu'elle raccompagnait John vers le vestibule. Il a horreur du scandale. La défense ne l'a pas ménagé.

— L'accusation vous a encore moins ménagée, vous, Marielle. Votre mari a menti sur presque tous les points.

C'était décidément une femme étonnante. On avait tenté de la discréditer en public, et elle trouvait le moyen de plaindre son bourreau. On dirait qu'elle lui a déjà pardonné ses mensonges à propos de leur mariage et de l'hôpital psychiatrique, pensa-t-il rageusement.

— Le grand Patterson n'a eu que ce qu'il méritait, bougonna-t-il. Surtout après ce qu'il vous a fait. Il n'avait pas besoin d'aider Palmer à vous démolir.

— Ils ont eu peur que je témoigne en faveur de Charles, alors ils ont pris les devants.

Oh, comme elle avait hâte que ce cauchemar soit terminé !

— Éprouvez-vous toujours de la sympathie pour lui, Marielle ?

Que dire ? Il y avait des mois qu'elle essayait de s'expliquer l'ambiguïté de ses sentiments.

— Je n'en sais plus trop rien... Tous les indices sont là. Pourtant, je persiste à penser que je n'ai pas pu me tromper à ce point sur lui, après toutes ces années. Peu importe ce qu'il a dit dans le parc... et même si Teddy a disparu... Oh, mon Dieu !

La seule pensée de Teddy lui était devenue insupportable. Le petit lit vide, qui avait conservé la chaleur de l'enfant, le soir fatidique de l'enlèvement, semblait la narguer à présent. Voilà trois mois maintenant qu'elle n'avait pas serré dans ses bras son petit garçon chéri... son petit garçon qu'elle n'avait pas su protéger, au dire de son entourage.

— Si Charles était innocent... si nous retrouvions Teddy... chuchota-t-elle, perdue dans le tumulte de ses interrogations obsédantes.

— Seriez-vous prête à revivre avec votre ex-mari ?

Il y avait des jours et des jours qu'il avait envie de le lui demander. Des jours et des jours qu'il redoutait la réponse.

— Je ne sais pas, répondit-elle avec sa franchise habituelle. Je ne crois pas. Non, je ne le pourrais pas. Il y a eu trop de peine, trop de douleur entre nous. Il nous serait impossible de nous regarder en face. Mais s'il est innocent, si Teddy revient, Charles ne me pardonnera jamais ce procès.

Il la regarda un instant, interloqué. Au fil des semaines et des mois, il avait perdu l'espoir de retrouver l'enfant. Par trop d'aspects, l'affaire lui rappelait celle du petit Lindbergh, et il n'aimait pas ça.

— Pour l'amour du ciel, cessez donc de culpabiliser. Arrêtez de porter le fardeau de toute la misère du monde sur vos épaules ! explosa soudain John. Ce n'est pas vous qui l'avez menacé dans ce fichu parc, bon sang ! C'est bien lui tout seul qui s'est mis dans le pétrin. Vous n'y êtes pour rien, Marielle. Ni dans le kidnapping, ni dans le procès... Il est grand temps d'effacer cette image de vous-même, que tous ces crétins vous ont enfoncée dans le crâne.

Il se tut, craignant d'être allé trop loin, mais elle sourit. Sans John, elle n'aurait pas survécu à ce nouveau drame. Il était le seul être au monde qui semblait croire en elle, qui lui avait accordé sa confiance. Je l'aime parce qu'il veut me protéger par tous les moyens et parce qu'il fait tout pour me ramener Teddy, se dit-elle, mais l'instant suivant son sourire s'estompa. Qu'adviendrait-il de cet amour quand tout serait fini ? Pas grand-chose... Non, pas grand-chose. Ils resteraient amis. Ils s'étaient rencontrés au mauvais moment, conclut-elle avec une étrange lassitude. John la couvait d'un regard inquiet. Il se faisait du souci pour elle. Il savait maintenant ce que Patterson dissimulait sous son rutilant vernis d'homme du monde. Un tricheur et un menteur. Si Teddy était retrouvé, il ferait des pieds et des mains pour en obtenir la garde. Pour déposséder Marielle de ses droits parentaux... Il conserva un silence prudent, afin de ne pas la troubler davantage. Peut-être cela n'arriverait-il jamais. Peut-être Teddy ne réapparaîtrait-il plus.

— Prenez soin de vous, murmura-t-il devant la porte d'entrée, tout brûlant de l'impérieux désir de l'embrasser.

Ils se séparèrent là, sous l'œil vigilant du policier de garde.

Malcolm devait être avec Brigitte, avait présumé Taylor en prenant congé. Il ne s'était pas trompé. L'infidèle ne daigna pas rentrer de la nuit. La représentation était terminée. Étendue sur le vaste lit solitaire, Marielle donna libre cours à ses larmes. Combien de fois son mari l'avait-il appelée de chez Brigitte, pour l'avertir qu'il passerait la soirée en ville ? Elle savait si peu de choses de lui, presque rien, en fait. Celui qu'elle tenait pour un homme respectable, compréhensif, courtois, s'était mué en un être insensible, traître et sans cœur.

Un dissimulateur, qui avait feint de tout ignorer de son passé tragique, et qui l'avait odieusement trompée.

La sonnerie du téléphone la tira de ses réflexions amères. Sa première réaction fut de ne pas décrocher. Finalement, elle saisit l'appareil, dans l'espoir d'avoir des nouvelles de Teddy, puis entendit la voix de Béa Ritter suppliant le policier de service, qui avait pris la communication sur un autre poste, de lui passer Mme Patterson.

— Raccrochez, Jack. Je la prends. Allô ?

— Madame Patterson ?

— C'est moi-même.

— Ici Béa, fit l'autre, pleine d'énergie.

Marielle la remercia pour ses articles. Après tout elle lui devait au moins ça.

— De rien. Ils vous ont vraiment causé du tort. J'en étais malade.

— En tout cas vous avez rétabli la vérité en disant que je n'ai pas régalé l'audience avec une crise de nerfs, comme vos collègues l'ont prétendu.

— Quelle bande de rigolos ! soupira la journaliste au bout de la ligne. Ils adorent vendre du sensationnel.

Il était dix heures du soir, et les deux femmes bavardaient comme de vieilles amies.

— Désolée de vous appeler si tard, mais il fallait absolument que j'arrive à vous joindre. Acceptez-vous de m'accorder une brève entrevue, madame Patterson ?

— Pourquoi ?

— J'ai à vous parler. Je ne peux pas vous le dire au téléphone.

— Y a-t-il un rapport avec mon fils ?

Une chance... une minuscule lueur d'espoir... le cœur de Marielle s'emballa.

— Pas directement. Il s'agit de Charles Delauney.

— Je vous en prie, non. Vous avez vu comment j'ai été traitée hier. Je ne peux rien pour lui.

— S'il vous plaît, écoutez-moi. Je voudrais vous aider à découvrir le ravisseur de votre fils. Charles est innocent.

— C'est lui qui vous a dit de m'appeler ?

— Non… non… je vous assure, bredouilla la jeune femme au bout de la ligne. Charles me connaît à peine. Je ne l'ai pas vu plus de deux ou trois fois… Mais je crois en son innocence et j'ai décidé de l'aider à s'en sortir.

— Et moi je veux seulement retrouver Teddy, murmura Marielle d'une voix sans timbre.

— Je le sais. Moi aussi… Je vous en supplie, accordez-moi quelques minutes.

— Mais… quand ?

Une simple rencontre risquait d'alimenter le scandale qui avait éclaté après la révélation de la liaison entre Malcolm et Brigitte.

— Maintenant ? suggéra Béa.

— Non. Je ne…

— S'il vous plaît…

Il y avait des larmes dans sa voix, et Marielle céda.

— Bon, d'accord. Venez.

— Tout de suite ?

— Disons dans une demi-heure ?

Elle raccrocha. Quand sa visiteuse se montra, elle était habillée et l'attendait au rez-de-chaussée. Béa Ritter pénétra dans l'imposante demeure silencieuse en arborant une expression anxieuse et presque effrayée, comme si sa belle assurance avait soudain fondu comme neige au soleil. À vingt-huit ans, elle paraissait plus jeune, presque une adolescente, avec sa taille menue drapée dans un ample imperméable, sous lequel elle avait enfilé un sweater et un pantalon.

— Merci d'avoir accepté de me voir, murmura-t-elle, alors que la maîtresse de maison la conduisait dans la bibliothèque dont elle referma la porte.

En pantalon et pull-over de cachemire noir, Marielle avait

tiré ses cheveux en arrière et l'absence de maquillage conférait à son visage une pureté juvénile.

— Qu'attendez-vous de moi ? s'enquit-elle, après qu'elles se furent installées. Je vous l'ai déjà dit au téléphone : je ne peux pas vous aider.

— Je ne suis pas venue solliciter votre aide, madame Patterson.

Elles échangèrent un long regard. Toutes deux voulaient la même chose pour des raisons différentes. L'une souhaitait que l'on retrouve Teddy, afin que l'innocence de Charles éclate au grand jour, l'autre désirait ardemment revoir son enfant.

— J'aimerais simplement connaître votre opinion sur l'affaire, reprit la journaliste. Vous ne croyez pas qu'il est coupable, n'est-ce pas ?

— J'ai été sincère hier devant la cour, soupira Marielle.

Elle regrettait maintenant de l'avoir reçue. L'inflexible détermination, l'énergie vibrante, la volonté farouche qui émanaient de Béa Ritter ranimaient sa propre fatigue.

— Allez-vous rapporter notre entretien dans votre journal ?

— Non. C'est juste pour moi. Il faut que je sache. Parce que je ne le crois pas coupable non plus…

Elle s'exprimait comme si elles croyaient la même chose, mais Marielle n'eut pas le courage de la détromper.

— Pourquoi ?

— Je suis peut-être un peu fofolle, mais je lui fais confiance. C'est un idéaliste, un rêveur, un artiste… il est tout ce que vous voulez sauf un criminel. Il n'aurait jamais pris l'enfant, malgré ses menaces.

— Je l'ai cru également, jusqu'à ce que la police découvre les affaires de mon bébé chez lui…

Son bébé… Elle l'appelait toujours son bébé, en dépit de ses quatre ans. Son bébé, qu'elle ne tiendrait peut-être plus jamais entre ses bras. Un sanglot plaintif roula au fond de sa gorge.

— Comment ces objets ont-ils atterri là-bas ? demanda-t-elle, les yeux embués.

— Madame Patterson... Marielle... me permettez-vous de vous appeler Marielle ?

Elle acquiesça. Elles étaient assises là, au milieu de la nuit, deux femmes issues de deux mondes différents, prêtes à livrer bataille pour un but commun.

— Selon Charles, le pyjama et la peluche ont été cachés chez lui, afin de l'incriminer, poursuivit Béa. Il pense qu'un intermédiaire a été payé pour exécuter cette besogne. Peut-être même quelqu'un de votre maison.

— Mais c'était bien le pyjama que Teddy portait le soir de l'enlèvement. Je l'ai vu. Il s'agissait du même vêtement, rouge avec un col brodé de minuscules trains bleus.

— N'aurait-il pas un pyjama identique ?

— Non, non, pas vraiment.

La jeune journaliste inclina la tête dans un mouvement de désespoir.

— Béa, est-ce l'affaire qui vous intéresse tant ou Charles ?

— C'est Charles, répliqua l'autre sans baisser les yeux. Vous l'aimez toujours, n'est-ce pas ?

— Je l'ai aimé. Je suppose que je l'aime encore. Mais il fait partie du passé, à présent.

Un silence suivit, pendant lequel Marielle eut l'impression de voir plus clair dans ses propres sentiments.

— Charles a dit la même chose en parlant de vous. Il vous aime aussi. D'une manière moins passionnée qu'auparavant. Cette aventure lui a remis les idées en place.

— Un peu tardivement, murmura Marielle, le visage éclairé d'un pâle sourire.

— Il pense que le petit garçon est vivant, quelque part, déclara Béa, voulant insuffler à son interlocutrice un peu d'espoir, à défaut de lui fournir des réponses.

— Les agents du FBI ne sont pas de cet avis. Le temps a passé... Ils ont peur...

Sa phrase resta en suspens comme si elle s'interdisait de prononcer les mots terrifiants, puis elle détourna ses yeux étincelants de larmes. Tout cela n'avait plus de sens. À quoi servirait de condamner Charles, puisque personne n'était capable de lui ramener son bébé ? Elle sentit la main de Béa sur la sienne.

— Ayez confiance, Marielle. Je me battrai jusqu'au bout pour retrouver votre fils. J'userai de tous les moyens dont je dispose.

Au cours de sa carrière, expliqua-t-elle, elle s'était fait des relations dans le « milieu ». Grâce à une série d'articles, elle s'était attiré la sympathie d'un fameux truand, dont elle avait fait une sorte de héros des bas-fonds new-yorkais. Celui-ci lui avait promis son assistance « en cas de coup dur » — ce furent ses propres paroles.

— J'ai l'intention de contacter ce garçon, conclut Béa.

— Que voulez-vous de moi ? s'enquit Marielle d'une voix lasse. Pourquoi êtes-vous venue ici ?

— Pour vous sonder. Et j'en conclus que vous n'êtes pas convaincue de l'innocence de Charles. Pas plus que de sa culpabilité, d'ailleurs.

— C'est exact.

— Je vous comprends. À votre place, j'aurais hésité aussi. Il s'est mal comporté à votre égard, à l'époque, hein ?

— Il avait des excuses. Le chagrin l'avait rendu fou. Peut-être l'est-il encore.

— Un peu, oui, sourit Béa. Il serait mieux sur un de ses champs de bataille hispaniques.

Ses combats guerriers d'autrefois l'avaient conquise. Et ses écrits également, qu'elle avait dévorés d'une seule traite. Elle avait longuement interviewé Charles en prison. Il avait pleuré en proclamant son innocence et elle l'avait cru. Elle lui avait fait la promesse de l'aider, sachant que Marielle constituait une clé capitale de l'énigme. Sans trop savoir comment, Béa avait acquis la certitude que Marielle était leur seule alliée.

— Désolée pour votre mari, ajouta-t-elle prudemment.

— La presse va s'en donner à cœur joie.

— Je le crains… — Elle avait déjà eu connaissance des manchettes du lendemain. — Cela vous attirera la sympathie du public. Les allégations du procureur contre vous, l'autre jour, m'ont indignée. C'est pourquoi j'ai écrit ce papier.

Avec sa manie de défendre la veuve et l'orphelin, Béa faisait penser à une sorte de Robin des Bois en jupons, conclut Marielle, attendrie.

— Pourquoi vous acharnez-vous à blanchir Charles ?

— Parce que je refuse de le voir exécuter pour rien. Je n'ai jamais tout à fait cru à la culpabilité de Bruno Hauptmann non plus. La plupart des preuves qui l'ont condamné n'étaient dues qu'aux circonstances. Il a été la victime de l'hystérie collective fomentée par la presse. J'avais vingt ans, à l'époque, et c'était ma première enquête en tant que journaliste. Je n'ai pas pu le sauver. Mais cette fois-ci, je remuerai ciel et terre.

Un temps s'écoula, pendant lequel Marielle scruta le petit visage buté de son interlocutrice.

— Êtes-vous amoureuse de Charles, Béa ?

Il n'y avait pas une ombre de jalousie dans le ton de sa voix. Rien de possessif. Simplement une sorte d'amicale complicité.

— Je n'en suis pas certaine. Je ne devrais pas. Ce n'est pas une solution.

Marielle lui sourit. Le sens caché de ces propos ne lui avait pas échappé.

— Le sait-il, au moins, ou est-il aussi inconscient qu'il l'a toujours été ?

Béa émit un rire.

— Inconscient n'est pas tout à fait le mot adéquat. Disons qu'il a d'autres chats à fouetter… Allez-vous jamais retourner auprès de lui, Marielle ? interrogea-t-elle soudain, l'œil inquisiteur.

Sans hésiter, Marielle fit non de la tête. Ce chapitre de sa vie était clos depuis longtemps. La rousse journaliste représentait la femme idéale pour Charles, se dit-elle. Ils avaient un tas de points communs. La même flamme, le même enthousiasme, la même passion pour les causes perdues.

— Qu'allez-vous faire maintenant, Béa ?

— Passer quelques coups de fil, mener ma propre enquête à l'aide de mes indicateurs.

Et avoir une discussion avec Tom Armour, si jamais elle avait besoin de graisser la patte de certains voyous.

— Tenez-moi au courant, d'accord ?

— Sans faute.

Sur ces mots, Béa se leva, et Marielle l'accompagna jusqu'à la porte. Elle savait qu'elles ne seraient jamais vraiment amies, bien qu'elle eût de la sympathie pour la journaliste. C'était une fille hors du commun, un cœur vaillant que Charles, dans son malheur, avait eu la chance de rencontrer.

Quand Béa Ritter eut disparu dans la nuit, Marielle regagna sa chambre solitaire. Il était minuit passé... Elle resta longtemps étendue, toutes lumières éteintes. Ses pensées voguèrent un instant vers Malcolm, qui devait se prélasser dans un appartement de Park Avenue... avant de s'envoler vers son petit garçon, endormi quelque part, loin d'elle, au milieu d'étrangers.

13

LES SEMAINES s'écoulaient et le procès se poursuivait. En Europe, Hitler s'était emparé de Memel [1], sur la Baltique, mais dans les grands quotidiens new-yorkais, « l'Affaire » avait supplanté l'actualité mondiale. La Grande-Bretagne et la France avaient annoncé leur intention de soutenir la Pologne et la guerre civile espagnole s'était achevée par la capitulation des républicains devant les forces du général Franco. En trois ans, plus d'un million de morts avaient versé leur sang dans les plaines arides, les gorges déchiquetées et les rives sablonneuses de la péninsule ibérique, une population entière. Du fond de sa cellule, Charles pleura amèrement sur ses amis disparus. La bataille était finie, la guerre perdue, et Charles Delauney continuait à lutter pour sa survie.

Après leur entrevue, Béa Ritter ne donna plus signe de vie à Marielle, mais continua sa campagne en faveur de Charles.

L'idylle de Malcolm avec Brigitte fit la une des journaux pendant deux ou trois semaines avant de tomber en désuétude. Marielle s'était tenue soigneusement à l'écart du tumulte, se refusant à tout commentaire. C'était à peine si elle avait échangé quelques mots avec Malcolm depuis des semaines et elle n'avait revu Brigitte qu'une seule fois. Elles ne s'étaient pas saluées. Accrochée au bras de Malcolm, la

1. Nom allemand de Klaïpeda.

secrétaire affichait un air triomphal auquel Marielle répondit par une attitude pleine de dignité. Elle se sentait trahie, manipulée, dupée. Un jour, elle avait tenté de ramener la question sur le sujet et Malcolm l'avait éconduite sans le moindre scrupule. Après ses propres intrigues avec Charles, il ne lui devait aucune explication, déclara-t-il. Elle lui rappela froidement que ses fréquentes visites à Brigitte ne faisaient qu'alimenter la rubrique des potins. Il se remit à rentrer au domicile conjugal tard le soir sans plus jamais adresser la parole à sa femme. La tension entre eux avait atteint son paroxysme, à la maison comme au tribunal, où l'interminable ballet des témoins à charge — détectives, médecins et autres experts en tous genres — se poursuivait.

Il fallut attendre trois semaines pour que la défense prenne la parole. Comme premier témoin, Tom Armour cita Marielle, et elle revint à la barre pour rebâtir peu à peu, grâce à l'habile questionnaire de l'avocat, ce que Palmer avait démoli. Les tragédies passées furent réexaminées sous un éclairage différent. Le portrait que Palmer avait composé acquit une dimension nouvelle, plus profonde, plus humaine, plus vraie. La malade mentale, la détraquée inapte au rôle d'épouse et de mère, complaisamment dépeinte par l'accusation, se mua peu à peu sous les yeux attentifs des jurés et du public en une figure d'une tout autre envergure. Et ce fut une femme courageuse, une écorchée vive, un noble cœur blessé par les innombrables coups du sort qui, bientôt, remplaça l'ancienne névrosée.

Lorsque, sur les instances de l'avocat, elle conta comment la mort lui avait ravi André, sous l'implacable couche de glace, alors qu'elle était parvenue à sauver les deux petites filles de la noyade, tous les auditeurs en eurent les larmes aux yeux. Au cours de son récit, elle dut s'arrêter à plusieurs reprises pour reprendre son souffle, tandis que se déroulaient dans son esprit les scènes tragiques de l'hôpital, la nuit fatale où d'un seul coup elle avait tout perdu : son fils aîné, le petit être qu'elle portait, et l'amour de son mari…

— Oh, j'aurais préféré être morte, avec mes bébés, ne putelle s'empêcher de sangloter.

— Et maintenant ? demanda Tom, cependant que deux ou trois jurés se mouchaient discrètement dans leur mouchoir.

— Je ne sais plus…

— Est-ce que, d'après vous, Teddy est vivant ?

— Je l'espère ! s'écria-t-elle, les yeux mouillés, je l'espère tellement. Si quelqu'un sait où il est, ajouta-t-elle, fouillant la salle d'un regard scrutateur, s'il vous plaît, ramenez-le-moi. Ne lui faites pas mal, je vous en supplie.

Un photographe braqua son appareil photo sur le visage ravagé par les larmes, une lueur blafarde traversa la salle d'audience, puis le juge fit sortir l'importun.

— Le prochain qui aura l'idée de prendre une photo sera expédié en prison, vociféra-t-il avant de s'excuser auprès de Marielle.

— Selon vous, madame Patterson, Charles Delauney estil le ravisseur de votre fils ? reprit Tom, après un silence.

C'était une question dangereuse mais inévitable.

— Je n'en suis pas sûre.

— Vous connaissez l'accusé mieux que nous tous. Il vous a aimée, déçue et même frappée. Ensemble, vous avez vécu un grand bonheur qui s'est soldé par un drame… Le croyezvous capable d'un tel acte ?

Elle parut hésiter pendant un moment interminable, puis enfouit son visage entre ses mains en secouant la tête.

— Êtes-vous encore amoureuse de cet homme, madame Patterson ?

— Non, répondit-elle d'une voix indistincte, accablée par les réminiscences du passé. Je l'ai aimé. Il a été le père de mes enfants. J'ai été amoureuse de lui, oui, quand j'étais jeune. Plus maintenant. Je suis simplement triste pour lui. S'il a commis ce crime, j'espère qu'il se rachètera en me rendant mon bébé. Non, je ne suis plus amoureuse de lui. Nous nous sommes trop déchirés, nous nous sommes fait trop de mal l'un l'autre.

Tom Armour la dévisagea sans chercher à cacher son admiration. C'était une femme extraordinaire, pensa-t-il. La fatalité l'avait déjà privée de deux enfants, le sort s'était acharné sur elle une troisième fois et elle avait enduré les insinuations venimeuses de l'accusation, sans jamais perdre contenance.

— Avez-vous eu une liaison avec M. Delauney depuis votre mariage avec M. Patterson ?

— Non, répondit-elle calmement.

— Avez-vous jamais trompé votre mari avec un autre homme ?

Elle soutint son regard sans broncher.

— Non, jamais.

C'était la pure vérité. Les baisers qu'elle avait échangés avec Taylor ne prêtaient pas à conséquence et, de toute façon, son mariage n'existait plus.

— Merci, madame Patterson. Votre honneur, je n'ai pas d'autres questions.

Marielle regagna sa place où elle se laissa tomber, vidée de toute énergie et, pourtant, rassérénée. Comme si l'avocat de la défense lui avait rendu un peu de la dignité que le procureur lui avait dérobée.

Haverford fut le deuxième témoin cité par Tom Armour. Le vieux maître d'hôtel des Patterson ne tarit pas d'éloges à son égard, ce qui la toucha profondément. À ses dires, Marielle était une grande dame, une épouse exemplaire et une excellente mère. Les domestiques la traitaient avec une désinvolture inadmissible et M. Patterson ne lui avait jamais apporté son soutien. Il la considérait comme une simple invitée, plutôt que comme la maîtresse de maison.

— Son comportement apportait de l'eau au moulin de miss Griffin et des autres : l'économe, Édith, les femmes de chambre, le chauffeur. Ils la haïssaient tous et ne rataient pas une occasion de le lui faire sentir

— Vous voulez dire que Mme Patterson n'était pas respectée dans sa propre maison ? insista Tom, voulant s'assurer que les jurés avaient bien saisi la situation.

— Oui, monsieur, absolument, rétorqua Haverford, très britannique dans son costume sombre, impeccablement taillé par un couturier londonien.

— Mais l'attitude de Mme Patterson ne lui aurait-elle pas attiré le mépris de son entourage ? On nous l'a décrite comme une personne faible, voire irresponsable.

Le vieux majordome adopta un air outré.

— Ne vous méprenez pas sur mes paroles, monsieur. Mme Patterson est, je le répète, un être supérieur. Généreuse, pondérée, d'une gentillesse extrême. Et après tout ce qui lui est arrivé, on peut difficilement la qualifier de faible.

— Alors comment expliquez-vous l'insolence des autres domestiques à son égard ?

Bill Palmer ouvrit la bouche pour protester puis, de guerre lasse, abandonna.

— C'est M. Patterson, monsieur, dit le majordome. Non seulement il n'a jamais exigé que sa femme soit respectée, mais il a laissé entendre qu'elle ignorait tout de ses devoirs de maîtresse de maison et de mère.

Marielle baissa la tête. Pourquoi ? songea-t-elle pour la énième fois. Pourquoi Malcolm avait-il fait d'elle un objet de dérision ? Pourquoi, dès le début, lui avait-il dénié toutes ses qualités, l'affublant uniquement de défauts ? Quelle place avait-elle occupée, en vérité, dans sa maison et dans son cœur ?

— Étiez-vous au courant de la liaison de M. Patterson avec Mlle Sanders ?

— Je m'en suis douté, dit Haverford d'une voix où vibrait une vive désapprobation.

— Avez-vous rapporté vos soupçons à Mme Patterson ?

— Certainement pas, monsieur !

— Merci, monsieur Haverford.

Bill Palmer annonça d'un ton indifférent qu'il n'avait aucune question à poser au témoin, après quoi le vieux maître d'hôtel quitta la barre. Marielle le suivit d'un regard humide. Elle se sentait vengée, mais à quoi bon ? Sans cesse son esprit reproduisait les mêmes interrogations. Pourquoi Malcolm l'avait-il ainsi dénigrée aux yeux de tous ? Il devait y avoir une raison logique, mais laquelle ? Avait-il été amoureux de Brigitte dès le début ? Essayait-il d'éloigner de lui sa femme légitime, dans l'espoir qu'elle prenne la fuite, renonçant à Teddy ? Elle aurait préféré mourir que partir sans son bébé... Alors, pourquoi ces humiliations, ces cachotteries, ces calomnies ? Et, d'ailleurs, pourquoi l'avait-il épousée ? S'agissait-il d'un immense, d'un odieux mensonge ? D'une mystification ? Il lui avait paru si attentif, si doux, si prévenant lors de leur lune de miel... Oh, comme tout cela semblait lointain...

— J'appelle Mlle Brigitte Sanders à la barre.

Un remous fiévreux agita la foule, tandis que la secrétaire particulière de Malcolm se frayait un passage à travers la salle. Indéniablement séduisante, d'une beauté tapageuse, elle dégageait une sorte d'aura sensuelle dont Marielle prit conscience pour la première fois. Peut-être parce qu'elle n'avait plus rien à cacher, elle affichait librement sa véritable nature. Son secret avait éclaté au grand jour et elle en était fière. Elle s'avança d'un pas chaloupé, le menton haut, l'air de dire : « Oui, je suis la maîtresse de Patterson, et alors ? ». Elle portait une robe noire et moulante qui, pour manquer de distinction, n'en avait pas moins coûté une fortune, avait les cheveux impeccablement coiffés, les lèvres et les ongles peints en vermillon, comme à l'accoutumée. À son passage, les hommes tendirent le cou afin de mieux la détailler, et Marielle se sentit tout à coup affreusement terne comparée à sa rivale. Tom Armour, quant à lui, attendait l'Allemande de pied ferme. Celle-ci répondit à ses questions sur un ton arrogant. Oui, Malcolm Patterson passait presque toutes ses soirées avec elle, et même certaines nuits. Non, il n'aimait guère sa femme, qu'il avait épousée dans le seul but de procréer.

— Et même ça, elle n'a pas été capable de le faire correctement, ajouta-t-elle d'une voix vibrante de sarcasme.

— Auriez-vous l'obligeance d'éclaircir votre dernière remarque, mademoiselle Sanders ?

— Elle a eu des difficultés à concevoir.

Peut-être parce que son mari vous accordait tout son temps, se dit l'avocat, mais il s'abstint de tout commentaire.

— Il en avait assez d'attendre, reprit Brigitte. En fait, si elle n'était pas tombée enceinte, il aurait demandé le divorce.

Une rumeur fit vibrer la salle, le juge réclama le silence par un violent coup de marteau, et Marielle baissa la tête pour dissimuler ses joues embrasées.

— Aviez-vous déjà des relations avec M. Patterson à cette époque ? Dois-je répéter ma question ? Vous êtes sous serment, mademoiselle Sanders.

— Euh... oui, fit-elle, un peu décontenancée.

— À quel moment votre liaison a-t-elle débuté exactement ?

— Deux mois après leur mariage. En février.

La date correspondait au premier voyage d'affaires de Malcolm. Eh bien, il n'avait pas attendu longtemps pour la tromper, pensa Marielle avec dégoût.

— Le fait que M. Patterson soit marié ne vous a pas gênée ?

— Non, répliqua Brigitte, de plus en plus déconfite. Je savais qu'il voulait un enfant. Malcolm... M. Patterson... s'est toujours montré très généreux.

On finira par le savoir, songea Tom, écœuré. Il ne demanda pas pourquoi Malcolm désirait un enfant avec Marielle et pas avec Brigitte.

— Vous a-t-il promis de vous épouser, quand il aurait divorcé de sa femme ?

— Nous n'avons jamais parlé d'une telle éventualité, éluda la secrétaire.

Or, le regard qu'elle avait jeté à Malcolm avant de répondre n'échappa guère à l'œil averti de l'avocat. L'audition continua… Oui, ils voyageaient partout ensemble, expliqua-t-elle, surtout en Allemagne où M. Patterson comptait un grand nombre de clients… Oh, pas du tout, ça ne la dérangeait pas le moins du monde d'être sa maîtresse, déclara-t-elle d'un ton de défi… Elle ajouta qu'elle avait beaucoup d'affection pour Teddy, que Malcolm adorait son fils et que le kidnapping avait failli le tuer. Et elle prétendit n'avoir aperçu Marielle que très rarement en compagnie de l'enfant.

— La plupart du temps, elle était clouée au lit avec une de ses fameuses migraines…

Sans le vouloir, elle avait adopté la déplaisante tournure de phrase des domestiques, tout comme leurs airs goguenards. Enfin, elle descendit de l'estrade dans un effet de jambes de grande star, et se dirigea vers son siège en ondulant des hanches.

La procédure se poursuivit pendant près d'une semaine avec le défilé monotone des témoins qui se succédèrent à la barre : policiers, enquêteurs, experts. Selon eux, aucune empreinte digitale n'avait marqué le lieu du drame, aucune piste ne conduisait, en fait, à Delauney, exceptée celle du pyjama rouge et du jouet que les agents du FBI avaient découverts chez lui… « fort opportunément », déclara son avocat. Pour l'accusation, rien de plus facile que ces preuves fabriquées de toutes pièces, ces indices subrepticement introduits dans la résidence Delauney, dans le but manifeste d'incriminer le maître de maison.

Ce ne fut qu'au terme de la quatrième semaine que ce dernier s'avança vers le box des témoins, dans un silence absolu. La main levée, il jura de dire « la vérité, toute la vérité et rien que la vérité », tandis que du regard il épiait les visages fermés des jurés. Son défenseur l'avait prévenu. Le moindre faux pas pouvait lui coûter cher, très cher.

Quand Tom lui demanda où il avait passé les derniers dix-huit ans, il déclara qu'après avoir vécu des années durant en

France, il avait rejoint les forces républicaines espagnoles en rébellion contre Franco.

— Mais vous avez aussi fait la Grande Guerre, monsieur Delauney.

— Oui...

Quatre mois de détention avaient creusé ses joues pâles, ajouté des fils d'argent dans le jais de ses cheveux, attisé l'éclat fiévreux de ses prunelles. Il avait comme vieilli depuis leur rencontre à Saint-Patrick, nota Marielle, la gorge nouée, mais n'en était pas moins séduisant... Lui-même avait un peu perdu la notion du temps. Les jours succédaient aux nuits. Ses gardiens le conduisaient au tribunal, puis le ramenaient dans sa cellule et pendant ce temps son père, avait-il appris, n'avait cessé de décliner.

— Quel âge aviez-vous lorsque vous vous êtes porté volontaire ?

— Quinze ans.

— Et vous avez été blessé en servant votre pays.

— Oui, au Mont-Saint-Michel. Je suis ensuite revenu aux États-Unis pour aller à l'école pendant trois ans. En 1921, je suis reparti pour l'Europe. J'ai fréquenté Oxford, puis, après un bref séjour en Italie, je me suis établi à Paris.

— Et là, vous avez rencontré votre femme, l'actuelle Mme Patterson.

Ses yeux se tournèrent involontairement vers Marielle et l'ombre d'un sourire tremblota l'espace d'une seconde sur ses lèvres. La jeune femme l'écoutait, l'air anxieux. Que justice soit faite, priait-elle mentalement. La justice pour Charles. Et pour son petit garçon.

— Exact. Nous nous sommes connus en 1926. Elle avait dix-huit ans et nous nous sommes mariés à la fin de l'été.

— Étiez-vous amoureux, monsieur Delauney ? fit Tom d'une voix grave, comme s'il accordait une importance capitale à ce fait. Aimiez-vous votre femme ?

— Oh, oui, énormément. Elle était si jeune, si belle, radieuse comme un ange. Nous avons été très heureux.

— Et vous avez eu un petit garçon.

— Oui. André. Nous étions mariés depuis presque un an quand il est né. C'était quelqu'un de… de spécial.

Teddy aussi, pensa Marielle, et des larmes involontaires lui brûlèrent les yeux.

— Étiez-vous très attaché à cet enfant ?

— Oui.

— D'une manière exagérée ?

— Peut-être. Nous étions tout le temps ensemble. Nous ne voyagions pas beaucoup car je préférais écrire à la maison. Marielle s'occupait de lui merveilleusement bien.

— Sans gouvernante ?

— Elle ne voulait surtout pas être aidée.

Marielle eut un sourire intérieur à ce souvenir. La vie était plus simple sans une miss Griffin.

— Vous lui étiez donc très attaché. Trop, peut-être.

— On peut dire ça, oui.

— Le choc de le perdre n'en a été que plus terrible, n'est-ce pas ?

— Sans doute. Nous étions si jeunes… Tous deux, nous avons été terrassés par le chagrin. Je lui en ai voulu et elle m'en a voulu…

— Elle vous en a voulu ?

— Oui, à cause du bébé. En vérité, Marielle s'en est voulu à elle-même. Il faut dire que j'y étais pour quelque chose, ajouta-t-il, la voix altérée, presque poignante. Je me trompais, bien sûr, mais je ne l'ai su qu'après. Malheureusement, je n'avais pas le droit de lui rendre visite à la clinique. Les médecins m'avaient interdit l'accès de sa chambre.

Il était arrivé à un tournant abrupt du récit, et Tom s'apprêta à empoigner le taureau par les cornes.

— Monsieur Delauney, avez-vous frappé votre femme la nuit où votre fils est mort ?

— Oui, marmonna Charles, les épaules subitement voûtées. Je ne savais plus ce que je faisais. Je n'arrivais pas à croire que mon André avait péri... Il n'est pas toujours facile d'admettre la mort des êtres chers... Je voulais mourir, alors je l'ai frappée, oui, monsieur...

On sentait bien que ce souvenir le hanterait jusqu'à la fin de sa vie.

— A-t-elle perdu le bébé qu'elle portait à cause de vous ?

— Non, non, fit-il en secouant la tête, la face sombre. D'après les médecins, le fœtus avait cessé de vivre avant qu'elle ne se rende à l'hôpital. L'eau glacée l'avait tué, mais ils avaient décidé de ne pas le dire à Marielle.

Celle-ci se raidit, étouffant un sanglot. N'y aurait-il donc jamais de fin à ces horreurs ? à ces visions de cauchemar qu'elle avait pensé s'atténuer avec le temps et qui pourtant resurgissaient sans cesse, plus tenaces que jamais ?

— Lui avez-vous reproché la perte de vos deux enfants ?

Dans la salle, Béa Ritter réprima un tressaillement. Armour n'avait pas montré une once de complaisance vis-à-vis de son client qu'il avait harcelé sans répit, semblable à quelque chirurgien qui n'a de cesse que de vider l'abcès.

— Oui, formulèrent les lèvres blanches de Charles. Oui, et là aussi j'ai eu tort. Ce n'était pas sa faute. Et quand je l'ai enfin compris, c'était trop tard.

— Auriez-vous été capable de la tuer, cette nuit-là ?

— Non ! s'écria l'accusé, horrifié. Bien sûr que non ! Je crois que c'est à moi-même que je voulais faire du mal.

— Avez-vous arrêté tout seul de taper ou a-t-il fallu une intervention extérieure ?

— J'ai arrêté tout seul. Je l'ai laissée là, à terre, et je suis parti m'enivrer. Quand je suis revenu le lendemain, résolu à lui demander pardon, on l'avait emmenée au bloc opératoire. Elle avait perdu le bébé. Elle ne s'en est jamais vraiment remise. Et je n'ai pas eu l'occasion de la revoir, de lui parler, de l'approcher même.

Des larmes coulaient lentement sur ses joues, et Marielle se mordit les lèvres pour faire refluer les siennes.

— Avez-vous assisté aux obsèques de votre fils ?

— Oui.

— Et votre femme ?

Il secoua la tête, incapable pendant un moment d'aller plus loin.

— Non… Elle n'a pas pu. Elle était trop malade et se trouvait encore à l'hôpital à Genève.

Cela n'avait rien à voir avec la clinique Verbeuf à Villars, c'était à présent clair pour tout le monde.

— Vous n'avez jamais voulu d'autres enfants ?

— Non, jamais. Je ne me suis jamais remarié, du reste. Le deuil de mon fils a pesé trop lourd dans la balance. Je me suis consacré à d'autres buts, à l'écriture, à des causes politiques auxquelles je m'étais attaché, parce que je n'avais plus rien à perdre. Si j'avais trouvé la mort sur le champ d'honneur, personne ne m'aurait pleuré. Avec une femme et des enfants, je n'aurais pas pu mener librement ma vie de combattant.

— Éprouvez-vous du ressentiment vis-à-vis de ceux qui ont fondé une famille ?

— Aucun. Chacun a le droit de choisir son avenir.

— Mais vous avez, à un moment donné, voulu récupérer votre femme.

— Oui. Avant sa sortie d'hôpital, je lui ai demandé de revenir. Elle a refusé. Elle se sentait responsable de ce qui était arrivé et craignait que je lui en fasse éternellement le reproche.

— Êtes-vous encore amoureux d'elle, à l'époque ?

— Oui, répondit Charles, sans fausse honte.

— Et elle ? À votre avis vous aimait-elle encore ?

— Je le crois.

— Êtes-vous amoureux d'elle, aujourd'hui ?

— Oui. Peut-être le serai-je toujours. Toutefois, nous avons pris des chemins différents, qui ont peu de chances de se croiser à nouveau… Je la vois mal camper en pleine nature, pendant que son mari sillonne les champs de bataille.

Un sourire flotta sur les traits des jurés. Dans la salle, la plupart des femmes se sentirent prêtes à escalader des montagnes et à traverser à la nage les océans, pour l'amour de cet irréductible guerrier.

— Depuis quand n'aviez-vous pas revu votre ex-épouse, lorsque vous l'avez rencontrée par hasard à la cathédrale Saint-Patrick ?

— Presque sept ans.

— Avez-vous été ému de la revoir ?

— Bouleversé. C'était l'anniversaire de la mort de notre fils, et cela conférait une signification particulière à notre rencontre.

— Vous a-t-elle paru contente de vous voir ?

— Plutôt, oui.

— Vous a-t-elle donné l'impression d'être prête à vous revoir ?

— Non. Elle m'a dit au contraire que cela était impossible parce qu'elle était mariée. Elle a été très ferme à ce sujet.

Il y avait un contraste étonnant entre ce témoignage et celui de Malcolm à propos de son nid d'amour avec Brigitte.

— Comment avez-vous réagi à ce refus ? Par la colère ?

— La tristesse… J'avais vraiment envie de revivre nos anciens instants de bonheur.

— Vous a-t-elle parlé de son fils ?

— Non, et c'est pourquoi j'ai été si surpris de l'apercevoir le lendemain. J'avais ingurgité de grosses quantités d'alcool pendant la nuit, si bien que j'avais l'esprit embrumé. J'enrageais à l'idée que, la veille, elle m'avait caché l'existence de cet enfant… un petit garçon magnifique… Je me suis comporté alors comme tous les ivrognes : j'ai débité un tas de sottises…

— L'avez-vous menacée ?

— Il semble que oui, bien que je n'aie conservé qu'un souvenir assez flou de la scène.

— Pensiez-vous ce que vous disiez ?

— Non.

— L'avez-vous recontactée, avez-vous répété ces menaces ?

— Non

— Avez-vous menacé d'autres personnes par le passé ?

— Jamais.

— Alors pourquoi l'avoir fait cette fois-là, monsieur Delauney ? Comptiez-vous mettre à exécution vos menaces ? questionna Tom d'une voix claire et forte.

— Je n'aurais jamais touché à un cheveu de l'enfant de Marielle.

— Avez-vous kidnappé Théodore Whiteman Patterson dans la maison de ses parents dans la nuit du 11 décembre de l'année dernière, ou avez-vous confié à quelqu'un d'autre cette tâche ?

— Non, monsieur.

— Savez-vous où se trouve l'enfant ?

— Non. Je suis désolé mais je ne le sais pas.

— Cependant, une semaine plus tard, les enquêteurs ont découvert chez vous le pyjama et un jouet du petit garçon, est-ce exact ?

— Oui.

— Selon vous, comment ces objets sont-ils arrivés chez vous ?

— Je n'en sais rien. Je pense que quelqu'un les a mis là.

— Pour quelle raison ?

— Pour me faire payer un crime que je n'ai pas commis. Je ne vois pas d'autre explication.

— Qui a pu monter cette mise en scène ?

— Je l'ignore.

— Avez-vous des ennemis, monsieur Delauney, des gens qui désireraient votre perte ?

— Je n'en connais aucun... sauf peut-être le général Franco.

Des rires feutrés saluèrent cette réplique.

— Êtes-vous communiste ?

— Je suis républicain.

— Êtes-vous inscrit au Parti communiste ?

— Non.

— Avez-vous tenu rigueur à l'ex-Mme Delauney, ou à M. Patterson, de ce mariage ?

L'œil de Charles dériva vers Malcolm, à travers la salle, et il dut se contrôler pour ne pas l'insulter.

— D'après ce que j'ai entendu ici-même, cet homme ne mérite pas Marielle ; mais non, je ne leur en tiens pas rigueur. Elle a déjà assez souffert. Du reste, aucun de nous deux n'est digne d'elle, et elle mérite de retrouver son petit garçon.

De sa place, Marielle le considéra à travers le voile éclatant de ses larmes. C'était un homme décent, il l'avait toujours été. Plus que jamais, elle eut la conviction qu'il n'avait pas pris Teddy. Tom Armour se tourna vers les jurés, qui semblaient suivre attentivement le déroulement de l'interrogatoire.

— Êtes-vous coupable du crime dont on vous accuse, monsieur Delauney ? Réfléchissez avant de répondre et n'oubliez pas que vous êtes sous serment. Êtes-vous impliqué dans ce kidnapping de quelque façon que ce soit ?

Charles le regarda droit dans les yeux en secouant lentement la tête.

— Je n'ai rien à voir là-dedans, je le jure.

L'avocat de la défense céda alors la place à l'accusateur public.

— Le témoin est à vous, monsieur Palmer.

Le procureur se redressa, dans un silence pesant. Mais ses attaques n'eurent pratiquement aucun effet sur l'accusé. Ses tentatives de dénaturer ses propos précédents tombèrent à plat. Charles s'en tint à son alibi, sans se laisser troubler par les perfides insinuations de son adversaire. À l'acharnement de l'accusation à le confondre, il opposa un mur de sérénité. Non, il n'avait pas kidnappé Teddy. Les affaires découvertes dans sa cave et dans sa chambre constituaient, en fait, de maigres indices. Le laboratoire n'avait pas pu établir la preuve irréfutable de sa culpabilité... On n'avait trouvé chez lui aucune empreinte digitale de l'enfant, pas un cheveu, pas un bout d'ongle, aucun autre vêtement.

Deux jours plus tard, l'accusation avait épuisé tous ses arguments. L'énigme demeurait entière, mais Charles n'avait pas faibli. Jusqu'au bout, il avait conservé son sang-froid. « Je suis innocent », n'avait-il cessé de répéter. Mais avait-il convaincu les jurés ? Ni lui ni son avocat n'auraient su le dire.

Ce jour-là, Malcolm quitta la salle d'audience sans attendre Marielle, et, sur le chemin, elle voulut faire une halte à l'église. Effondrée sur un prie-Dieu, le visage entre les mains, elle se mit à prier avec ferveur. Elle souhaitait la clémence du tribunal pour Charles, mais bientôt l'image de son petit garçon se superposa au visage pathétique de son ex-époux. Des larmes jaillirent de ses yeux. Les fêtes de Pâques étaient venues, puis passées, d'autres enfants avaient dégusté les délicieux œufs au chocolat, puis avaient entendu sonner les cloches, et la nursery nichée au troisième étage de la demeure désolée restait vide. La jeune femme montait dans la chambre de son fils tous les jours, sous différents prétextes : ranger les placards, plier les petits pull-overs, épousseter les jouets... Miss Griffin était repartie chez sa sœur à New Jersey. Quelques jours plus tôt, la vieille économe lui avait annoncé que la gouvernante anglaise avait trouvé du travail à Palm Beach où elle irait s'occuper d'un bébé, et une pointe acérée avait égratigné le cœur de Marielle. Elle avait de la chance, miss Griffin, de pouvoir se pencher sur un berceau, guettant la respiration tranquille d'un nourrisson... Alors que pour elle, c'était fini. Un irrépressible besoin physique de toucher Teddy, de passer les doigts dans ses cheveux fins et soyeux, de respirer son odeur, de sentir ses douces lèvres contre sa joue, la bouleversa... Teddy avait disparu, probablement pour toujours. *Toujours !* Une notion qu'elle ne parvenait pas à concevoir, ni même à accepter, un mot auprès duquel la trahison de Malcolm n'avait que peu de sens.

Elle demeura longtemps prostrée devant l'autel, dans la petite église de Saint-Vincent-Ferrer jusqu'à ce que la présence de John Taylor à son côté lui fît lever les yeux. Il l'avait accompagnée chaque jour au tribunal, l'avait soutenue de son mieux. L'enquête piétinait lamentablement. Rien n'était venu éclaircir le mystère depuis l'arrestation de Charles Delauney.

La clôture du procès, fixée au lendemain, ne changerait rien à l'affaire et bien qu'il continuât de croire à la culpabilité de Delauney, l'agent du FBI se désolait de sa propre impuissance. Sa main frôla gentiment l'avant-bras de la jeune femme. Elle avait minci, le rose de ses joues s'était fané, mais ses migraines s'étaient espacées.

— Êtes-vous prête à rentrer ?

Elle répondit par un soupir. S'il n'avait tenu qu'à elle, elle serait restée ici, dans la douce quiétude, loin de l'agitation du monde… Ce fut à peine si un ou deux mots franchirent ses lèvres durant le trajet du retour. Des grappes de journalistes s'agglutinaient devant la porte principale et il la fit passer par l'entrée de service en contournant la demeure. Le procès allait se terminer demain, pensa-t-elle en se sentant toute drôle. Un autre chapitre de clos, et toujours pas de Teddy ! Du reste, plus personne ne s'attendait à le voir réapparaître. Les policiers s'apprêtaient à quitter leurs postes d'observation à l'intérieur de la maison. Certes, ils repasseraient de temps à autre. Pour eux aussi, l'affaire était classée. Il n'y avait pas eu d'autres coups de fil, pas même des appels anonymes. Rien. Il ne restait plus que le verdict que les jurés se préparaient à énoncer, une simple sentence dont dépendait la vie de Charles… Taylor la regarda. Il lui trouva un air préoccupé.

— Préférez-vous rester seule ?

Marielle fit oui de la tête. Après tout, la solitude serait désormais sa seule compagne. Malcolm demanderait le divorce,

Teddy n'était plus là, et si la cour prononçait la peine capitale pour Charles, il ne resterait plus personne de tous ceux qu'elle avait chéris dans le passé. Taylor la considérait comme s'il avait deviné ses sombres pensées. Une nouvelle fois, sa main toucha la sienne avant de lui effleurer la joue.

— Reposez-vous, vous en avez besoin.

Il la suivit d'un regard inquiet, tandis qu'elle gravissait les marches de l'escalier, la tête baissée, les yeux vides. Soudain, une angoisse sans nom fondit sur lui. Pourvu qu'elle n'aille pas commettre une bêtise ! Pourvu qu'elle ne recommence pas ses tentatives de suicide ! Il faillit s'élancer à sa suite. Un de ses hommes lui apprit que Malcolm se trouvait en haut.

— Gardez un œil sur elle, murmura l'agent du FBI avant de retourner à son bureau.

Marielle poursuivit son ascension jusqu'au dernier étage. Dans la chambre silencieuse de Teddy, elle s'effondra sur le rocking-chair, les yeux clos. Le soir tombait sur New York, quelques rares étoiles clignotaient dans le firmament couleur de cendre. Les paroles d'une ronde enfantine, le même refrain qui avait bercé Teddy lors de cette ultime nuit de bonheur, lui revint en mémoire et un flot de larmes lui inonda les joues. Un bruit de pas la fit se retourner, puis son mari apparut sur le seuil.

— Qu'est-ce que tu fais là ? s'enquit-il froidement.

— Dans cette pièce, je me sens plus près de Teddy.

— Ça ne t'avancera pas beaucoup, répondit-il méchamment. Teddy est mort. Grâce à ton ex-mari.

— Pourquoi es-tu si cruel ? s'écria-t-elle, tremblante. Comment peux-tu être aussi sûr de toi ? Comment sais-tu que ses ravisseurs ne nous le rendront pas un jour ?

Malcolm Patterson l'enveloppa d'un regard glacial. Depuis le début du procès, il avait abandonné son masque débonnaire. Il avait l'intention de divorcer et ne faisait rien pour le cacher.

— Si cela était le cas, ce serait à *moi* que Teddy serait remis, Marielle. Tu n'es pas digne d'être sa mère.

Il comptait se battre pour obtenir la garde de l'enfant, exactement comme Tom Armour l'avait prévu. Les témoignages de la nurse anglaise et des femmes de chambre, le télégramme de l'hôpital psychiatrique devraient suffire pour anéantir toute prétention de Marielle... si toutefois le garçonnet réapparaissait.

— Pourquoi dis-tu une chose pareille ? Qu'ai-je donc fait pour m'attirer ta haine ?

— Je ne te déteste pas. Je te méprise. Je méprise ta faiblesse. Tu as été assez stupide pour permettre à ce communiste de voler notre fils et de le supprimer.

— Tu sais bien que ce n'est pas vrai !

Elle n'avait pas bougé du rocking-chair, et il alla se planter devant elle.

— Tu n'es qu'une idiote ! Une idiote et une menteuse !

Ses yeux lançaient des éclairs, mais Marielle ne baissa pas les siens.

— Et Brigitte ? fit-elle. Représente-t-elle vraiment ton idéal féminin ?

L'affront qu'elle avait subi publiquement lui enflamma les pommettes. Son amertume fit surface. Cet homme l'avait dupée des années durant Il l'avait humiliée, sous-estimée, rabaissée. Pourquoi la haïssait-il autant ? se demanda-t-elle frénétiquement pour la centième fois, pourquoi ? pourquoi ?

— Laisse Brigitte en dehors de tout ça. Nous n'aurions jamais dû nous marier.

— Alors pourquoi l'avons-nous fait ?

— Si j'avais rencontré Brigitte avant toi, ce mariage n'aurait jamais eu lieu. Mais je t'ai rencontrée en premier Et je voulais désespérément avoir des enfants

Après deux unions stériles, Marielle avait représenté la réponse à ses prières. Jeune, seule au monde, égarée dans la jungle humaine, elle l'avait séduit par sa naïveté. Par ailleurs, son séjour à l'hôpital psychiatrique ne contribuait qu'à la rendre encore plus dépendante de lui, plus docile et soumise.

— Ah, murmura-t-elle, mortifiée. Tu m'as donc épousée uniquement pour avoir un fils ?

— Peut-être...

Manipulée. Utilisée. Trompée. Elle avait été l'instrument par lequel il fallait bien passer pour procréer. Rien de plus. Pourtant, au tout début, Malcolm avait eu de l'attachement pour elle, Marielle le savait. Après, il y avait eu Brigitte...

— Que comptes-tu faire ? Épouser ta secrétaire et avoir d'autres enfants ?

Il préféra taire le fait que Brigitte ne pouvait pas devenir mère, que leurs rapports reposaient sur la passion physique.

— Cela ne te regarde pas.

— Je déménagerai quand le procès sera terminé, déclara-t-elle d'une voix étrangement calme...

Et elle allait emporter les affaires de Teddy. Oui, toutes ses affaires. De manière qu'il puisse les retrouver à son retour... Pour la première fois depuis des années, elle se sentit la proie d'une confusion singulière... le même désarroi qu'elle avait éprouvé à Villars... la même douleur lancinante qui lui brouillait l'esprit, l'empêchant de prendre une décision, de réfléchir, de s'organiser. Elle ne pensait plus à rien... à rien sauf à Teddy.

— Où iras-tu ? voulut-il savoir.

— Qu'importe ? Je laisserai mon adresse au FBI, afin qu'ils puissent me contacter quand ils auront découvert Teddy.

Une lueur moqueuse éclaira les prunelles froides de Malcolm. La pauvre femme divaguait. L'idée qu'il l'avait conduite à la folie ne l'effleura pas un seul instant.

— Ils ne le découvriront pas, Marielle. Jamais Mets-toi bien ça dans la tête.

— Je resterai à l'hôtel, murmura-t-elle, les yeux détournés, ignorant ses affirmations.

Il hocha la tête. Il s'était déjà entendu avec son avocat sur la pension alimentaire. Du train où allaient les choses, celle-ci servirait très certainement à payer une institution. Une fois Charles exécuté, quand elle se rendrait compte qu'elle ne reverrait plus jamais son enfant, elle sombrerait dans la démence qui l'avait toujours guettée.

— Je partirai bientôt en voyage. Profites-en pour déménager.

— Où… vas-tu aller ? balbutia-t-elle, comme si chaque mot lui coûtait un effort surhumain.

— Ce n'est pas ton problème.

Elle le regarda, paralysée par une terreur indicible. Mais s'il s'en allait, qui l'aiderait à prendre soin de Teddy ? Et, tout à coup, elle sut qu'elle n'avait besoin de personne. Que le temps se chargerait de refermer ses blessures… Elle décida soudain de combattre de toutes ses forces ses démons intérieurs, puis se redressa, mue par une énergie nouvelle. Tranquillement, elle descendit les marches et se réfugia dans sa chambre. Malcolm pouvait faire ce que bon lui semblait. Il ne possédait pas les moyens de lui retirer ses souvenirs, ni l'amour sans limites qu'elle avait pour Teddy. Elle sut alors qu'elle survivrait.

John Taylor l'appela plus tard dans la nuit.

— Comment vous sentez-vous ? s'enquit-il d'une voix vibrante d'inquiétude.

— Je vais bien. Ce fut une rude journée.

Et Malcolm s'était débrouillé pour l'achever.

— Ce sera pire les prochains jours. Les plaidoyers suivis du verdict risquent de vous affecter. Armez-vous de courage.

Il serait là, de toute façon, à côté d'elle.

— J'essaierai. John, il n'y a pas de nouvelles ? Je veux dire, de Teddy ?

— Non, dit-il prudemment, il n'y en a pas. — Après quatre mois d'absence, plus aucun espoir ne subsistait. — Je ne manquerai pas de vous appeler si quelque chose survient.

— Je sais que vous le ferez.

— Marielle…

Il savait que les conversations téléphoniques étaient enregistrées, sinon il lui aurait déclaré son amour.

— Je sais… je vais bien… chuchota-t-elle d'une toute petite voix qui lui donna envie d'accourir auprès d'elle.

Marielle s'assit. Deux larmes jumelles perlèrent au bord de ses longs cils recourbés. La voix chaleureuse de Taylor lui parvint à travers l'écouteur.

— Soyez forte. Dans quelques jours, tout sera terminé. Alors, nous pourrons passer un moment ensemble si vous voulez…

Il n'osait imaginer une suite au calvaire de Marielle. Ni mettre un nom sur l'affreuse certitude qui, peu à peu, s'était imposée à son esprit.

— À demain, ajouta-t-il.

— Bonne nuit, fit-elle dans un souffle, avant de raccrocher.

Au même moment, Béa Ritter songeait sérieusement à appeler Tom Armour.

14

TOM Armour venait de relire sa plaidoirie. Il y avait travaillé d'arrache-pied, pesant ses arguments, perfectionnant chaque phrase. S'estimant satisfait de l'ensemble, il s'étira dans un bâillement de fauve, parcourut fébrilement le texte une fois de plus tout en griffonnant une remarque de dernière heure dans la marge, puis décida de se préparer un sandwich... Le jeune avocat traversa son appartement, dont le désordre évoquait le passage de quelque cyclone, mais, devant la porte du réfrigérateur, son geste se figea. Si ses souvenirs ne le trompaient pas, ses provisions se réduisaient à presque rien. Il contemplait la triste réalité d'un œil affamé quand la sonnerie du téléphone coupa court à ses fantasmes culinaires... Ça devait être encore ces satanés reporters, se dit-il, résolu à faire la sourde oreille, mais il alla quand même décrocher en soupirant. On ne savait jamais, il pouvait s'agir d'une nouvelle importante.

— Oui ? fit-il, en proie à un cruel dilemme : descendre au restaurant du coin ou se coucher immédiatement.

Son estomac émit un gargouillis indigné, comme pour lui rappeler qu'il avait sauté également le déjeuner. Il porta machinalement l'appareil à son oreille. Qui pouvait l'appeler à une heure aussi tardive ? Sûrement pas la femme de sa vie ! Celle-ci avait décrété que Tom était marié au Code pénal, et lui avait annoncé froidement ses fiançailles un peu avant Noël... Bah, elle n'avait sûrement pas eu tort. À trente-six ans, Tom Armour avait réussi à se hisser au zénith de sa profession à la force du poignet.

— Monsieur Armour ? fit dans l'appareil une plaisante voix féminine qu'il ne reconnut pas.

— Qui voulez-vous que ce soit à cette heure-ci ? Le majordome ?

Ses yeux s'étaient plissés. L'espace d'un instant, il s'attendit à un de ces injurieux appels anonymes l'accusant d'être l'avocat d'un monstre — il en avait reçu plusieurs depuis qu'il avait accepté d'assurer la défense de Delauney.

— Qui êtes-vous ? s'enquit-il, les sourcils froncés.

— Béatrice Ritter. C'est vous, Tom ?

— Moi-même.

Il l'avait trouvée sympathique à partir du jour où, faisant irruption dans son bureau, elle l'avait imploré de prendre en main l'affaire Delauney, et les articles qui jaillissaient de sa plume corrosive l'amusaient. Durant le procès, il avait eu l'occasion d'apprécier les prises de position fermes de la jeune journaliste.

— Il faut que je vous parle, dit-elle d'une voix surexcitée.

— Vous m'avez au bout de la ligne. Profitez-en, soupira-t-il, l'esprit obnubilé par son réfrigérateur vide.

— Pourriez-vous me rejoindre quelque part ?

Un rapide coup d'œil à sa montre le fit tressaillir. Sortir voulait dire se changer. Le miroir lui renvoyait le reflet d'un homme séduisant mais mal rasé, vêtu d'une chemise blanche dont l'éclat commençait à se ternir, d'un pantalon anthracite et de fixe-chaussettes. Il se trouva mauvaise mine, ce qui n'était guère étonnant compte tenu des litres de café noir qu'il avait ingurgités.

— Écoutez, Béa, il est onze heures du soir et je suis épuisé. Cela ne peut pas attendre ?

— Non ! lança-t-elle avec l'énergie du désespoir.

— Qu'est-ce qui ne va pas ?

— Il faut que je vous voie.

— Avez-vous assassiné quelqu'un ?

— Je suis sérieuse, Tom. S'il vous plaît, faites-moi confiance. Demain, il sera peut-être trop tard.

— Je présume que votre information concerne mon client.

Elle était devenue la championne de la cause de Charles Delauney pour des raisons que Tom n'avait pas bien saisies, mais dont il comptait tirer profit.

— Oui, absolument.

— Et vous dites que ça ne peut pas attendre ?

— En effet.

Elle paraissait sûre d'elle.

— Voulez-vous me rejoindre à mon appartement ?

La plupart des filles de son entourage auraient eu quelque scrupule à se rendre chez un célibataire, mais ce genre de préjugé n'avait pas prise sur Béa. Ce n'était pas n'importe quelle fille. Elle était avant tout journaliste... Une femme de tête, intelligente et courageuse.

— J'arrive. Ne me dites pas que vous vivez à New Jersey.

— 59e Rue, entre Lexington et la Troisième Avenue, cela vous convient-il ?

Il habitait un élégant petit hôtel particulier de brique brune

— Une chance ! Je suis à la 47e Rue, nous sommes quasiment voisins. Je saute dans un taxi et je sonne à votre porte dans cinq minutes.

— Voulez-vous me rendre un service ?

— Avec plaisir.

— Apportez-moi un sandwich au rosbif. Je vis sur une réserve de cinquante calories depuis ce matin.

— Moutarde ou mayo ?

— Les deux. Je suis capable d'avaler le sac en papier. Je meurs de faim.

— C'est parti !

La sonnette de l'entrée carillonna une vingtaine de minutes

plus tard, et Béa fit son apparition dans un sweater bleu pétrole sur un pantalon assorti, un ruban de velours bleu pâle dans les cheveux. Elle lui tendit un sac de papier brun contenant une bière, un bocal de pickles et le sandwich.

— Vous êtes un ange. Voulez-vous partager ma bière ?

— Non, merci, répondit-elle en se laissant tomber sur une chaise, dans la cuisine.

Tom la regarda. Il savait qu'elle avait suivi le procès depuis le début.

— À votre avis, avons-nous une chance de gagner ?

— Je n'en suis pas sûre. Parfois, j'ai l'impression que les hommes du jury seraient plus favorables à un acquittement que les femmes, et encore ! En tout cas, grâce à vous, Marielle Patterson a été réhabilitée à leurs yeux... Quel salaud, ce Patterson ! s'emporta-t-elle, tandis que Tom, la bouche pleine, hochait la tête en se méfiant de Béa, comme de tous les reporters. Vous avez fait du beau travail pour Charles Delauney.

— Merci. Il a eu l'air plus décontracté à la barre, aujourd'hui. Du moins, c'est ce que j'ai ressenti.

— Moi aussi, murmura-t-elle.

Elle avait réussi à capter le regard de Charles au moment où il quittait le box des témoins et il lui avait adressé un sourire fugitif. La foi absolue dont la journaliste faisait montre à son égard avait fini par l'émouvoir. L'ardeur que la jeune femme mettait à le défendre constituait pour lui un réconfort... Aux yeux de Béa, l'amitié qui la liait au détenu était un prélude à une affection plus profonde, mais cela dépendait du jury, puis de Tom Armour.

— Eh bien, fit celui-ci, que se passe-t-il ? Qu'est-ce qui vous amène ici au milieu de la nuit ? Car vous n'êtes certainement pas venue pour me dire que vous admirez le style de mes plaidoiries.

— Non, bien que vous soyez l'un des meilleurs avocats qu'il m'ait été donné de suivre dans l'exercice de mes fonctions.

Un sourire fugace avait illuminé ses traits fins mais, un instant plus tard, ses yeux redevinrent graves... Le lendemain, le destin de Charles serait scellé. L'accusation, comme la défense, déclamerait son discours final, ensuite les jurés se retireraient pour délibérer.

— J'ai pris une initiative plutôt étrange, reprit-elle en mordillant un pickle qu'elle avait pêché au fond du bocal. J'ai contacté un individu qui m'avait servi de sujet dans une série d'articles il y a un an. Caproni. Ce nom vous dit sûrement quelque chose.

— Le chef des voyous de Queens ? s'exclama Tom, interloqué. Vous fréquentez de drôles d'oiseaux, mademoiselle Ritter !

— Comme mon papier lui avait plu, il m'avait dit que je pouvais l'appeler si j'avais besoin d'un service. C'est ce que j'ai fait.

— Vous avez appelé ce gangster ? s'étonna-t-il, stupéfait de son audace. Pourquoi ?

Tony Caproni tenait le haut du pavé de la pègre new-yorkaise.

— Pour lui demander s'il avait eu vent de quelque chose au sujet du kidnapping..

— Ah ! Ah ! Il a dû se comporter comme tous les indicateurs interrogés par le FBI : motus et bouche cousue.

— Au début, oui. Ce soir, il m'a rappelée, Tom. Il m'a simplement donné le nom et le téléphone d'un gars.

Tom avait cessé de mastiquer.

— Et vous l'avez contacté ? Savait-il quelque chose ?

— Quelqu'un, dont il ignore l'identité, l'a payé cinquante mille dollars pour cacher le pyjama et le petit ours en peluche chez Delauney. Il refuse de témoigner, à moins qu'on lui assure l'impunité. Malgré une frousse bleue, une sorte de sens inné de la justice le pousse à sauver un innocent de la chaise électrique. D'après lui, le gosse est vivant, et il aimerait se mettre à table avant qu'il ne soit trop tard.

— Nom d'un chien ! Donnez-moi vite son numéro de téléphone !

Il attrapa le bout de papier qu'elle extirpa de son sac, se saisit du combiné, puis la scruta d'un œil suspicieux.

— Vous n'êtes pas en train de concocter un scoop, n'est-ce pas ? Si vous vous servez de moi pour une de vos fichues chroniques, je vous étrangle.

— C'est la vérité, Tom. Je vous le jure.

Elle avait l'air sincère et, pour une obscure raison, il la crut.

15

LE JUGE Abraham Morrison ouvrit la séance d'un retentissant coup de marteau le lendemain matin à dix heures et quart, très précisément. Tom Armour resplendissait littéralement dans un élégant complet-veston bleu sombre, agrémenté d'une chemise immaculée et d'une cravate flambant neuve. Il s'était levé une bonne quinzaine de minutes plus tôt qu'à l'accoutumée, rien que pour cirer ses chaussures. À l'approche de la fin du procès, il tenait à donner l'image d'un homme sûr de ses moyens. Assis à côté de son défenseur, Charles arborait un costume gris ardoise.

— Aujourd'hui, nous entendrons les plaidoiries, expliqua le juge aux jurés.

Mis sous séquestre depuis près d'un mois au *Chelsea Hotel*, ceux-ci avaient commencé à montrer des signes de lassitude... Tout en poursuivant son discours, le magistrat vit du coin de l'œil l'avocat de la défense, talonné par le procureur, s'avancer dans sa direction.

— Qu'y a-t-il, maître ? s'enquit-il à mi-voix, en fronçant ses sourcils broussailleux.

— Une nouvelle preuve, votre honneur. Peut-on se retirer un instant dans votre cabinet ?

La figure du juge s'allongea. Rien ne l'irritait davantage que les évidences de dernière minute. Que diable cela pouvait-il bien vouloir dire ?

— Très bien, marmonna-t-il, très bien...

Les trois hommes se retirèrent. Leur délibération se prolongea jusqu'à onze heures et demie. Morrison voulait bien autoriser le nouveau témoin de la défense à se présenter, mais s'opposait farouchement à toute idée d'impunité. Si, comme il le prétendait, il avait vraiment dissimulé le petit pyjama rouge dans la cave de Delauney, il tombait bel et bien sous le coup de la loi fédérale. De plus, il risquait d'être accusé de complicité de kidnapping.

— Alors, arrêtez ce type ! suggéra Palmer, les bras ballants.

— Je n'ai pas le droit de violer le secret professionnel, rétorqua Armour.

— Et s'il ment ?

— Et s'il ne ment pas ? S'il a été soudoyé pour cacher les objets du délit chez mon client, celui-ci n'est pas coupable.

— Pour l'amour du ciel ! s'écria Palmer, en hurlant presque. Quel est le nom de cet individu ?

— Je n'ai pas l'intention de le dévoiler, avant d'arriver à un arrangement.

La mine morose, le juge s'accorda un temps de réflexion.

— Écoutez-moi bien, Armour, grommela-t-il finalement. Je n'ai aucune envie de promettre quoi que ce soit à ce voyou. Je vous donne quarante-huit heures pour découvrir s'il dit la vérité ou s'il s'agit d'un vaste canular. Utilisez le FBI, les marines ou l'armée, peu m'importe. Mais si dans quarante-huit heures vous n'êtes pas de retour devant la cour avec des preuves à l'appui, je vous fais boucler pour outrage à magistrat, est-ce clair ?

— Oui, monsieur. Merci, exulta l'avocat.

Deux jours pour élaborer un miracle ! se dit-il en même temps. Pourvu que le copain de Béa nous vienne en aide.

— Êtes-vous d'accord, monsieur Palmer ?

— Ai-je le choix ? fit le procureur d'une voix geignarde.

La veille, il avait passé son temps à affûter les flèches qu'il comptait décocher à Delauney.

— Pas vraiment, bougonna le juge.

— Nous avons certainement affaire à une escroquerie mais tant pis ! Je veux bien attendre deux jours avant d'avoir la joie d'expédier ce sale communiste dans le couloir de la mort.

— Je vous interdis d'insulter mon client !

— Alors n'acceptez pas de clients comme cette ordure, mon vieux.

De retour à son poste, Morrison déclara que de nouvelles investigations, en vue de preuves supplémentaires, nécessitaient la suspension de la séance. Le jury se réunirait de nouveau dans deux jours, conclut-il, alors que Tom se penchait à l'oreille de Charles, et que la salle commençait à se vider dans un long murmure interrogateur. L'avocat ébaucha un signe de la main en direction de John Taylor.

— Puis-je vous parler un instant ? Nous avons besoin d'aide

— Bien sûr.

Officiellement, l'agent du FBI était attaché au service de l'accusation, mais il se sentait prêt à tout pour retrouver Teddy.

— Par ici, dit Tom, entraînant le détective dans un bureau vide, cependant que des policiers en uniforme se préparaient à ramener Charles en prison.

— Eh bien, que se passe-t-il ?

— Du nouveau. Et j'espère ne pas me tromper.

En quelques phrases précises, il mit John au courant de la situation.

— Voilà, vous savez tout. Mon informateur a peur de son ombre, je doute qu'il accepte de témoigner en faveur de Delauney. Tout au plus, on peut le coffrer pour « obstruction à la justice » mais à quoi cela servira-t-il ? C'est un détenu libéré sur parole, ce qui explique son appréhension à vendre la mèche.

— Qui est-ce ? Peut-être que je le connais.

— Ce n'est pas impossible, en effet. Mais il faut d'abord me garantir l'amnistie.

— Vous pouvez courir, Armour ! Je ne garantis rien du tout

Le FBI n'est pas censé seulement assurer la protection de votre client. Nous recherchons depuis des mois un gamin de quatre ans, qui court un grave danger, s'il n'est pas déjà mort.

— Je le sais, bon sang ! Cependant, je n'ose prendre le risque de griller ma seule source d'informations. L'homme prétend que le petit garçon est encore vivant. Promettez-moi au moins de ne pas vous précipiter pour lui passer les menottes.

— Okay, Armour, personne n'épinglera votre chouchou. Je veux simplement lui dire deux mots. Vous pouvez venir avec moi, si vous le souhaitez. Alors ? Qui est-ce ?

Tom hésitait. Il avait scrupule à trahir la confiance de son informateur.

— Louie Polanski, articula-t-il enfin, sûr de commettre un impair.

— Louie ? Louie Joli-cœur ? Je l'ai connu il y a une quinzaine d'années — j'étais presque un gosse à l'époque — et je lui ai sauvé la vie. Le chef de sa propre bande avait décrété son élimination et il avait ses propres copains aux trousses. Nous lui avons trouvé une bonne planque et il est resté sous notre protection pendant cinq ans... Il m'adore.

Effaré, Tom considéra le large sourire de son interlocuteur.

— Vous parlez sérieusement ?

— Je vous le jure. Il ne fera aucune difficulté pour me parler.

L'avocat rappela le truand qui, en effet, accepta de rencontrer John Taylor. Les trois hommes se retrouvèrent dans une trattoria au fin fond de Greenwich Village. L'établissement, qui appartenait à un souteneur notoire, et que Taylor connaissait bien, servait depuis des années de lieu de rendez-vous à la pègre. Petit, trapu et obèse, Louie ne correspondait pas précisément à son sobriquet. Il prit place à table, le front inondé d'une sueur glacée, le bas du visage agité de tics nerveux, les paumes moites.

— Me voilà dans de beaux draps, m'sieur Taylor ! gemit-il. Je n'aurais pas dû faire cette bêtise, je sais bien. Mais les cinquante mille dollars promis m'ont alléché et le job avait l'air simple comme bonjour.

Sauf que, maintenant, il allait payer cher sa cupidité.

— Qui diable a pu avancer une somme pareille, rien que pour incriminer Delauney ? demanda John pensivement.

— J'aimerais bien le savoir, jeta l'avocat d'un ton acerbe.

— D'après les potes, le gosse est en vie, mais personne ne sait où il est, ni qui se cache derrière l'enlèvement, souffla Louie.

— Qu'est-ce qui leur fait penser ça ? Peux-tu te renseigner ?

— Je demanderai. Note, ça m'étonnerait qu'on arrive à briser la loi du silence, acheté à prix d'or. Personne ne voudra parler.

John se surprit à adresser une fervente prière au Tout-Puissant. Mon Dieu, aidez-moi à retrouver Teddy.

— As-tu une idée où est passé le petit ? Un soupçon ?

— Bah, ils ont dû le sortir du pays.

Les policiers y avaient pensé, bien sûr. Des mois durant, ils avaient gardé un œil vigilant sur les ports, l'aéroport, les frontières du Canada et du Mexique… Récemment, la surveillance toutefois s'était relâchée, car l'hypothèse que Teddy ne vivait plus l'avait emporté sur l'espoir d'un heureux dénouement. John fixa sur Louie un regard encourageant.

— Au nom de notre ancienne amitié, donne-moi une idée.

— J'aurais quoi en échange ? Écoute, vieux, je rendrai l'argent. Je n'ai pas dépensé plus de dix sacs, tu peux récupérer les quarante qui restent. Remets-les au FBI… ou au juge. Nom d'une pipe, ces billets me brûlent les mains !

— Compte sur moi, Louie. Mets-nous sur une piste et je me fais fort de persuader le juge que nous avons retrouvé le gosse grâce à toi. Évidemment, s'il est mort, tu es mal parti. De toute façon, j'essaierai de te tirer de là… Je t'appellerai.

— Ouais ! Tiens-moi au courant…

John partit téléphoner et Louie Joli-cœur lança à Tom un coup d'œil anxieux.

— Merci de votre aide, dit l'avocat. Votre témoignage est le seul moyen de sauver mon client.

Une grimace tordit la bouche lippue du truand repenti.

— Oui, en me substituant au bouc émissaire... En tout cas, je ne le regrette pas. Les salopards qui s'en prennent aux gosses me dégoûtent. J'ai suivi l'affaire Lindbergh du pénitencier où je purgeais une peine de quelques années à la suite d'une attaque à main armée dans une banque... Voulez-vous que je vous dise ? Des fumiers capables d'assassiner lâchement un gamin ne méritent pas de vivre.

— Vous croyez qu'ils ont tué Teddy ? demanda Tom.

Cette seule supposition lui soulevait l'estomac et pas seulement à cause de son client. Au fil des semaines, il en était venu à vouer à Marielle une admiration et un respect sans limites... Surtout après les révélations de Patterson.

— Difficile à savoir, bougonna l'autre. Une chose est sûre : derrière c'te histoire, il y a du fric à la pelle... Le manitou qui a organisé l'enlèvement ne doit pas vivre dans la misère, si vous voyez ce que je veux dire.

— Je paierais cher pour connaître son visage, murmura l'avocat.

À ses yeux, Charles Delauney était définitivement mis hors de cause. Les rares soupçons qu'il avait conservés à son égard avaient fait place à une certitude absolue... Le vrai coupable demeurait en liberté, quelque part dans la ville tentaculaire. Mais allait-on jamais lui mettre le grappin dessus ? Ou même retrouver l'infortuné petit Teddy ?

Taylor reparut, l'air soucieux.

— Du nouveau ? s'enquit l'avocat.

— Pas encore. J'ai donné des instructions. Nous allons repasser le port au peigne fin. On ne sait jamais... Une dizaine de cargos et six paquebots de croisière lèveront l'ancre les prochains jours. Il n'y a pas une minute à perdre. Louie, tâche d'en savoir plus, et reprends contact avec moi. Tu sais où me joindre. De mon côté, je m'engage à te fournir la protection de la police fédérale.

Son regard bleu acier sondait celui du bandit. Si seulement il parvenait à lui extorquer des aveux à propos du pyjama rouge, les accusations contre Charles Delauney s'effondreraient.

— Merci pour le repas, murmura Louie.

Il ne regrettait pas d'être venu. Pour la première fois de sa vie, il s'était même senti utile.

Sur le chemin du retour, John se glissa dans une cabine téléphonique et dicta à l'opératrice le numéro de Marielle. Sa ligne au bureau était sur table d'écoute et il n'avait guère envie que ses collègues prennent connaissance de son appel.

— Hello, fit-il, c'est moi. Venez me rejoindre à l'église où nous nous sommes arrêtés hier. Disons, dans vingt minutes ?

Il n'avait pas dit son nom mais savait qu'elle avait reconnu sa voix.

— Oui, bien sûr, fit-elle, sans dissimuler sa surprise.

Elle arriva à l'endroit convenu, seule. Ayant réussi à tromper la vigilance des domestiques et des policiers, elle s'était glissée hors de la maison par la porte de service et avait longé la rue, sans se faire remarquer. Elle avait recouvert ses cheveux d'une écharpe sombre, portait une ample veste de laine et des lunettes noires.

— Qu'est-ce qui ne va pas ? s'inquiéta-t-elle.

Il lui dédia son sourire le plus rassurant.

— Rien... Les deux prochains jours je serai très occupé. Vous ne me verrez pas. Je voulais vous en avertir.

Elle le regarda, décontenancée. Ils s'étaient vus pratiquement tous les jours depuis la nuit de l'enlèvement. John représentait son seul réconfort.

— Y a-t-il un rapport entre votre absence et les nouvelles preuves dont le juge a fait mention ce matin ?

— Exact.

— Est-ce que... cela veut dire que Teddy...

Sa voix se brisa, tandis qu'une main glacée se refermait sur son cœur. L'avait-on retrouvé ? Ou, pis, avait-on découvert son corps ?

— Nous n'en savons rien encore. Ne vous inquiétez pas. Je vous préviendrai aussitôt que la moindre piste se présentera, répondit-il d'un ton uni, soucieux de ne pas lui donner de faux espoirs... Je voudrais avant tout vous poser une question à propos d'une information qui m'a été donnée incidemment...

Une phrase de Louie Joli-cœur lui avait mis la puce à l'oreille. C'est alors qu'il avait eu l'idée de faire consulter les listes des passagers des bateaux en partance. Les deux éléments combinés avaient déclenché un signal d'alarme, qui n'avait pas cessé de sonner dans sa tête. Jusqu'alors, Marielle ne lui avait rien caché, il devait très certainement s'agir d'un malentendu, mais il fallait que celui-ci soit dissipé au plus vite.

— Allez-vous partir en voyage avec votre mari ?

— Malcolm ? Voilà des semaines qu'il ne m'a plus adressé la parole. La dernière fois qu'il a daigné me parler, c'était pour m'informer qu'il allait demander le divorce.

Elle n'avait pas l'air d'en souffrir.

— Charmant personnage. Ainsi, il ne vous emmène pas en croisière ?

— Non, pourquoi ?

— Je me suis demandé s'il ne projetait pas une nouvelle lune de miel, afin de se réconcilier avec vous.

— Oh, non, sûrement pas. Il m'a dit que son avocat me convoquerait bientôt.

— Quand cette conversation a-t-elle eu lieu ?

— Hier soir, après l'église... — Soudain, la mémoire des mots lui revint. — Mais oui, il a dit qu'il partait en voyage... John, à quoi rime tout cela ?

— Simple petite vérification... Une erreur, sans doute.

Il omit de lui signaler qu'un M. et une Mme Malcolm Patterson avaient réservé une cabine de luxe à bord de l'*Europa*. Il conclut que Malcolm voyagerait en compagnie de Brigitte et qu'il avait préféré la faire passer pour sa femme... Les deux tourtereaux sillonneraient l'Atlantique cependant que l'épouse délaissée attendrait des nouvelles de l'avocat du mari. Belle ordure, ce Patterson ! ne put s'empêcher de penser Taylor.

— Vous m'avez soupçonnée de vouloir quitter secrètement New York ? demanda Marielle.

Même quand elle souriait, ses yeux restaient tristes. John dut se faire violence pour ne pas la prendre dans ses bras.

— Ne vous avisez pas de vous éloigner sans le FBI sur vos talons, madame Patterson.

— Voilà une perspective qui ne me déplaît pas... Quand vous reverrai-je ? interrogea-t-elle sur le parvis de l'église.

— Dès que possible. Je passerai chez vous ou je vous appellerai. Au plus tard, nous nous verrons vendredi matin au tribunal... En attendant, prenez soin de vous.

Il lui avait passé un bras protecteur autour des épaules. Ensemble, ils remontèrent la rue, puis il la regarda s'éloigner dans l'arrière-cour de la résidence Patterson. Lorsqu'elle eut disparu à l'intérieur de la demeure, il héla un taxi.

Pour Marielle, les deux jours suivants s'écoulèrent dans une morne solitude. Pas de nouvelles de John, pas plus que de Malcolm, reparti chez l'ambassadeur allemand à Washington avec Brigitte. Tom Armour, lui, passa des heures à peaufiner sa plaidoirie, tout en s'efforçant de calmer Charles. Dieu merci, l'avocat ne lui avait dévoilé qu'une partie de son entretien avec Louie, sans oublier de le prévenir que le bandit refuserait probablement de témoigner si la justice ne l'exemptait pas de poursuites.

— Mais ça prouve que je suis innocent ! avait hurlé Charles.

— Je sais. Il faut, cependant, que notre ami accepte d'être auditionné au tribunal.

— Comment s'appelle-t-il ? voulut savoir Charles, comme si ce nom signifiait la fin de ses tourments.

— Louie Polanski dit Joli-cœur.

— Parfait ! Exactement le genre de gars qui achèvera de m'enfoncer dans l'esprit des jurés.

— Au contraire, si jamais il déclarait devant le juge que c'est lui qui a caché le pyjama et l'ourson de Teddy chez vous, nous n'aurions pas de mal à obtenir un non-lieu.

— Comment diable l'avez-vous déniché ?

Une lueur d'espoir s'était mise à trembloter dans les ténèbres, une lueur vague et ténue qui, à tout instant, risquait de s'éteindre à tout jamais... La vie de Charles ne tenait qu'à un fil, et ce fil se trouvait dans la main d'un bandit inconnu.

— Grâce à une de vos admiratrices, sourit l'avocat.

— Qui est-ce ?

— Béatrice Ritter.

— Vraiment ? Béa est une fille épatante... Parfois, elle me fait penser à Marielle au même âge. Même esprit vif, même enthousiasme, même joie de vivre. La vie s'est chargée de lui supprimer ces élans... Ou peut-être moi...

Tom hocha la tête, pensif. L'image d'une Marielle sérieuse, pleine de distinction et de noblesse lui traversa l'esprit. Pourtant, sous son apparente gravité, il avait décelé une fraîcheur inaltérable, un intense rayonnement, une ardeur insoupçonnée. Une partie de la jeune femme, bien enfouie et secrète, ne demandait qu'à rire, à s'amuser, à accéder de nouveau au bonheur.

— ... me demande si elle se remettra jamais de cette nouvelle tragédie, disait Charles. Qu'en pensez-vous ?

Il avait déjà remarqué que son avocat possédait un flair infaillible sur les gens.

— Je pense que oui. Elle ne sera plus jamais l'insouciante jeune fille de votre jeunesse, mais peu de femmes le sont à trente ans... Mais elle s'en sortira, oui, parce qu'elle est forte.

— Êtes-vous toujours aussi optimiste ? le taquina Charles.

Ils s'étaient liés d'amitié durant ces quatre mois où ils avaient dû affronter ensemble l'adversité.

— J'essaie, murmura Tom.

Le destin l'avait cruellement frappé, lui aussi, Charles le savait. Dix ans plus tôt, Tom avait perdu sa femme et sa petite fille dans un accident de la route. Bizarrement, la même année où Charles avait perdu André… L'avocat ne s'était pas remarié non plus. Il s'était consacré corps et âme à son travail. Or, contrairement à son client, il n'avait pas perdu l'espoir de retomber amoureux un jour… Chaque chose en son temps, se disait-il, mais ce temps n'était pas encore venu.

Durant deux jours, Charles ne cessa de demander à son avocat des nouvelles de John Taylor. À la fin, poussé à bout, Tom téléphona au FBI. Il eut la chance de trouver le détective à son bureau. Ce dernier paraissait épuisé.

— Passer au crible seize navires n'est pas un job de tout repos, bougonna-t-il. On a mis le port sens dessus dessous. Alors ne me dites pas de me dépêcher, je risque de mal le prendre.

Les autorités portuaires de New Jersey avaient accordé sans difficulté un mandat de perquisition — il n'y avait qu'une demi-douzaine de pétroliers en rade. Or, le port de Manhattan grouillait de bateaux étrangers dont les capitaines, furieux de voir fouiller leur bâtiment, s'étaient d'abord rebiffés, puis avaient coopéré à contrecœur. Le kidnapping remontait à plusieurs mois. En dépit du procès, l'intérêt général se tournait vers d'autres événements. Les fédéraux avaient été accueillis fraîchement par les équipages des paquebots de croisière mais ils avaient fureté partout, en vain… L'*Europa* à bord duquel Malcolm Patterson allait appareiller dans quelque temps avait subi le même sort, sans plus de résultats, sous l'œil mécontent des marins allemands.

— Je vous passerai un coup de fil si un élément nouveau survient, je vous l'ai dit… Les recherches continuent. Je suis repassé au bureau pour prendre une douche et je tiens à peine sur mes jambes... Pas d'autres réclamations, maître Armour ?

— Non. Juste un client à bout de nerfs.

— Dites-lui de tenir bon. Nous faisons de notre mieux. Puis-je vous demander un service ? ajouta-t-il après une brève hésitation.

— Bien sûr. Faut-il que je contacte Joli-cœur ?

— Non. Appelez Marielle Patterson. Elle doit être terriblement inquiète. Elle ignore que Louie Polanski est responsable des indices découverts chez Delauney. Elle sait seulement que nous sommes sur une nouvelle piste et je ne voudrais pas qu'elle se morfonde.

— D'accord... Qu'est-ce que je lui dis ?

— Ce que vous voulez. Assurez-vous qu'elle va bien. Patterson ne la ménage pas. Il veut divorcer, paraît-il.

— Quel chic type ! grogna Tom, écœuré mais nullement surpris.

— Il ne connaît pas sa chance. En tout cas, il n'aura que ce qu'il mérite avec son Allemande. Sous sa belle tignasse dorée, on devine une vraie peau de vache.

— Minute, agent spécial Taylor !

— Oui, cher maître ?

— Moi, je l'ai trouvée bien appétissante, son Allemande, à la barre des témoins, l'autre jour.

Tous deux s'esclaffèrent, après quoi John se remit au travail avec ses hommes. Ils avaient fouillé une douzaine de vaisseaux, il en restait quatre avant le lendemain matin.

Fidèle à sa promesse, Tom réussit à joindre Marielle.

— Que se passe-t-il, monsieur Armour ? Quelque chose de particulier ? s'enquit-elle aussitôt. — Une insoutenable tension rendait sa voix méconnaissable. — Je ne puis m'empêcher de ressasser cette histoire de nouveaux indices. J'ai peur que la police ait découvert le corps de Teddy... Mon Dieu ! Le doute est mille fois préférable à une pareille certitude.

Ni l'un ni l'autre, pensa l'avocat. Cette agonie, cette douloureuse attente, ce déchirement affreux, il les avait connus jadis, lors de l'accident qui avait emporté sa femme et son enfant. Mais le supplice de Marielle n'avait que trop duré... Peut-être valait-il mieux savoir Teddy mort, plutôt que de se poser une kyrielle de questions plus terrifiantes les unes que les autres à son sujet, sans jamais trouver de réponse... Il avait fallu deux mois avant d'être fixé sur le sort horrible du petit Lindbergh.

— J'espère que vous aurez de bonnes nouvelles bientôt.

— Mais où en sont-ils au juste ?

Il omit délibérément de lui expliquer que la police recherchait activement son fils.

— Il semble qu'ils soient sur une nouvelle piste et ils ont hâte de l'explorer avant la clôture du procès, demain, éluda-t-il, reprenant presque mot pour mot les arguments de Taylor.

— Comment Charles a-t-il réagi ?

Tom se cala dans son fauteuil, la tête posée sur le dossier, un vague sourire sur les lèvres. Elle avait un agréable timbre de voix, se surprit-il à penser. Jusqu'alors, Marielle n'avait été pour lui que l'ex-femme de son client.

— À vrai dire, il est dans tous ses états.

— Cela lui ressemble bien. N'est-il pas trop affolé ?

— Oh, si ! Cette preuve de dernière heure pourrait le sortir d'affaire. Du moins, nous l'espérons. Le FBI est en train de procéder à une ultime vérification... Je vous tiendrai au courant.

— Merci.

Elle était supposée appartenir au camp adverse, à ceci près qu'il n'y avait plus qu'un seul camp. Celui de la vérité.

Marielle s'était cantonnée dans une nouvelle attente, plus pénible, plus effrayante encore que la précédente. Jamais la vaste demeure ne lui avait paru aussi vide. Les ombres de la nuit chassaient l'ultime clarté du crépuscule, le téléphone restait muet et, là-haut, la petite chambre d'enfant s'emplissait lentement de ténèbres. Aucune nouvelle de Taylor. Ni de Malcolm, bien sûr, mais de cela, elle n'en avait cure. Il n'avait fallu qu'une fraction de seconde pour que leurs liens, qu'elle avait pourtant crus indestructibles, se délitent... Elle n'avait plus de famille, pas d'amis, personne vers qui se tourner. Malcolm l'avait rejetée, lui aussi. Mais, paradoxalement, cela lui était devenu indifférent.

Béa Ritter l'avait appelée une fois, après l'ajournement du procès, juste pour lui dire bonjour. Elle avait demandé s'il y avait eu des nouvelles de Teddy.

— Non, rien... rien encore. Avez-vous revu Charles ?

— Oui, avant-hier. À l'approche du verdict, il est terriblement tendu, vous pouvez vous en douter !

Pendant ce temps, les investigations battaient leur plein dans le port. Vers minuit, la situation demeurait inchangée. Il ne restait plus que deux bateaux à passer au crible et le capitaine du premier, campé sur la passerelle, refoulait résolument les policiers. C'était un paquebot allemand, et la police américaine n'avait aucun droit de visite, déclara-t-il. Il fallut près de huit heures à Taylor pour obtenir un laissez-passer spécial.

À dix heures du matin, alors que le juge Morrison s'apprêtait à décréter l'ouverture de la séance, le FBI montait à bord du dernier navire, avec la garde côtière et les représentants des autorités portuaires. Taylor savait qu'il ne trouverait rien... Il avait tenu à aller jusqu'au bout pour Marielle. Il avait appelé Tom Armour d'une cabine téléphonique sur le quai, juste avant que l'avocat ne prenne le chemin du tribunal.

— Alors ?

— Rien. Nous avons fait chou blanc. Pas de Teddy, pas la moindre information, personne ne veut parler, personne ne sait rien. Nous avons alerté tous nos indicateurs. En vain. Louie Joli-cœur ne répond plus au téléphone. Sa frousse a pris le dessus... Il a réussi à passer à travers les mailles de nos filets.

— Et merde ! Qu'est-ce que je vais faire maintenant ?

— Plaider, comme vous l'auriez fait il y a deux jours.

— Bon sang, Taylor, Delauney est innocent et vous le savez. Vous avez entendu vous-même ce petit truand avouer qu'il a touché cinquante mille dollars pour cacher les affaires de Teddy chez mon client.

— Et qui va en témoigner ? Vous ou moi ? On nous rétorquera que ce sont des racontars.

— Je vous en prie ! Vous n'avez pas le droit de nous laisser tomber ! s'écria Tom à bout de nerfs, mais l'agent du FBI était trop éreinté pour y être sensible.

— Écoutez, mon vieux, je n'ai pas fermé l'œil depuis quarante-huit heures, je ne tiens plus debout, et je ne suis pas de bonne humeur ! Votre client est probablement innocent, seulement je n'ai pas l'ombre d'une preuve, et je n'ai pas trouvé l'enfant.

— J'irai en cassation ! lâcha l'avocat, hors de lui.

— Sur quoi appuierez-vous votre demande ? fit Taylor d'un ton las.

Ses hommes venaient de s'engager sur la passerelle du dernier bateau, mais le cœur n'y était pas. Ils avaient compris depuis un moment que le petit garçon n'était nulle part. Vivant, il devait être trop bien caché, peut-être hors du pays déjà. Mort, il reposait très certainement dans une fosse, qu'on ne risquait pas de localiser avant des années.

— Essayons de gagner du temps, implora Tom au bout de la ligne. Trouvons une bonne raison pour réclamer une autre remise du procès.

— Il n'y en a aucune. Et si le dénommé Louie ne refait pas surface, je ne donne pas cher de votre peau, ni de la mienne.

— J'ai compris…

— Je vous enverrai un message par un de mes hommes quand nous aurons fini la fouille du dernier bateau, mais sachez que je n'espère plus grand-chose.

L'avocat ne sut que répondre. Ses espérances s'étaient

effondrées d'un seul coup et il redoutait le moment où il apprendrait à l'accusé que leur seul témoin avait disparu.

— Il a... *quoi*? glapit Charles, dès qu'il fut au courant des derniers événements.

— Il s'est volatilisé, trancha Tom, alors qu'ils pénétraient côte à côte dans la salle d'audience noire de monde.

— L'ordure! Et vous l'avez laissé filer? Décidément, vous êtes tous des incapables.

— Baissez le ton, voulez-vous? Louie bénéficiait d'une mise en liberté provisoire sur parole, avec une liste de délits longue de trois kilomètres... Il a eu peur d'être arrêté pour complicité s'il passait aux aveux, il faut le comprendre.

— Je penserai à lui le jour de mon exécution.

Une boule se forma au creux de l'estomac de Tom.

— Je ne les laisserai pas vous condamner, murmura-t-il, avec une assurance qu'il n'éprouvait pas réellement.

Déjà, le juge lui faisait signe de s'approcher de la tribune. Il obtempéra, suivi de Bill Palmer.

— Eh bien? fit Morrison, l'œil suspicieux. Où sont ces fameuses preuves? Avez-vous mis la main sur votre témoin?

— Non, votre honneur... Le FBI a mené une enquête scrupuleuse durant ces deux derniers jours. Toutes les pistes ont été examinées, mais elles ne nous ont menés nulle part.

Une immense satisfaction se peignit sur les traits du procureur.

— Et votre informateur? demanda le juge, avec un mécontentement non dissimulé.

— Disparu, votre honneur. Pour le moment.

— Vous avez fait perdre deux jours à la cour, sans compter l'argent des contribuables, monsieur Armour. J'espère que vous vous en rendez compte.

La colère avait remplacé le mécontentement sur la face burinée du magistrat.

— J'étais obligé de procéder à certaines vérifications,

monsieur le juge. Et si j'avais la chance d'obtenir une nouvelle remise du procès, je...

— N'y comptez pas, maître! coupa Morrison.

D'un geste impatient de la main, il renvoya les deux hommes de loi à leur place. Un furieux coup de marteau signala l'ouverture de l'audience, après quoi le procureur fut invité à prononcer son réquisitoire.

Tom Armour s'était assis pesamment, ne croyant pas à la cruelle réalité. Ils avaient eu la clef du problème entre les mains et ils l'avaient perdue. L'avocat serra les poings, écrasé, révolté par un sentiment d'impuissance. Son regard se posa sur Charles, qui paraissait au bord des larmes, puis sur les visages de Malcolm et de Marielle, assis côte à côte comme deux étrangers. Et, plus loin, la petite figure anxieuse de Béa Ritter, qui devait essayer frénétiquement de deviner ce qui s'était passé.

Bill Palmer se redressa et écarta les bras, semblable à un oiseau de proie qui déploie ses ailes noires. Chaque phrase de son discours avait été façonnée pour atteindre, telle une flèche empoisonnée, sa cible en plein cœur. Il rappela aux jurés les agissements passés de l'accusé, sans rien omettre, énumérant ses beuveries, ses erreurs de jeunesse, ses faiblesses. Sa brutalité vis-à-vis de Marielle, son agressivité gratuite, à dix-neuf ans, lors d'une bagarre dans un bar; toute son adolescence rebelle se transforma, dans la bouche du procureur, en une inéluctable succession de signes avant-coureurs qui ne pouvaient aboutir qu'à l'immonde geste final, le kidnapping et, probablement, la mise à mort du petit Teddy... D'ailleurs, l'ardeur avec laquelle Charles avait participé à la Grande Guerre avant d'épouser la cause des communistes espagnols, tout comme sa soif meurtrière sur les champs de bataille, révélaient au-delà de toute controverse sa nature violente. Dès lors, rien d'étonnant que ce monstre sanguinaire ait mis à exécution les menaces qu'il avait proférées.

— Le petit pyjama rouge de sa jeune victime suffit à le

désigner comme coupable du pire des crimes : l'enlèvement, puis le meurtre d'un bébé innocent, incapable de se défendre, déclama-t-il, face au jury, avant de lancer un regard éloquent vers la salle.

Un silence de plomb s'abattit sur le tribunal, brisé soudain par une sorte de bruissement suivi d'un bruit mat... Marielle Patterson s'affaissa à terre, évanouie.

16

UN BOURDONNEMENT lointain, puis de plus en plus proche, des lumières brumeuses, là-haut, le contact de quelque chose de froid et de trempé sur le front... Les paupières de Marielle frémirent. Elle était étendue sur un canapé... dans le cabinet du juge, réalisa-t-elle. Le secrétaire du magistrat se penchait sur elle, une pièce de linge humide entre les doigts, un médecin appelé d'urgence se tenait à son chevet.

— Je vais bien, murmura-t-elle d'une voix exsangue.

Elle voulut se redresser sur son séant, mais le plafond se mit à tournoyer et elle dut se rallonger. La pièce semblait remplie de monde : les deux avocats, son mari, le juge. Quelqu'un pressait des compresses glacées sur la face interne de ses poignets, une autre personne lui tendait un verre d'eau... Béa Ritter. La jeune journaliste avait réussi à se frayer un passage parmi l'attroupement des photographes. C'est elle qui avait appelé au secours, elle qui s'était agenouillée auprès de Marielle, et non Malcolm, dont le visage n'exprimait rien, hormis un vague ennui.

— Voulez-vous qu'on vous raccompagne chez vous, madame Patterson ?

C'était la voix du juge. Une lancinante douleur lui vrillait les tempes mais elle secoua la tête. Obscurément, elle sentait que sa place était ici, comme si elle se devait de rester pour soutenir quelqu'un, Charles peut-être ou Malcolm..

Peut-être aussi voulait-elle prouver au monde qu'elle n'avait pas fléchi.

— Je me sens mieux... Si vous n'y voyez pas d'inconvénient, je voudrais seulement me reposer quelques minutes.

— Avez-vous terminé votre réquisitoire, monsieur Palmer?

— Oui, votre honneur.

En vérité, le procureur n'était pas parvenu tout à fait à la fin de son discours, mais le malaise de la mère de la petite victime avait singulièrement amplifié ses derniers propos, et il s'en était secrètement félicité.

— En ce cas, nous pourrions suspendre la séance pour le déjeuner. M. Armour fera sa plaidoirie en début d'après-midi, ce qui permettra à Mme Patterson de rentrer une ou deux heures chez elle.

— Merci, monsieur le juge, murmura-t-elle, alors que Béa lui tapotait amicalement la main et que Tom lui lançait un regard désolé.

Malcolm fit semblant de l'aider à monter en voiture. Une fois rendus à destination, il la laissa seule, sans un mot. Étendue sur son lit, dans la pénombre grise ménagée par les rideaux fermés, un linge humide sur le front, elle se força à avaler quelques gorgées de thé. Mais c'était trop tard. La migraine enserrait sa tête tel un étau impitoyable. La douleur l'aveuglait. Elle demeura là, inerte, comme une poupée disloquée, anéantie. Il allait falloir regagner le tribunal à treize heures trente... Pour quoi faire? s'interrogea-t-elle, brisée par la souffrance. Son attente avait été vaine. Une nouvelle fois, elle eut la sensation d'être la victime d'une cruelle farce. Une farce cruelle qui reprendrait l'après-midi. Jusqu'alors, elle avait attendu la tombée du rideau sur la pièce qui se jouait à son insu, malgré elle... Il devait y avoir une fin logique, se disait-elle. Un prix pour l'immense peine qu'elle avait endurée, mais non! Il n'y aurait rien, rien que des paroles absurdes, des discours dépourvus de sens, des gestes inutiles... Un spectacle joué à ses dépens par des menteurs... des acteurs qui auraient répété au préalable chacune de leurs répliques. Oh, le mot de la fin se résumerait à peu de chose. Quelqu'un dirait : innocent ou coupable, Charles serait remis en liberté ou envoyé à la mort, mais personne ne lui ramènerait Teddy. Jamais. L'invisible créateur de l'intrigue n'avait pas prévu de rôle pour lui...

La voix sèche de Malcolm la tira de ses sombres pensées.

— Es-tu prête ?

Il s'était avancé de quelques pas dans la chambre obscure, une lueur sarcastique au fond des prunelles. Marielle ne bougea pas. Elle se sentait trop faible, trop malade, trop accablée pour ébaucher le moindre mouvement.

— Je ne peux pas y aller... J'arrive à peine à ouvrir les yeux.

— Balivernes ! trancha-t-il. Lève-toi, tu le *dois*. Veux-tu donner à la cour l'impression que tu as peur ?

Il avait pris le ton que l'on adopte pour dénoncer un péché capital. La peur. Le second péché capital. Le premier étant la faiblesse. Et l'amour ? Était-ce un péché aussi ? Avait-elle commis une faute impardonnable parce qu'elle avait tendrement chéri Charles... et André... et sa petite fille morte sans avoir vu le jour... et Teddy ? D'ailleurs, le mot « amour » faisait-il seulement partie du vocabulaire de Malcolm ? Non, sûrement pas. Aux yeux de Malcolm, seuls comptaient la responsabilité, l'obligation, le devoir. À moins qu'il ne réservât son affection à Brigitte... Elle crut que sa tête allait exploser.

— Si tu n'y vas pas, les gens vont conclure que tu ne supportes pas d'assister à la condamnation de Delauney... C'est ça que tu veux lire demain dans la presse ? Pas moi ! Allons, lève-toi, bon sang ! et regarde les choses en face pour une fois.

Il hurlait à travers la chambre enténébrée. Un frisson mortel parcourut le corps de Marielle. Elle parvint à s'asseoir, mue par une force inconnue, retira la compresse froide de son front brûlant. Ses yeux, immenses, défièrent la grande silhouette de son mari dont elle distinguait les contours dans la semi-obscurité.

— Au cours de ma vie, j'ai regardé un tas de choses en face, Malcolm. J'ai affronté des situations dont tu n'as même pas idée. Alors cesse de me dicter ma conduite

Les phrases avaient jailli spontanément avec une véhémence inattendue. Elle n'avait jamais osé lui parler sur ce ton. Mais depuis l'enlèvement de Teddy, il s'était montré si injuste, si vindicatif et méchant à son endroit, qu'elle en était venue à le détester... À présent, elle pensait que l'enlèvement ne pouvait être que l'œuvre d'un dément. Ce n'était ni sa faute ni même celle de Charles et, de toute façon, elle ne reverrait plus son enfant. Alors pourquoi continuait-il à lui jeter le blâme ?

— Tu as une mine épouvantable, remarqua-t-il, alors qu'elle se peignait les cheveux.

Elle ne répondit pas, alla se laver le visage, se mit du rouge à lèvres, chaussa de nouveau ses lunettes noires. Très pâle et très droite, elle prit place dans la limousine, flanquée des inévitables gardes du corps. Le trajet s'effectua sans encombre. Les scènes habituelles se déroulèrent devant le tribunal où ils durent jouer des coudes parmi la foule compacte en cachant leur visage aux photographes. Marielle ne retira ses lunettes teintées que lorsqu'elle eut gagné sa place.

Pour la première fois depuis l'ouverture du procès, le juge avait dix minutes de retard. Tom était penché sur ses notes, Charles, les yeux clos, montrait une figure livide. Malgré le talent de son avocat, il n'avait plus d'espoir. Sans le témoignage du mystérieux truand, les jurés ne manqueraient pas de le déclarer coupable.

Le juge arriva enfin. Il incita Tom à commencer sa plaidoirie. Celui-ci venait de se mettre debout, quand John Taylor pénétra dans la salle d'audience. Tous les regards se tournèrent vers lui. D'habitude élégant, l'agent du FBI présentait un curieux spectacle. Hirsute, mal rasé, il était vêtu d'un vieux pantalon et d'un épais sweater criblés de taches huileuses et couverts de poussière. Il descendit la travée dans un silence impressionnant, se pencha vers Marielle pour lui murmurer quelque chose à l'oreille, après quoi elle se leva et le suivit, sans un regard à Malcolm. Une rumeur parcourut l'assistance, tandis que toutes les têtes se retournaient pour les suivre du regard, jusqu'à ce qu'ils eussent disparu par la grande porte... Le toc-toc du marteau contre le bois massif brisa soudain le lourd silence.

— Puis-je vous rappeler, mesdames et messieurs, que maître Armour va prononcer sa plaidoirie ?

Tom inspira profondément. Mieux valait ne plus chercher à comprendre la raison pour laquelle le détective avait emmené la mère de l'enfant disparu... À sa vue, une funeste prémonition avait assailli l'avocat. Ils ont trouvé le corps ! Il s'efforça de concentrer toute son attention sur les jurés... l'invalide de guerre... l'ex-religieuse... le jeune musicien noir... puis les autres, dont il tenta d'accrocher le regard, comme pour lire leurs pensées. Injustement accusé, dit-il, son client n'avait rien de l'assassin assoiffé de sang décrit par le procureur. C'était au contraire un honorable citoyen, un défenseur des droits de l'homme, un idéaliste. L'accusation n'avait pas su apporter les preuves flagrantes de sa culpabilité...

— Allez-vous, en votre âme et conscience, envoyer un homme à la chaise électrique pour des paroles qu'il a dites sous l'emprise de l'alcool ?

Son discours ronronnait à ses propres oreilles, tandis qu'il continuait de se poser sans répit la même question angoissante. Pourquoi Taylor avait-il demandé à Marielle de quitter la salle ? Du reste, chacun semblait rongé par la même interrogation muette. Seul Malcolm Patterson conservait un calme et un sang-froid remarquables.

Assise près de John dans la voiture, Marielle leva sur lui un regard empreint d'effroi.

— Que se passe-t-il ? Où allons-nous ?

— Ayez confiance. Je vais vous conduire quelque part. Vous allez bien ?

— Oui... soufflèrent ses lèvres crayeuses, juste une migraine.

— Désolé de vous avoir brusquée. Mais j'avais besoin de vous. Cela ne sera pas long, je vous le promets.

Il fit tourner le moteur, puis le véhicule se mit à rouler en direction de West Side.

— Vous... allez m'arrêter ? demanda-t-elle, terrifiée.

Était-ce possible ? Étaient-ils tous devenus fous ? Ou est-ce que Malcolm avait réussi à persuader la police qu'elle était la complice de Charles ? Cela lui ressemblait bien, de se venger par tous les moyens.

— Non, bien sûr que non. Pourquoi voudrais-je vous arrêter ?

— Je n'en sais rien... J'ignore où nous allons. Pourquoi Malcolm n'est-il pas venu avec nous ?

Soudain, la pensée qu'il lui demanderait d'identifier le corps de Teddy la transperça. Non, elle ne le supporterait pas. Elle n'y survivrait pas.

— Laissez Malcolm où il est. Vous n'êtes pas bien avec moi ? Faites-moi confiance, Marielle. Tout va bien se passer.

Il lui jeta un regard attendri, dévoré par l'envie de la couvrir de baisers.

— Vous ne pouvez pas m'en dire plus ? implora-t-elle, les yeux voilés de larmes.

Au tribunal, tout ce qu'il avait dit, c'était : « Veuillez me suivre, madame Patterson » et, interloqué, Malcolm avait sursauté.

— Il s'agit d'une démarche officielle, Marielle. Je ne peux pas vous en révéler l'objet, répondit-il en lui tapotant la main où il laissa une traînée noirâtre

Elle eut un hochement de tête résigné. Le véhicule mit le cap sur le port. La passagère observait un silence oppressé mais Taylor était trop soucieux, trop préoccupé pour s'en rendre compte. Peu après, ils débouchèrent sur les quais où s'alignait une demi-douzaine de voitures du FBI. Quand Marielle émergea par la portière, elle sentit tous les regards peser sur elle… ou était-ce une simple impression ? Les doigts du détective pressèrent un instant les siens.

— Oh, excusez-moi. Je suis si sale, murmura-t-il en retirant sa main.

Il lui souriait ; elle le suivit le long du quai, le cœur battant à se rompre. Comme dans un rêve qui se déroulerait au ralenti, ils gravirent une passerelle pour déboucher sur le pont d'un petit cargo allemand. Les effluves de chou bouilli qui stagnaient dans la coursive avivèrent le mal de tête de la jeune femme. Le bateau transportait un nombre restreint de passagers, expliqua John, tout en la pilotant vers une salle à manger étriquée où le commandant de bord attendait, entouré d'un détachement d'agents du FBI… Pourquoi étaient-ils là ? se demanda-t-elle confusément… Pour protéger qui ? À moins que ce ne fût pour une autre raison… Oh, mon Dieu, elle ne voulait pas y penser. À peine Taylor fit-il les présentations que le capitaine se portait vers elle d'un pas rigide :

— Frau Patterson… Che suis dézolé… Zette triste affaire bortera bréjudice à mon bays…

Il s'était incliné sur sa main avec un claquement de talons martial, mais Marielle s'était raidie. Oh, Seigneur, non ! Ces paroles ne pouvaient cacher qu'une vérité horrible : le corps de Teddy. Les cloisons parurent se refermer sur elle comme un piège monstrueux. Affolée, elle s'agrippa au bras de Taylor, chancelante, les yeux écarquillés. Il la guida vers une chaise, réclama un verre d'eau fraîche et la força à en avaler quelques gorgées… Elle le fit, les paupières closes, hantée par l'impétueux désir de mourir sur-le-champ, afin de s'épargner le spectacle de son bébé mort.

— Tout ira bien, Marielle. Vous sentez-vous mieux ?

Elle battit des paupières, incapable de répondre.

— Encore une minute. Je voudrais que vous regardiez quelques personnes. C'est tout. Vous les observerez, puis vous me direz si vous les connaissez.

— Elles sont... m... mortes ? bredouilla-t-elle.

— Elles sont vivantes, répondit-il en lui effleurant les cheveux d'une main rassurante. Tout ira bien. Vous n'aurez qu'à me dire si, oui ou non, vous les connaissez.

— D'accord.

Elle claquait des dents, son souffle était court et elle avait la sensation d'être aspirée par le bas. Par chance, elle pouvait se cramponner à la chaise. Un instant plus tard, un homme entra dans la pièce, escorté par deux agents du FBI. Très grand, très mince, très blond. Un visage anguleux, plein de fureur. Il voulut se détourner mais ses gardes le forcèrent à faire face à Marielle.

— Connaissez-vous cet homme ? L'avez-vous jamais aperçu quelque part ? Regardez-le attentivement.

Elle fixa la figure inconnue en secouant la tête. Non, elle ne l'avait jamais vu, comme elle ne savait pas pourquoi on l'avait conduite ici, et n'osait le demander. Tout cela avait un rapport avec son fils, son petit prince chéri, dont le corps gisait sans vie quelque part, peut-être ici-même ?

Ils firent sortir le premier homme et amenèrent le second. Un brun cette fois, au teint basané, la face balafrée de part en part d'une vilaine cicatrice luisante, et qui scruta Marielle d'un air sauvage, comme s'il allait l'étrangler. Il lui jeta une phrase en allemand, d'une voix grinçante et gutturale, et elle se serra contre John, folle de terreur.

— Personne ne vous touchera, Marielle. Je ne les laisserai pas.

Elle fit oui de la tête, comme une enfant docile, puis les hommes du FBI firent venir la femme. Une blonde d'une trentaine d'années aux formes épanouies, qui déversa un flot de paroles fébriles en allemand, fixant un regard suppliant sur Marielle.

— Que dit-elle ?

— Qu'elle n'a fait de mal à personne, traduisit le capitaine.

— Qui sont ces gens ?

— J'aurais voulu que vous me le disiez, répondit John. Vous ne les connaissez pas ? En êtes-vous sûre ?

— Oui. Je ne les ai jamais vus auparavant.

— Ils n'ont jamais travaillé pour vous, même brièvement, ou pour votre mari ?

— Je ne sais pas. Je ne les ai jamais vus, répéta-t-elle.

John fit signe à ses hommes d'emmener l'Allemande avant de se pencher sur Marielle.

— Je vous demande d'être forte... très forte... Prenez ma main. Nous allons voir quelqu'un et vous me direz si vous le reconnaissez.

La terreur familière fondit sur elle. Non, jamais elle n'aurait le courage de contempler son bébé mort. Elle avait vu André quand il s'était noyé, l'avait tenu dans ses bras, serré contre son cœur, mais elle n'avait pas la force de revivre le même supplice une seconde fois. Elle voulut bondir comme une bête aux abois, mais John la retint. Alors, une source inépuisable de larmes jaillit de ses yeux et elle se mit à se débattre pour se libérer.

— Je ne peux pas ! hurla-t-elle, les joues ruisselantes. C'est au-dessus de mes forces. Je vous en supplie, laissez-moi m'en aller.

— Ce n'est peut-être pas lui. Aidez-nous, Marielle. S'il vous plaît, calmez-vous, s'il vous plaît...

Lui-même était au bord des larmes. Il détesta soudain son métier de flic, mais le gosse qu'ils avaient trouvé l'avait intrigué. Il devait être sourd-muet car il ne réagissait pas au son de la voix. Ils ignoraient s'il était drogué, ou en état de choc, ou si tout simplement il ne comprenait pas l'anglais. En tout cas le capitaine ne se rappelait pas l'avoir vu, bien que le groupe fût monté à bord depuis des jours. Le gamin n'avait qu'une très vague ressemblance avec le petit Patterson — la couleur des cheveux ne correspondait pas, il était beaucoup plus maigre que Teddy sur les photos, et certainement plus âgé. Pourtant, quelque chose au niveau des yeux... la forme en amande... le bleu limpide des iris... John n'avait pas voulu prendre le risque de laisser appareiller le bateau sans demander à Marielle de voir le garçonnet. Son sixième sens l'avertissait que quelque chose ne tournait pas rond, il fallait en avoir le cœur net.

Sur un signe de sa main, un policier avait fait entrer l'enfant mais, accrochée à John comme à une bouée de sauvetage, Marielle détournait farouchement la tête.

— Regardez-le, Marielle. Je vous en supplie. Faites-le pour Teddy.

Lentement elle se retourna alors pour regarder l'enfant. Pendant une fraction de seconde, la terre cessa de tourner sur son axe. Elle se redressa, stupéfaite, comme si elle avait du mal à en croire ses yeux. Le petit garçon avait les cheveux ras et bruns mais un examen attentif révélait l'éclat blond des racines... Lui aussi la dévisageait, incrédule. La jeune femme laissa échapper un cri perçant, une clameur presque inhumaine, avant de s'élancer vers lui pour le serrer convulsivement sur son sein. Dix, vingt, trente secondes, ils restèrent enlacés, et soudain, comme se remémorant un son inconnu, le petit garçon émit une sourde plainte qui se mua peu à peu en sanglots, tout en se cramponnant des deux mains à sa mère qu'il avait cru ne plus jamais revoir. Le capitaine s'était mis à pleurer silencieusement, et John Taylor sentit les larmes lui couler le long des joues. Pendant un temps infini, Marielle ne bougea plus. Elle ne voyait plus, ne sentait plus, ne savait plus qu'une chose : elle avait enfin retrouvé son tendre petit poussin, son bébé adoré qu'elle avait cru perdu pour toujours.

— Oh, mon chéri... mon amour...

Elle le serrait étroitement, avec une farouche détermination, comme si elle n'allait plus jamais le lâcher. Le reste se déroula très vite. Le capitaine les raccompagna à la passerelle où il se répandit en nouvelles excuses. John l'informa que le départ de son navire était annulé. Un détachement d'hommes du FBI resta à bord.

Dans la voiture, le détective jeta un coup d'œil à l'enfant assis sur les genoux de sa mère... Sa petite main étreignait de toutes ses forces les doigts de Marielle.

— Eh bien, mon petit bonhomme, fit-il. Nous te cherchons depuis un bon bout de temps, tu sais.

Teddy le fixa d'un air craintif, puis son regard obliqua vers sa mère.

— Ils ont dit que tu étais morte, murmura-t-il d'une voix hachée, presque inaudible. Ils m'ont enfermé dans une boîte avec des trous et ils m'ont donné des crackers à manger.

— Je n'ai jamais pu sentir ces gens-là ! grommela Taylor.

Les trois suspects ne s'étaient pas fait prier pour passer aux aveux. Ils avaient été embauchés par le père du garçon, afin qu'ils le conduisent en Allemagne, en lieu sûr. Au début, ils s'étaient refusé à révéler le nom de leur employeur, se bornant à déclarer que les parents de leur petit prisonnier étaient allemands. Or, l'un d'eux avait en sa possession une carte de visite de Malcolm sur laquelle il avait inscrit un numéro de téléphone qui correspondait à l'appartement de Brigitte Sanders... Marielle n'en savait rien encore. Quant à Malcolm, il ne perdait rien pour attendre, se dit le détective, gagné par une sombre satisfaction.

— Je ne sais que penser, dit doucement Marielle en tenant Teddy serré contre elle. J'ai cru que jamais nous ne le retrouverions. J'ai eu si peur... Peur que vous me demandiez de reconnaître...

Elle s'interrompit brusquement pour ne pas effrayer Teddy davantage, se rendant soudain compte que sa migraine avait disparu. Toutes ses anciennes terreurs s'étaient envolées dans la joie de tenir son enfant dans ses bras, près de l'homme qui l'avait retrouvé, alors que la voiture se dirigeait à vive allure vers le tribunal.

— Je sais ce que vous avez pensé, répondit-il. Si ç'avait été le cas, j'aurais fait appel à Malcolm. Je voulais que vous soyez la première à le voir… Ils prétendent avoir été engagés par les parents de l'enfant

Mais Marielle souriait aux anges.

— C'est Malcolm qui sera content.

Elle se réjouissait pour Patterson ! ragea intérieurement Taylor en optant pour une réserve stratégique. Devant le bâtiment du tribunal, une vingtaine d'agents du FBI les entourèrent, sitôt qu'ils mirent pied à terre. Teddy bondit, apeuré, mais sa mère le souleva dans ses bras.

— Là, mon chéri, n'aie pas peur. Nous allons voir papa.

Lorsqu'ils pénétrèrent dans la salle d'audience, un brusque silence s'abattit sur l'assemblée. Du haut de sa chaire, le juge considéra d'un œil surpris les intrus. Tom Armour s'interrompit au milieu d'une phrase. Chacun suivit du regard le groupe insolite, mené par John Taylor, qui descendait lentement la travée. Arrivés à la hauteur de la tribune, les hommes du FBI s'écartèrent, et l'on vit Marielle avec un petit garçon aux cheveux sombres dans ses bras. Interloqué, le juge se leva.

— Est-ce que…

Son regard alla de Marielle, qui lui souriait à travers ses larmes, à John Taylor, puis aux spectateurs qui avaient bondi sur leurs jambes. Un mouvement désordonné s'était amorcé parmi les représentants de la presse, vite maîtrisé par un cordon de police.

— Mon Dieu, cria quelqu'un, c'est lui. Teddy ! Il est vivant… vivant… *vivant* !

Le juge Morrison s'était rassis et tapait frénétiquement du marteau en intimant à la police de faire évacuer la salle. Debout, Malcolm restait figé, comme pétrifié. On aurait pu mettre sa pâleur mortelle sur le compte de l'émotion, bien qu'il n'eût pas esquissé le moindre geste en direction de son enfant. L'œil exercé de Taylor ne l'avait pas quitté. Son attitude manquait singulièrement de naturel. Rien à voir avec la réaction poignante de Marielle, son cri d'animal blessé, son élan spontané vers son enfant. À la vue de son fils, Malcolm Patterson avait les yeux étrangement secs. Charles, lui, pleurait à chaudes larmes, hanté par les terribles souvenirs d'un autre temps.

— Dieu merci, il est en vie, murmura-t-il à son avocat, et celui-ci hocha la tête, en proie à une vive émotion.

Lui aussi connaissait l'insoutenable douleur de la perte d'un enfant... Enfin, comme s'il s'était remis de sa surprise, Malcolm s'approcha de Marielle et Teddy.

— Merci de l'avoir retrouvé, fit-il à l'adresse de Taylor.

Ses yeux étaient toujours secs, et quelque chose qui ressemblait à un éclair de colère animait le fond de ses pupilles. Il tendit les bras vers Teddy mais, apeuré, celui-ci se cramponna plus fortement encore à sa mère.

— Ils ont dit que maman était morte, marmonna-t-il.

— Oh, ce sont de méchantes personnes, dit Malcolm, avec une drôle d'expression sur le visage.

— Veuillez me suivre, monsieur Patterson, intervint John.

La salle avait été évacuée. Seuls restaient à l'intérieur du tribunal les deux avocats, l'accusé, Marielle et l'enfant, les jurés, les policiers. Le juge, accompagné par Taylor et Malcolm, s'était retiré dans son cabinet. Marielle ignorait ce qui se tramait, mais un sentiment de paix ineffable s'était glissé dans son âme. Comme si l'effroyable tension avait été drainée hors de son corps, elle s'assit tranquillement sur un siège au premier rang, et se mit à bavarder avec Tom et Charles. Deux policiers avaient apporté à Teddy un cornet de glace et le petit garçon s'en délectait, sans pour autant lâcher la main de sa mère. Marielle entourait de ses bras le petit corps frêle. Elle ressentait une sensation de bien-être absolu. Les cauchemars des derniers mois s'étaient dissipés magiquement, à l'instar des ombres terrifiantes d'une longue et froide nuit d'hiver qui se diluent dans l'éclatante lumière d'une aube printanière. Teddy était de retour. Teddy ne s'en irait plus jamais. Elle ne le permettrait pas.

Lorsque, au terme d'une absence prolongée, Morrison reparut flanqué de Taylor et Malcolm, la bouche de ce dernier ne formait plus qu'une mince ligne crispée. Deux coups de fil en provenance du bureau du FBI étaient venus interrompre son entretien avec le juge et le détective. Selon les ravisseurs — du moins les trois qui avaient été arrêtés sur le bateau et conduits au dépôt — l'enlèvement avait été orchestré par le propre père de l'enfant. Plus aucun doute ne subsistait... Les inculpés se trouvaient en possession de documents révélateurs, dont un faux passeport pour l'enfant, au nom de Théodore Sanders que, à leurs dires, Malcolm leur avait procuré.

— Tout cela est parfaitement grotesque! avait tonné le magnat. Ces gens essaient de me coller sur le dos un délit dont je n'ai jamais eu connaissance.

Il avait arboré son expression de majesté outragée et n'avait pas hésité à faire allusion à ses innombrables relations haut placées, mais le détective était resté de marbre.

— Ils ont utilisé votre nom, monsieur Patterson. Uniquement le vôtre. Vous serez bientôt confronté à eux et aurez certainement l'occasion de vous défendre. En attendant, je suis obligé de vous emmener... Trop d'argent a changé de main, il y a eu de nombreuses personnes impliquées dans ce crime. Je vous arrête sous l'inculpation d'extorsion et de conspiration, sans parler de la diffamation dont M. Delauney a été l'objet.

Malcolm se tourna vers le juge, qui s'était reculé, atterré. Il avait du mal à croire qu'un père pût organiser l'enlèvement de son propre enfant par l'intermédiaire d'une bande de criminels. Pour quel motif? Le FBI avait du pain sur la planche, songea Morrison. Au moins, l'enfant avait été rendu sain et sauf à sa mère. Et, selon toutes les apparences, Delauney n'avait pas trempé dans le kidnapping.

— Mesdames et messieurs, dit-il aux membres du jury stupéfaits, nous avons frôlé l'erreur judiciaire. L'enquête vient d'apporter les preuves irréfutables de l'innocence de M. Charles Delauney. En conséquence, je suis dans l'obligation de le libérer et de vous renvoyer à vos foyers... La cour se réserve le droit de prier M. Delauney de ne pas s'éloigner de la ville jusqu'à ce que cette affaire soit définitivement élucidée ce qui, je pense, ne saurait tarder. Le tribunal tient à vous remercier de votre ponctualité et de votre patience.

Les jurés s'étaient levés les uns après les autres et se dispersèrent dans la salle. Quelques-uns sourirent à Marielle, d'autres souhaitèrent à Charles bonne chance, l'une des femmes alla embrasser Teddy.

— Monsieur Delauney, j'ai le plaisir de vous relaxer sans délai, fit la voix tonitruante du juge. Néanmoins, je vous demanderai de ne pas quitter New York avant la fin de l'enquête, est-ce clair ?

— Oui, monsieur le juge, répondit Charles.

Il se tenait droit, comme si une main invisible avait ôté le lourd fardeau qui lui écrasait les épaules.

— J'attends de vos nouvelles, monsieur Taylor, gronda Morrison.

Deux policiers avaient passé les menottes à Malcolm Patterson, qui sortit de la pièce sans un mot, sans même un regard vers Marielle ou Teddy. John se proposa de ramener la mère et l'enfant à la maison, tandis que Tom souriait à son client.

— Vous voilà un homme libre. Puis-je vous raccompagner chez vous en voiture ?

— Excellente idée ! approuva Charles, puis, s'approchant de Marielle : je suis content qu'il soit revenu. Tu l'as bien mérité.

Il se pencha pour déposer un gentil baiser sur la joue de la jeune femme, sous le regard scrutateur de Teddy.

— Je t'aimerai toujours, ajouta-t-il.

Marielle acquiesça, émue aux larmes. Charles occuperait toujours une place privilégiée dans son cœur.

— Venez, je vous ramène, suggéra John.

Charles les suivit d'un regard embué avant de suivre son avocat. Béa Ritter les attendait sur le perron du tribunal. Lorsqu'elle avait vu Marielle revenir avec son escorte d'agents du FBI, elle avait pensé que l'inévitable s'était produit. La jeune journaliste s'était effondrée sur les marches et avait attendu en pleurant.

— Je vous dois une fière chandelle, Béa, murmura Charles. Vous et Tom avez été les seules personnes à croire envers et contre tous à mon innocence.

Il la serra avec force dans ses bras, et ils s'engouffrèrent en riant dans la voiture de Tom, qui se mêla au trafic, sous le pâle ciel new-yorkais. Les éditions de nuit régalèrent leurs lecteurs de l'effroyable aventure de Teddy Patterson, enfin dénouée, *in extremis*, à bord d'un cargo allemand, et émaillée de photos du petit héros et des agents du FBI armés jusqu'aux dents... Une fois de plus, la réalité dépassait la fiction.

Dès le lendemain matin, l'Amérique sut que Charles était innocent. Plus aucun soupçon ne pesait sur lui et le juge Morrison avait classé l'affaire Delauney. En revanche, dans la nuit même qui suivit la découverte du petit garçon, John Taylor et ses coéquipiers avaient rassemblé suffisamment de preuves pour traîner Malcolm Patterson devant la justice. À l'immense joie de la presse, un nouveau feuilleton à suspense voyait le jour, plus compliqué, plus incroyable, plus sensationnel encore que le précédent... « Un père organise l'enlèvement de son fils moyennant plus d'un million de dollars ! » Malcolm avait soudoyé une bande de criminels pour exécuter l'opération et pour garder ensuite Teddy dans une propriété désaffectée du New Jersey, en attendant que la surveillance des ports se relâche. Une équipe d'Allemands, triés sur le volet et parfaitement entraînés, avait pris le relais des truands américains, dans le but de conduire l'enfant au pays où Malcolm avait décidé de s'établir avec Brigitte.

Le projet avait germé dans l'esprit de Malcolm quelques années plus tôt, presque à la naissance de son fils. À ce moment-là, il savait déjà qu'en épousant Marielle et pas Brigitte, il avait commis une grave erreur. Les deux femmes étaient le jour et la nuit. La décente et distinguée Marielle n'avait pas su ranimer la flamme de son époux vieillissant. Alors que, d'emblée, Brigitte avait fait renaître en lui une passion effrénée. C'est elle qu'il désirait au point d'en perdre la raison, elle qu'il voulait pour compagne, elle qui comblait ses sens... Sauf que Brigitte ne pouvait pas avoir d'enfants.

L'idée avait peu à peu pris forme. Au début, il avait songé au divorce. Marielle lui faisait l'effet d'une colombe effarouchée, cruellement marquée par le passé, perpétuellement sur le qui-vive. Le fait qu'elle soit sans attaches l'avait d'abord attiré, puis il en était venu à lui reprocher sa trop grande dépendance. Brigitte, en revanche, illustrait à la perfection l'idéal féminin de Malcolm. Intelligente, implacable, totalement indépendante. Ses exigences le terrorisaient, surtout quand elle menaçait de le quitter. Il n'envisageait pas la vie sans elle. Or, il y avait une ombre au tableau du divorce : Teddy. Il était hors de question de se priver de son fils. Certes, il comptait se battre pour en obtenir la garde mais ses conseillers juridiques ne lui avaient pas laissé beaucoup d'espoir. Il s'avérait difficile, presque impossible, de priver une mère de son enfant, sous le seul prétexte qu'elle avait les nerfs fragiles Finalement, Brigitte avait suggéré à son amant d'aller s'installer en Allemagne en emmenant avec eux le petit garçon. Le plan se précisait. L'imagination diabolique de Malcolm conçut le reste. Si l'enfant passait pour mort, on cesserait de s'en occuper et le tour serait joué... Et si, par la suite, il épousait sa secrétaire et adoptait son fils à elle en Allemagne, qui s'en soucierait ? Qui se poserait des questions ? Personne. Pas même la vraie mère de l'enfant. Quoi de plus naturel que de compenser une perte cruelle en fondant une nouvelle famille ? Qui suspecterait que le fils adoptif de Malcolm et Teddy ne faisaient qu'une seule et même personne ? Après un an ou deux passés en Allemagne, rien ne pourrait différencier le garçon d'un petit Allemand. C'était un plan ingénieux, qui l'aurait débarrassé de Marielle une fois pour toutes.

Une kyrielle de personnes s'étaient trouvées impliquées dans le processus, Charles, Marielle, l'enfant, les ravisseurs, les comparses qui avaient maintenu Teddy prisonnier au fin fond du New Jersey, puis sur le bateau… À mesure que s'effeuillaient les pages du récit, le juge d'instruction n'en croyait pas ses oreilles et John Taylor se contenait pour ne pas casser la figure du froid instigateur de ce crime.

Le plan avait fonctionné à la perfection. Le magnat de la sidérurgie avait commencé à déplacer subrepticement des fonds vers l'Allemagne… Là encore, personne ne s'en aperçut. Ses investissements à l'étranger ne se comptaient plus, depuis longtemps. Or, il se préparait à partir en Allemagne dans l'année, en compagnie de Brigitte.

La secrétaire avait monnayé cher sa complicité. Un virement d'un demi-million de dollars sur son compte bancaire à Berlin récompensa son silence. Les autres protagonistes de l'implacable machination avaient touché suffisamment d'argent pour garder, eux aussi, le silence. L'opération avait coûté à Malcolm une véritable fortune… Une fortune dépensée à bon escient, selon lui. Écarter Marielle de son chemin, afin d'avoir son fils tout à lui pour en faire un Allemand, constituait son but suprême. L'Amérique décadente n'avait plus d'attraits pour un esprit épris d'absolu comme le sien. Au-delà de l'Atlantique, une nouvelle puissance venait de naître, pure, altière, triomphante. Hitler, auquel Malcolm vouait une admiration sans limites, allait bientôt s'emparer des rênes du monde. Hitler écraserait les vieilles nations dégénérées et Malcolm n'aspirait qu'à apporter sa modeste contribution à l'édifice grandiose de ce nouvel empire… Son fils promis au rigorisme de l'éducation germanique représentait une offrande personnelle au Führer…

L'homme d'affaires était passé aux aveux sans une ombre de repentir. Au contraire, il paraissait assez fier de sa mise en scène. En dehors de Louie Joli-cœur — mais n'y avait-il pas toujours un renégat au sein des plus nobles causes ? — les nombreux mercenaires s'étaient tus. Et sans le battage médiatique autour de l'affaire, ils auraient continué à garder le silence. Or, le château de cartes étant sur le point de s'écrouler, les anciens alliés de Malcolm ne tardèrent pas à retourner leur veste. Il leur importait avant tout de sauver leurs intérêts, quitte à mettre totalement en cause leur patron… Après tout, ce dernier ne risquait pas d'endosser le kidnapping, compte tenu que Teddy était son propre fils. C'est ainsi que Malcolm fut inculpé de conspiration, d'obstruction à la justice et d'association de malfaiteurs, un chef d'accusation bien court par rapport au crime commis et à l'abîme de souffrances qui en avait découlé.

L'entrée de Charles Delauney en scène seyait parfaitement aux manœuvres machiavéliques de Patterson. L'ex-mari de Marielle représentait le bouc émissaire idéal. En effet, il était apparu au bon moment, alors que le kidnapping était déjà organisé et que Malcolm s'apprêtait à s'assurer un alibi sans faille en se rendant pour affaires à Washington. Faire accuser Delauney allait conférer à son projet initial la touche de génie qui lui manquait. Alors, dans son esprit une idée diabolique germa : pour la modique somme de cinquante mille dollars le pyjama rouge et l'ourson en peluche avaient été dissimulés chez Charles, faisant de lui le suspect numéro un. Pendant ce temps, ses hommes de main retenaient Teddy dans le New Jersey, en attendant que l'enfant puisse embarquer, quatre mois plus tard, à destination de l'Allemagne. Lui-même et Brigitte devaient prendre la même direction, en mai, à bord de l'*Europa*. Aux yeux du monde entier, le blâme incomberait à Marielle, tandis que Malcolm jouerait le rôle de la victime. Dès lors, qui lui en voudrait d'avoir cherché la consolation entre les bras de la dévouée Mlle Sanders ?

Le grain de sable qui avait bloqué l'engrenage de la machination si patiemment montée par Malcolm avait pour nom John Taylor. Si l'agent du FBI n'avait pas fouillé de fond en comble le petit cargo allemand, ce dernier aurait levé l'ancre deux jours plus tard... Cette seule pensée faisait frémir le détective. Pas Malcolm. Il avait joué, puis perdu la partie, mais ne se sentait en rien coupable. Teddy lui appartenait. Il avait parfaitement le droit d'élever son fils comme bon lui semblait en l'arrachant à l'influence d'une mère trop mièvre, trop abusive. Cela revenait à dire que Malcolm passerait le restant de ses jours à Berlin, ce dont il se réjouissait, car il préférait l'Allemagne à son propre pays.

Pour le moment, il n'irait nulle part. Il attendrait son procès, fixé fin juillet, dans la cellule d'un pénitentier d'État. Inculpée de complicité, Brigitte avait pris le chemin d'une prison de femmes. Elle risquait quelques années de réclusion, plus l'expulsion des États-Unis.

Marielle n'avait plus qu'une hâte : quitter la froide résidence Patterson avec Teddy. Elle redoutait le nouveau procès, auquel elle allait devoir assister comme témoin à charge. Entretemps, elle se reposerait au cœur du verdoyant Vermont où elle avait loué une villa. Et, à son retour, elle se mettrait à la recherche d'un appartement. Aussi avait-elle signé une demande de divorce.

Taylor passa lui rendre visite un après-midi. Les policiers avaient déserté l'immense demeure. La plupart des domestiques aussi. Marielle lui fit part de ses projets d'avenir, et il la regarda longuement.

— Je croyais que nous allions avoir une discussion sérieuse, avant que vous ne preniez une quelconque décision... Pourquoi ce séjour dans le Vermont ?

Elle ne l'avait pas vu depuis quelques jours et elle lui trouva une mine épouvantable. Il n'avait pas cessé d'être sur la brèche.

Il s'était personnellement occupé de l'audition de Malcolm et de Brigitte, sans compter de celle de leurs acolytes : vingt-deux personnes inculpées de charges diverses et variées.

— Teddy et moi avons besoin de respirer un peu d'air pur.

Elle avait surtout besoin de se reposer avant de revivre le tourment d'un nouveau procès. Elle savait qu'elle l'assumerait mieux cette fois-ci, bien sûr. Elle savait aussi que John serait à son côté... Elle avait un tas de choses à lui dire mais le temps des confidences n'était pas encore venu.

— Allez-vous vraiment déménager ? demanda-t-il d'une voix pleine d'espoir. Un espoir teinté d'inquiétude. À présent, elle avait retrouvé son fils et s'était libérée de Malcolm. Mais quelle décision allait-elle prendre à l'avenir ? Leurs regards se croisèrent et il la vit hocher lentement la tête. Elle ne pouvait plus rester ici, pas une minute de plus.

— La maison appartient à Malcolm. Un petit appartement suffira pour Teddy et moi.

— Et quoi d'autre ? Qu'attendez-vous de moi, maintenant ?

Il redoutait sa réponse, mais il fallait qu'il sache. Lui n'avait aucun doute sur ses propres sentiments. Il la voulait. Il la voulait par-dessus tout. Et pour toujours.

Vous... votre amour... votre vie, songea-t-elle, mais elle dit :

— Votre amitié.

— C'est tout ?

Ses prunelles d'acier s'étaient assombries. Voilà des mois et des semaines qu'il avait remis aux calendes grecques cette entrevue. Ils s'étaient promis d'attendre la fin du procès avant d'envisager une suite à leur histoire... En sondant les yeux bleu saphir, il sut qu'elle avait pris sa décision. Elle ne voulait pas briser le mariage de Taylor.

— Oh, Marielle, gémit-il. Je souhaite vous offrir tant de choses...

— Je me contenterai d'un peu de temps. Le temps de me guérir de mes anciennes blessures... Le temps de recommencer à vivre avec mon enfant... Je n'oublie pas ce que je vous dois, John... Je vous dois tout.

Elle lui dédia un sourire lumineux.

— Je vous dois également de vous laisser vivre en paix dans votre foyer. Avec votre femme et vos enfants. Que vous resterait-il si vous les abandonniez ?

Ses yeux limpides l'interrogeaient. Il y avait une ombre de tristesse dans son regard, mais il comprit qu'elle était plus sage que lui.

— Il me restera vous et Teddy, murmura-t-il.

— Et les remords, et les regrets. Un jour vous m'auriez haïe si je vous enlevais à votre famille.

— Rien ne pourrait me pousser à vous haïr.

Le sourire de Marielle s'estompa. Malcolm l'avait détestée et, pendant un moment, Charles aussi. Elle estimait trop John Taylor pour courir le risque de le perdre. Elle le chérissait bien plus qu'il ne pouvait l'imaginer, bien plus qu'elle ne le lui avait laissé entendre.

— Vous ne voulez pas de moi, n'est-ce pas ? s'efforça-t-il de plaisanter, n'aspirant qu'à une seule chose : la couvrir de baisers.

John constituait la principale raison de sa fuite à la campagne. Elle souhaitait échapper à un attachement dont la profondeur l'effrayait. C'est cela, l'amour, se dit-elle obscurément, tandis qu'il l'attirait dans ses bras et qu'elle s'y blottissait. Le véritable amour comportait une part d'abnégation, un renoncement à la possession égoïste d'un autre être.

— Vous avez besoin d'eux, chuchota-t-elle, le visage enfoui au creux de son épaule. Ils seraient malheureux si vous les quittiez.

— J'ai aussi besoin de vous, ma chérie.

Il l'étreignit passionnément et, la sentant défaillir, il se prit à rêver une fois de plus d'un avenir auprès d'elle.

— Je ne veux pas vous perdre, Marielle

— Mais vous ne me perdrez pas. Je serai toujours là, répondit-elle d'une voix raisonnable.

— Et quand vous ne serez plus là? Quand vous appartiendrez à quelqu'un d'autre?

Une femme comme elle ne resterait pas seule longtemps, il en avait le pressentiment.

— Nous resterons amis... Je vous le répète, vous ne me perdrez jamais. À moins que vous ne fassiez tout pour...

Elle se hissa sur la pointe des pieds, lui frôla les lèvres d'un baiser léger, et il la tint enlacée, déchiré entre l'ineffable bonheur de sentir son corps souple contre le sien, et le désespoir de la laisser partir. Enfin, il s'arracha à cette douce étreinte et se dirigea vers la sortie. La lourde porte de chêne se referma avec un bruit sec sur ses rêves les plus ardents. Mais peut-être avait-elle raison. Peut-être avait-elle adopté la bonne solution. Des années s'écouleraient avant de le savoir. Ils appartenaient à deux mondes différents, il en avait eu conscience dès le début. Et maintenant, chacun allait retourner dans son univers.

La solitude le tarauda des jours durant, cependant que les auditions des inculpés se poursuivaient. Peu à peu, les éléments de l'affaire Patterson s'assemblaient, pareils aux pièces d'un puzzle. Il ignorait combien il manquait à Marielle. Celle-ci avait été mille fois tentée de l'appeler, mille fois elle s'était approchée du téléphone, mille fois elle avait reposé le combiné sans composer le numéro du FBI.

Bientôt, elle se rendrait dans la villa du Vermont, loin de l'agitation de la ville. Et loin de John. C'était, lui avait-on assuré, un lieu enchanteur, avec des poules et des coqs, des vaches, un chien... Teddy se faisait une joie de partir. Il s'était peu à peu remis de sa pénible expérience. Il avait repris du poids, la teinture brune avait disparu, révélant sa blondeur naturelle. Seuls d'atroces cauchemars, chaque nuit, rappelaient le drame qu'il avait vécu. Il dormait dans la chambre de sa mère, qui prenait soin de lui. Haverford les avait aidés à boucler leurs bagages. Dans quelques jours, le vieux majordome quitterait le service de Marielle définitivement. Il était en train de présenter un bol de glace crémeuse à Teddy quand Charles se montra. Il était venu dire au revoir à Marielle avant d'embarquer pour l'Europe.

— L'Espagne ? s'enquit-elle, alors qu'il la suivait dans la vaste cuisine de la résidence Patterson.

— Pas tout de suite.

Il avait d'abord pensé se faire enrôler dans l'armée des Alliés en Angleterre, mais avait finalement opté pour un bref séjour à Paris avant de repartir à la guerre.

— Nous passerons l'été dans le Midi de la France.

Teddy lui offrit généreusement une part de glace onctueuse au chocolat, qu'il accepta de bon cœur.

— *Nous ?* fit Marielle en haussant un sourcil. Tu emmènes une amie ?

Ils se regardèrent un instant avant d'éclater d'un même rire.

— D'accord, d'accord, dit Charles.

Il savait qu'elle avait déjà deviné. L'intuition faisait partie de ses innombrables qualités. Le plus étrange, c'était qu'il l'aimait toujours profondément.

— Quelqu'un que je connais ? le taquina-t-elle.

Des années de complicité amoureuse s'étaient muées en une tendre amitié. Charles toussota.

— J'ai promis à Béa Ritter de lui montrer Paris.

— C'est la moindre des choses après tout ce qu'elle a fait pour toi.

— Oui, sourit-il. Elle m'a beaucoup soutenu pendant ce procès.

Ils bavardèrent gentiment pendant quelques minutes. Il prit congé et Marielle l'embrassa sur la joue. Peu après, à travers la fenêtre de la bibliothèque, elle le regarda dévaler l'allée du parc. Lorsque la longue silhouette dégingandée disparut au tournant, la jeune femme laissa retomber le rideau de dentelle, avec un sentiment de délivrance. Comme si Charles venait de sortir définitivement de sa vie

Restait Malcolm Patterson… L'homme dont elle portait encore le nom. Elle l'avait aimé sans passion, et aujourd'hui elle éprouvait à son endroit un immense mépris mêlé de crainte. Avec ses relations en haut lieu, Malcolm pouvait encore s'avérer capable de lui nuire. Certes, John lui avait promis la protection illimitée du FBI mais elle ne pouvait s'empêcher, à l'avance, d'éprouver de l'effroi à l'idée que Malcolm, après avoir purgé sa peine, serait à nouveau libre. Marielle ne pourrait l'éviter indéfiniment. Sa fuite éperdue prendrait fin un jour et alors elle serait bien obligée de lui faire face… D'après John, il n'avait pas l'ombre d'une chance de récupérer Teddy, mais sait-on jamais ? En tout cas, il tenterait l'impossible pour le lui arracher, elle le savait.

Parfois, Marielle se demandait si elle parviendrait jamais à chérir et à respecter quelqu'un, en dehors de Teddy… Teddy qui constituait sa seule espérance, son unique joie de vivre.

La veille de leur départ pour le Vermont, Marielle inspecta une dernière fois leurs bagages. Elle avait hâte de s'en aller de l'immense mausolée froid où elle avait été si malheureuse. Assistée par le fidèle Haverford, elle avait empaqueté toutes ses affaires, ainsi que celles de Teddy. Elle avait fait savoir à Malcolm que les lieux seraient disponibles quand il reviendrait avec Brigitte. De retour de la campagne, elle avait décidé de rester à l'hôtel. La résidence Patterson recelait trop de mauvais souvenirs pour qu'elle songe à y retourner, ne serait-ce qu'un seul jour.

Elle avait eu du mal à persuader Teddy de quitter la maison qui l'avait vu naître. Le petit garçon ignorait que son père avait orchestré son kidnapping. D'instinct, il avait saisi que quelque chose n'allait plus entre ses parents et il avait remarqué que les domestiques s'arrêtaient de parler dès qu'il apparaissait. Mais il était trop jeune encore pour comprendre. Marielle s'était contentée de lui expliquer que son père était parti en voyage et qu'il ne le reverrait pas avant longtemps. L'enfant n'avait pas dissimulé sa surprise, bien qu'il parût s'accommoder de la situation.

La nuit était tombée. Les malles et les paquets s'alignaient dans le vestibule. Le carillon de l'entrée grelotta, puis Haverford vint annoncer Tom Armour. Elle n'avait pas eu l'occasion de le rencontrer après le procès et s'étonna de cette visite. L'avocat avait appris son départ par John Taylor.

Elle descendit lentement l'escalier, allant à sa rencontre. Il se tenait en bas des marches, très élégant dans son costume impeccablement coupé et, une fois de plus, elle fut frappée par l'extrême jeunesse de son expression. Elle le salua avec sa chaleur habituelle comme si elle l'avait attendu.

— J'ai appris au tribunal que vous partiez, dit-il en lui tendant une main maladroite.

Haverford avait disparu pour préparer le café, et Tom suivit la jeune femme à la bibliothèque. Il avait tenu à lui dire au revoir de vive voix... Du reste, cela faisait un moment qu'il avait envie de la revoir, surtout après la fin du procès. Ses innombrables occupations l'avaient empêché de mettre son projet à exécution.

— Allez-vous dans le Vermont ?

C'était tout ce qu'il avait pu tirer de Taylor, dont les yeux tristes et la mine morose l'avaient intrigué... Elle fit oui de la tête. Ils avaient pris place dans la bibliothèque où tant d'événements pénibles s'étaient déroulés ces derniers mois Marielle sourit à son visiteur. Elle appréciait la façon dont il avait défendu Charles et, bien qu'elle comptât parmi les témoins à charge, il l'avait traitée avec une exquise déférence.

— Oui, Teddy et moi avons besoin de calme, répondit-elle, alors que Haverford servait le café avant de s'éclipser.

— Comment va-t-il ?

Il se demanda en même temps si elle ne regrettait pas de quitter cette splendide demeure, et elle sourit de nouveau, comme si elle avait deviné ses pensées. Oh, non, aucun regret ne venait entacher la joie éclatante de partir

— Beaucoup mieux. Il fait toujours des cauchemars et refuse obstinément d'évoquer ce qui s'est passé.

— Une réaction aussi saine que compréhensible.

Le kidnapping allait le marquer toute sa vie, tous deux le savaient. Et si jamais il apprenait que son propre père avait été l'instigateur de l'enlèvement... Marielle espérait qu'elle pourrait lui cacher ce détail le plus longtemps possible. Tom pensa qu'elle aurait pu ternir, à jamais, l'image de Malcolm dans l'esprit de son fils. Mais non, elle était trop décente, trop honnête et fière pour tirer profit de la situation.

— Et vous ? Comment allez-vous ? s'enquit-il. Pas de migraines ?

Elle n'en avait plus eu une seule depuis la fin du procès. Pour la première fois de sa vie, elle se sentait guérie. Comme si, au terme de cette terrible épreuve, elle était sortie victorieuse des fantômes du passé.

— Je vais bien, merci.

Jusqu'alors, elle n'avait guère été sensible au charme de l'avocat. Pour la première fois, elle le trouva séduisant. Il était indéniablement bel homme, dans son pantalon blanc et son blazer marine, se dit-elle en détournant la tête pour dissimuler ses joues enflammées.

— Marielle... Je vous téléphonerai quand vous serez à la campagne.

Elle se retourna, les yeux étonnés. À quoi rimait cette phrase incongrue ? Est-ce que par hasard il avait accepté de défendre Malcolm ? La main rassurante de Tom effleura la sienne.

— Je me suis mal exprimé... je vous demande pardon...

Bon sang ! il se comportait comme un collégien ! Cette femme l'intimidait et pas uniquement parce qu'elle lui rappelait son ancienne épouse. À ses yeux, Marielle incarnait l'intégrité, la loyauté, la grandeur d'âme. La beauté absolue. C'était un être exceptionnel, un être qu'on ne rencontre qu'une fois dans sa vie. Pendant les dix dernières années, elle n'avait pas eu de chance. Tom espérait que cela changerait, quand Marielle reviendrait à New York.

— Avez-vous le téléphone dans le Vermont ? s'inquiéta-t-il.

Marielle étouffa un rire, n'osant croire que Tom Armour lui faisait la cour. Mais, sous son air de businessman éternellement accaparé par son travail, vibrait l'onde puissante d'une émotion singulière.

— Je crois que je partagerai la ligne de mes voisins, dit-elle, incertaine encore de l'attrait qu'elle exerçait sur lui.

— Parfait. Vos voisins profiteront de tous les potins que je vous raconterai.

Elle répondit par un sourire. Elle n'aspirait qu'à une paisible retraite, justement, à l'abri de la fièvre de l'immense ville, expliqua-t-elle. Oh, elle ne resterait là-bas que quelques mois, jusqu'à l'ouverture du procès de Malcolm. À son retour, elle chercherait un appartement pour elle et pour Teddy... Certes, elle s'entourerait d'un confort modeste, mais elle pouvait parfaitement se passer de domestiques.

— Serait-ce trop tôt si... si... murmura-t-il, les pommettes en feu, si quand vous reviendrez, je... vous...

Sa phrase se perdit dans un gémissement. Il avait pensé à elle pendant des semaines, avait patiemment pesé chaque mot de son discours, et le voilà qui bredouillait lamentablement, privé soudain de sa célèbre éloquence de plaideur. Il inspira profondément avant de prendre délicatement la petite main transparente de son hôtesse.

— Marielle, vous êtes une femme extraordinaire. J'aimerais mieux vous connaître.

Ouf ! Il l'avait dit. Il en éprouva un grand soulagement.

Maintenant, son bien-être, son avenir, sa vie entière dépendaient de ce que ces lèvres ciselées lui répondraient.

— Je vous ai admirée aussitôt que je vous ai vue, acheva-t-il, le souffle court.

Elle rougit de nouveau, confuse comme une jeune fille lors

de son premier bal, et il crut déceler une tendre lueur au fond de son regard saphir.

— Comment est-il possible que d'une malédiction jaillissent tant de bonnes choses ? murmura-t-elle.

Un sentiment ineffable de gratitude l'envahissait peu à peu. Elle avait enfin traversé le désert, bravé la tempête, vaincu les démons du passé. Et la providence l'avait enfin dédommagée de toutes ses larmes. Il y eut un toc-toc à la porte, puis sa plus belle récompense fit irruption, en pyjama bleu lavande.

— Teddy, qu'est-ce que tu fais là ? sourit-elle.

— Je ne pouvais pas dormir sans toi, répliqua le petit garçon.

Il grimpa sur les genoux de sa mère, à l'abri de ses bras, et ses yeux malicieux se fixèrent sur Tom avec intérêt.

— Mais si, tu peux dormir. Tu dormais profondément, quand je suis descendue.

— Pas du tout. Je faisais semblant, déclara Teddy en étouffant un bâillement.

Marielle fit les présentations, et Tom dit :

— Il paraît que vous partez demain à la campagne.

— Oh ! oui, rétorqua Teddy, fier comme Artaban. Nous aurons des poules, des vaches et des chevaux. Maman a dit que je monterai un poney.

— Moi aussi je passais mes vacances d'été dans le Vermont quand j'avais ton âge, sourit Tom.

Son regard croisa celui de Marielle, par-dessus la tête blonde du petit garçon. Il en avait suffisamment dit. Et elle avait très bien saisi ses intentions, auxquelles elle avait réservé un accueil favorable.

— Vous avez eu un poney aussi ? s'enquit Teddy.

Cet homme était bien plus sympathique que l'autre, celui de Central Park, qui était venu voir sa mère dans l'après-midi, pensa-t-il. Bien sûr, son papa lui manquait, parfois... D'après maman, il était parti faire un long, un très long voyage, dans un pays lointain, l'Afrique peut-être... En tout cas quelque part où il n'y avait rien, pas même le téléphone.

— Oui, j'en ai eu un, déclara Tom. J'avais une vache, également, et j'avais appris à la traire. Je te montrerai comment on fait, si je viens vous voir là-bas.

— Vous viendrez nous voir ? voulut savoir le petit garçon, de plus en plus intéressé.

— Je viens juste d'y penser... — Il avait pourtant, précédemment, décidé d'attendre le retour de Marielle à New York. — Ce n'est pas une mauvaise idée, n'est-ce pas ?

Le sourire de Marielle le rassura. Eh bien, il avait eu raison de lui rendre visite aujourd'hui. S'il avait cédé à ses réticences, il aurait passé les prochains mois dans la plus cruelle des incertitudes.

— ... peut-être viendrai-je pour un week-end.

Il connaissait un exquis petit hôtel dans les environs. La vision de Marielle, Teddy et lui-même se promenant dans la forêt l'enchanta.

— Vous savez monter à cheval ? demanda Teddy d'une voix sérieuse.

— Oui, je crois que je sais encore, rit Tom.

— Si vous avez oublié, je vous montrerai, offrit généreusement le petit garçon, et tous trois se mirent à rire.

Peu après, ils allèrent explorer la cuisine à la recherche de cookies. Haverford s'était retiré dans ses quartiers. Le vieux majordome devait faire ses valises, pensa Marielle non sans émotion. Lui aussi était triste de les quitter. Mais il avait refusé de rester au service de Malcolm et, de son côté, Marielle n'avait guère les moyens d'assurer son salaire. Elle avait accepté une modeste pension alimentaire et n'en voulait pas plus. Quand Teddy serait plus grand, il hériterait de la fortune colossale de son père.

Tom tendit un verre de lait au garçonnet, tandis que Marielle sortait les derniers cookies au chocolat. Tous trois se mirent à bavarder, passant du coq à l'âne et il était près de onze heures du soir quand Tom prit congé. Il avait aidé Marielle à coucher Teddy et maintenant, au milieu du vestibule encombré de malles de voyage, il la dévisagea pendant une longue minute.

— Merci de m'avoir reçu, murmura-t-il. J'ai passé un merveilleux moment.

L'envie de toucher la peau satinée de son cou et de ses joues le brûlait mais il commanda à ses mains de rester sages.

— Je suis ravie que vous soyez venu.

Elle était sincère... Et déconcertée... La vie vous réserve parfois de drôles de surprises. Une simple visite et, soudain, s'ouvraient des horizons nouveaux, insoupçonnés. John Taylor lui manquait. Sans doute lui manquerait-il toujours. Mais elle avait pris la bonne décision et elle le savait. Et tout à coup, alors qu'elle venait d'opter pour une solitude réparatrice, l'arrivée de Tom avait tout remis en question.

— Je n'ai pas encore eu l'occasion de vous féliciter, dit-elle. Vous avez été un défenseur plein de talent pour Charles.

Il la regarda intensément, cherchant à déceler dans le miroir bleu de ses prunelles les éblouissantes visions d'un bonheur à venir... Marielle et Teddy à la campagne, sous les arbres ruisselants de soleil... Les mêmes plus tard, à New York, où Tom les attendrait, prêt à les chérir et à les protéger pour toujours... Sans réfléchir davantage, il avança la main, ses doigts se refermèrent sur le bras de Marielle puis il l'attira contre lui.

— Ne pensez plus au procès. Ne pensez plus aux mauvais jours. Pensez seulement à Teddy sur son poney.

Le passé était révolu. Celui de Marielle comme le sien. Finis, la souffrance, la peur et le désespoir. Leurs regards se rencontrèrent.

— Vous me manquerez quand vous serez à la campagne, chuchota-t-il.

Le pire, c'était qu'il disait vrai. On eût dit qu'ils se connaissaient depuis toujours. Tom avait l'impression étrange d'avoir déjà vécu avec Marielle, de tout savoir d'elle, jusqu'au moindre détail.

— Vous me manquerez aussi, sourit-elle, décontractée pour la première fois, depuis des années peut-être. Nous vous appellerons.

— Je vous appellerai le premier. — Soigneusement noté, le numéro de téléphone dormait dans son carnet d'adresses, contre son cœur. — Soyez prudente au volant.

Sans vraiment s'en rendre compte, comme à son insu, il l'étreignit, et elle ferma les yeux quand elle sentit ses lèvres sur les siennes.

— Bonne nuit, Marielle. À bientôt.

Encore un regard. Un long regard empli d'une douce promesse. La porte se referma sur Tom, son pas s'éloigna dans l'allée en faisant crisser les graviers. Une voiture démarra. La jeune femme n'avait pas bougé. Oui, la vie vous jouait de drôles de tours. C'était bizarre. On ne savait jamais ce qui allait vous arriver. On ne pouvait présager de rien… N'avait-elle pas cru finir ses jours avec Charles ? Puis, quand elle avait accordé sa main à Malcolm, n'avait-elle pas espéré que celui-ci la protégerait jusqu'à la fin des temps ? Pourtant, rien ne s'était passé comme elle l'avait prévu. Et après l'enlèvement de Teddy, lorsqu'elle avait cru qu'elle ne le reverrait plus, il avait reparu. Marielle s'était trompée sur toute la ligne, surtout, Dieu merci, pour tout ce qui concernait Teddy… Son petit garçon était de nouveau là, le reste importait peu. Teddy représentait la miroitante étoile d'espoir qui avait guidé Marielle à travers les ténèbres… Pour Teddy elle avait continué à vivre. Les autres n'étaient plus là. Les cauchemars, les fantômes, les mauvais rêves, s'étaient dissipés comme le brouillard sous le soleil ardent. Il n'y avait plus que Teddy et elle. Les chagrins les avaient fortifiés. Et leur séjour dans le Vermont, elle le savait, serait comme un intermède enchanteur avant le début d'une nouvelle vie. Car Tom Armour les attendrait, avec sa tendresse, son affection, sa gentillesse… Une nouvelle histoire. Leurs rêves se réaliseraient, ou peut-être pas. Elle espérait que oui, de toutes ses forces. Comme elle espérait que, plus jamais, aucun cauchemar ne viendrait hanter leurs nuits.

Ils partirent le lendemain. Le vieil Haverford, depuis le perron, suivit du regard l'antique Buick qui avait appartenu à Malcolm et qui emportait Marielle et Teddy vers la campagne. Le maître d'hôtel avait connu Mme Patterson durant toutes ces années où elle avait été mariée à M. Patterson. Il avait vu naître le jeune M. Théodore Patterson. Et maintenant, ils étaient partis, partis vers une autre vie.

Il tourna la clé dans la serrure, puis la fit glisser dans une enveloppe adressée aux avocats. La demeure était vide, la famille disséminée. Il descendit lentement l'allée, son bagage à bout de bras, afin de héler un taxi. En refermant les grilles, il souhaita mentalement bonne chance à Marielle et à son fils...

Au même moment, la jeune femme engageait la Buick sur le pont de Brooklyn. Et sur le chemin du tribunal, Tom Armour laissait ses pensées voguer vers elle... et vers Teddy.

Achevé d'imprimer en juin 1995
sur presse CAMERON
dans les ateliers de B.C.I.
à Saint-Amand-Montrond (Cher),
pour le compte de France Loisirs
123, boulevard de Grenelle, Paris

N° d'édition : 25893. N° d'impression : 4/545.
Dépôt légal : novembre 1994.

Imprimé en France